Sita

An Illustrated Retelling of the Ramayana

インド神話物語 ラーマーヤナ

上

by Devdutt Pattanaik
デーヴァダッタ・パトナーヤク
［文・画］
沖田瑞穂
［監訳］
上京 恵
［訳］

Illustration by the author

原書房

インド神話物語　ラーマーヤナ　上

上巻　目次

下巻　目次

【凡例】

文中［　］内は訳注
脚注は監訳注

献辞

『マハーバーラタ』は『ラーマーヤナ』よりも現実的で複雑だと考える、すべての人々に。

どちらの叙事詩もダルマを語っていることを、彼らが理解することを願う。
ダルマとは道義的に正しいとされる行動でなく、
人間の持つ潜在能力を意味している。
絶えず変化する社会状況において、
何の保証も確実性もない中で
我々ができる最善のこと、という意味である。
我々は、行為の主体、客体、そして無数の目撃者によって
常に、そしてさまざまに、判断を下されているのだから。

前者の物語の主人公は王を擁立する者であり、規則を迂回することができる。
後者の物語の主人公は王であり、規則を厳格に守らねばならない。
その規則がどれだけ嫌悪すべきものであっても。

物語の作者の覚書

シヴァがシャクティに語ったこと

女神シャクティは、神シヴァに、動乱の時代に人々を元気付ける話をしてくれと頼んだ。シヴァはシーターとラーマの物語、『ラーマーヤナ』を語った。

この物語は、さまざまな言語で、さまざまな言葉で、さまざまな意味合いで、さまざまな感情で、さまざまに表現される。詩で、あるいは散文で、ときには身ぶりだけで。登場人物は現れ、姿を変え、瞬く間に消えていく。ここで語られるのは、言葉を話す植物や考える動物、失敗する神や成功する悪魔、英雄的な悪人や悪人的な英雄、賢者や狩人、被害者や誘惑者の話である。物語の進行とともに、時間はねじれ、空間は広がる。

物語を耳にしたカーカブシュンディーという好奇心の強い烏が、記憶した内容をナーラダに話した。ナーラダは天と地を行き来する賢者で、噂話をすることや、意見を交換することが好きだった。覚えた物語をナーラダがヴァールミーキに話すと、ヴァールミーキはその話を歌にしてラヴァとクシャという双子に教えた。

ラヴァとクシャはアヨーディヤーの都を治める国王の前でその歌を歌った。国王がその話の主人公、しかも自分たちの父親であることを知らないままに。国王たるラーマ本人も、彼らが実の子であることに気づかず、彼らが見事に歌いあげる歌が自分のことだとは信じられなかった。彼らが描くラーマは完璧すぎる。彼の記憶にあるシーターはもっと素晴らしい女性だ。しかし、歌は不完全だった。物語はそこで終わりではなかったのだ。

ラヴァとクシャが歌ったのは話の前半部、「プールヴァ・ラーマーヤナ」である。その話でラーマは〝エーカ・バーニー〟（放った矢が常に的を射貫く者）、〝エーカ・ヴァチャニー〟（常に約束を守る者）、〝エーカ・バトニー〟（一人の妻だけを愛する者）として描かれている。彼は〝マルヤーダー・プルショッタム〟、規則をきわめて厳格に守る者である。第六巻で、物語は幸せな結末を迎える。ラーマは野蛮な未開人ラークシャサの王であるラーヴァナに勝利して、妻シーターと並んで立ち、アヨーディヤーの君主として戴冠する。

ところが、この物語には続きがある。後続の「ウッタラ・ラーマーヤナ」と呼ばれる第七巻では、シーターとラーマの別離、父親と息子たちとの対立が描かれる。そして、シーターは大地に呑み込まれて消え、ラーマはサラユー川に身を沈めて二度と浮上しない、という形で和解が果たされて終わる。

では、実際のところ『ラーマーヤナ』はどこで終わるのか。幸せな第六巻か、不幸せな第七巻か？どちらでもない、とヴェーダの讃歌を集めて分類した賢者ヴィヤーサは言う。ヴィヤーサによれば、ヒンドゥー教の主神の一人ヴィシュヌはラーマとしての体を脱ぎ捨てたあと、乳海の上空にある天界の住処ヴァイクンタに昇り、新しい体を得て地上に戻る。それはクリシュナである。クリシュナは、ラーマとまったく異なっている。

クリシュナは王でなく、一人の妻だけに忠実なわけでもない。彼は牛飼いで、二輪戦車の御者だ。〝マッカン・チョール〟(バターを盗む者)、〝チッタ・チョール〟(心を盗む者)、〝ラーナ・チョール〟(戦いから逃げ、生き残ってまた別の日に戦う者)と、愛情を込めた悪口で呼ばれる。彼は〝リーラー・プルショッタム〟、究極の変革者である。彼の物語は『マハーバーラタ』で語られる。ゆえに『マハーバーラタ』は『ラーマーヤナ』の延長線上にあると言える。

では、『ラーマーヤナ』として始まった物語は『マハーバーラタ』で終わるのだろうか?

そうではない。「プラーナ」として知られる年代記によれば、ヴィシュヌはクリシュナのあとも多くの姿に化身し、最終的にはカルキとして降臨する。カルキはまるで侵略者のように馬に乗って刀を振り回し、我々が知る世界の終焉、プラララーヤを告げる。

それでは、プララーヤが『ラーマーヤナ』の終わりなのか?

違う。海が盛り上がってすべての大地を沈めようとするとき、ヴィシュヌは小さな魚に変身し、大

きな魚から助けてくれと人間に懇願する。彼の叫びに応えた男が、新たな社会秩序の創設者マヌとなる。彼は無力な者を助けるという人間特有の能力を示して、強き者に味方する自然の法則に挑むからだ。

するとヴィシュヌは亀に変身して乳海攪拌*に協力し、富の女神ラクシュミーを誕生させる。次に猪に変身して海の下から大地を持ち上げ、人間が社会を築けるようにする。

このとき、主神ブラフマーはヤジュニャと呼ばれる祭式を執り行う。火を用いて自然を手なずけ、文化を構築するのだ。彼は自らを創造主、支配者と呼ぶ。だがブラフマーは文化の創造者に過ぎず、自然を創ってはいない。文化は彼の娘かもしれないが、自然は彼の母である。文化はおとなしい女神ガウリーだが、自然は支配的な女神カーリーだ。ガウリーもカーリーも、女神シャクティの化身である。ブラフマーはカーリーを無視し、ガウリーに対して権力を振るう。父親が絶対にしてはいけないことである！　女神は抵抗する。それでもブラフマー

* 山を攪拌棒として海をかき混ぜ、太陽と月など世界の構成要素を生み出す神話。インドの創世神話である。

が態度を改めないと、怒ったシヴァはブラフマーの首をもぎ取る。シヴァは、文化を通じて価値を求めるブラフマーを嘲り、ターパスヤと呼ばれる苦行を推奨する。ターパスヤとは、瞑想や観想によって内なる火タパスを燃やし、あらゆる不安や、支配や統制を求める欲望を焼き尽くす苦行である。ブラフマーはそれを理解しない。彼は苦行者シヴァを破壊神と呼ぶ。

そこへヴィシュヌが介入する。彼はブラフマーの祭式の価値もシヴァの苦行の価値も認めている。ブラフマーが不安ゆえにカーリーを遠ざけてガウリーを支配することを理解している。シヴァが英知ゆえにあらゆる不安を乗り越えられることを理解している。ブラフマーの不安とシヴァの英知を融合させるため、ヴィシュヌは種々の姿に化身して天界のヴァイクンタから降臨するのである。

ヴィシュヌはヴァーマナ*やパラシュラーマとして祭式を支持し、ラーマやクリシュナとして祭式に疑問を呈し、仏陀やカルキとして祭式から手を引く。彼はまた、シヴァに、苦行の間中閉じている目を開け、文化に関与し、ブラフマーの娘と結婚して子どもをもうけ、家庭を築いて、他者の目で世界を見るよう促す。ヴィシュヌはこうしたことを何度も繰り返す。時代から時代へ、プララーヤからプララーヤへ。その無限のサイクルには始まりも終わりもない。

果てしなく続く激動の生活の中、シヴァがほっと一息つけるのは『ラーマーヤナ』においてだけである。あらゆる無限のサイクルにおいて、シーターとラーマは宮殿でも森でも常に平静を保っている。二人とも文化に圧倒されず、自然を恐れもしない。二人は苦行によって知恵を得る。祭式によって愛

* こびとの化身。アスラのバリに三歩で覆える土地を求めて全世界を歩んだ。

を伝えられるようになる。力を合わせ、絶えず変転する状況の中で、ダルマすなわち人間にできる最高の善をなす。同じ状況にまったく異なる見方をするさまざまな人々によってさまざまに批判されても、意にも介さない。

したがって、『ラーマーヤナ』は循環する非常に大きな話の一部分、複雑なジグソーパズルの一つのピースである。物語の中で起こる出来事は過去の結果であり、未来の原因でもある。少なくともヒンドゥー教の考え方においては、個々の出来事を全体から切り離して見ることはできない。それは、星を見て空を見ないようなものだ。

しかも、『ラーマーヤナ』自体、単一の物語ではない。いや、複数の物語でもない。何百年にもわたって何百もの場所で伝えられてきた信仰であり、口伝であり、主観的な真実であり、物語・歌・舞踊・彫刻・劇・絵画・人形劇によって具体化され、儀式化され、発表されてきた思考である。再話一つ一つに、多くの支流、多くのバリエーションがある。それぞれに独自の傾向があり、異なる筋書き、異なる登場人物、人の置かれた状況についての異なる側面に焦点を当

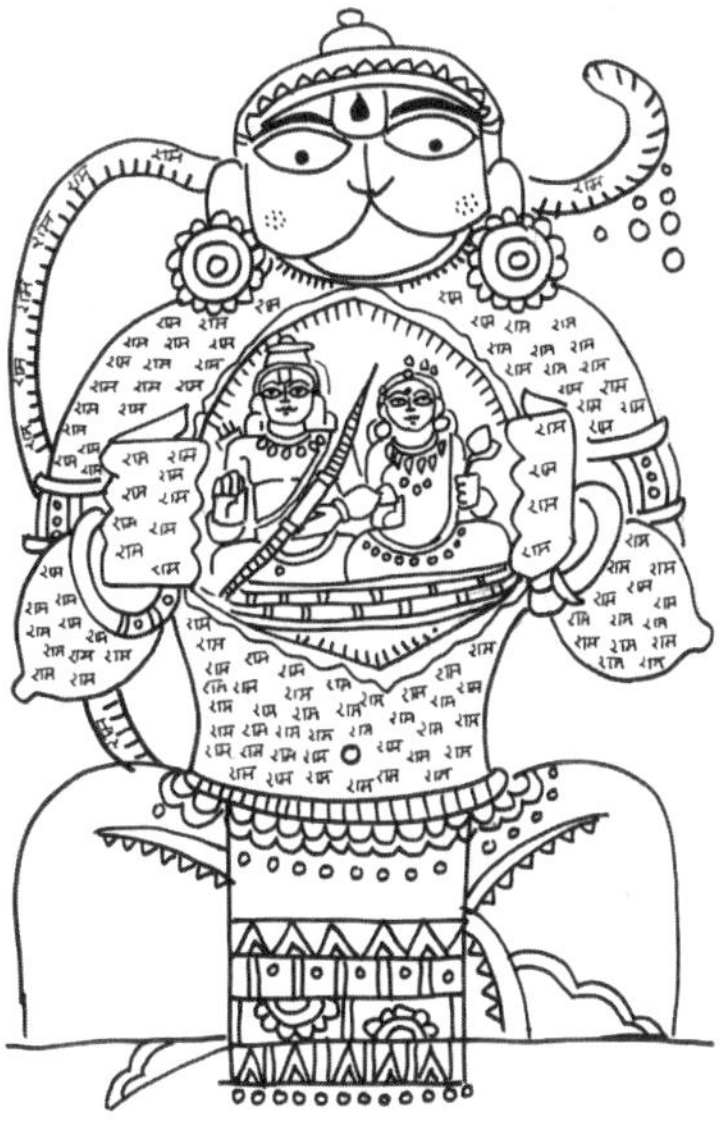

てている。それぞれが新たな視点から筋書きやテーマを構築し直して物語を作っている。『ラーム・カター』、『ラーマ・リーラー』、『ラーム・アーキャーン（伝説）』、『ラーム・チャリタ』、『ラーム・キールティ』、『ラーム・カーヴィヤ』などと呼ばれる物語が尊ばれているのは、心を乱す側面があるにもかかわらず、いや、そういうものがあるからこそ、精神を高めてくれるからである。

もちろん、それ以外の『ラーマーヤナ』も存在する。ラーマは力は強いが恋に破れた英雄であって神ではない、という古代のサンスクリット劇がある。バッティが著した『ラーマーヤナ』は、ラーマの話を語るというよりは、サンスクリット語の文法の規則を述べるものだ。非暴力というジャイナ教の教義に従って、ラーマが悪魔ラーヴァナの殺害を弟ラクシュマナに任せるという、ジャイナ教版の『ラーマーヤナ』もある。ラーマは菩薩であり、もっと早く故郷に戻ることもできるのに約束を守って定められた期間森に留まるという、仏教版の『ラーマーヤナ』もある。タイの『ラマキエン』やクメール（現在のカンボジア）の『レアムケール』といった東アジア版の『ラーマーヤナ』もあり、そこでのラーマは人気のある文化的象徴であり国王の鑑ですらあるが、神ではない。そして、昔より政治色が濃くて宗教色は薄く、より批判的であまり内省的でない、現代版の物語もある。これらは、インド人の心に響く『ラーマーヤナ』と、その精神において大きく違っている。表面上の内容（シャブダ・アルタ）は同じでも、それが伝える感情（バーヴァ・アルタ）は同じではない。

シヴァの『ラーマーヤナ』を、ヴァールミーキは『アーナンダ・ラーマーヤナ』（『至福のラーマーヤナ』）と呼ぶ。『マハーバーラタ』を書いたヴィヤーサはそれを『アディヤートマ・ラーマーヤナ』（『神聖なラーマーヤナ』）と呼ぶ。そこでは、ラーマは英雄でなく神である。シーターは犠牲者でなく女神である。

そしてラーヴァナは悪人でなく、莫大な知識を持っているにもかかわらず心（サンスクリット語ではマナス）を広げて女神（サンスクリット語ではブラフ）を理解することができず、それゆえに神（ブラフマン）を見出せないバラモン（ブラフマーの子孫）である。

ヒンドゥー教の経典に登場する女神は、フェミニストが好むような女性版の神ではなく、キリスト教の聖書で描かれるような、行動規範を定めて何が善で何が悪かを決める全能で厳格な永遠の存在としての神でもない。神とは、近代の合理的で無神論的な議論によく登場する、ギリシア神話における神聖な英雄ですらない。ヒンドゥー教的な宇宙観において、女神と神は、他とまったく異なる意味を持っている。

インドの、とりわけヒンドゥー教の思考は、観察から始まる。人間は想像する能力によって、自らを自然界の外に置くことができる。あらゆる生きものの中で我々人間だけが、自然の法則への服従を拒むことができる。こうした人間の心（マナス／プルシャ）は、神となる可能性を有している。それに対して、自然（プラクリティ／マーヤー／シャクティ）は常に女神なのだ。

男性の姿を取る神は心、すなわち思考の世界を象徴する。女性の姿を取る女神は自然、すなわち物質の世界を象徴する。本来は性と無関係な概念をこのように性別化するのは、物語という効果的な媒体を通じて思想を伝えるためだ。その基礎となっているのは、男性の体は女性の体を通じてしか新たな命を生み出せないように、無形の思考は有形の物質を通じてしか表現できない、という考えである。

Column

❖わがままで支配的な心は創造神ブラフマー、崇拝されざる神。彼と対になる自然は辛抱強い女神サラスヴァティー、知恵の源。サラスヴァティーはブラフマーが悟るのを待っている。
❖他人の考え方に無関心なのは破壊神シヴァ、苦行者。彼と対になる自然は魅惑的な女神シャクティ、力の源。シャクティはシヴァが関心を示すのを待っている。
❖他人の考え方を尊重するのは守護神ヴィシュヌ、家庭人。彼と対になる自然は明るい女神ラクシュミー、富と豊穣の源。ヴィシュヌがクリシュナの姿を取るとき、ラクシュミーはラーダー、ルクミニー、サティヤバーマー、ドラウパディーとなる。ヴィシュヌがラーマの姿を取るとき、ラクシュミーはシーターとなる。

このように、ヒンドゥー教の神話における創造、守護、破壊という概念は、自然でなく文化と結び付いている。もちろん、この言葉と意味の微妙な相互作用は誤解されやすく、実際よく誤解されている。それは、現在我々が生きる世界では、ギリシア神話や聖書の物語によって形作られた西洋的な考え方が優勢を占めているからだ。ギリシア神話や聖書で取り上げられるのは、抽象的な思考よりも、具体的でわかりやすく類型化しやすい行動なのである。

本書は、人の心を表す多くの地図の一つ、何世代もの思想家たちによって進化してきた誰もが知る文献、人の置かれた状況への共感や愛情を喚起する物語として、『ラーマーヤナ』を見直すことを試みている。成功することを願っているが、失敗した場合はお許し願いたい。なぜなら――。

果てしない伝説の中には、永久不変の真実が存在する。
そのすべてを理解できる人間は存在しない。
司法神ヴァルナは一〇〇〇の目を持ち、
主神インドラは一〇〇の目を持つ。
そして私の目は、わずか二つ。

Column

❖昔から、我々の知るどの『ラーマーヤナ』も不完全だと考えられている。知られている何百万もの『ラーマーヤナ』の中で、シヴァが語ったものは一〇万節、ハヌマーンの物語は六万節、ヴァールミーキの物語は二万四〇〇〇節から成っており、それ以外の詩人が語ったものはもっと少ない。

❖学者はしばしば、『ラーム・カター』(『ラーマのお話』)と呼ばれるくだけた物語と、詩人や作家の手になる格調高い『ラーマーヤナ』とを区別する。『ラーム・カター』も『ラーマーヤナ』も数多く存在し、互いに影響を与え合っている。

❖過去二世紀にわたって、欧米の方法論による奨学金や学問的資金援助が、『ラーマーヤナ』研究に重要な役割を果たしてきた。そのおかげで、放っておいたら埋もれていたであろう希少な『ラーマーヤナ』や『ラーム・カター』の綿密な翻訳と文書化が可能になった。

❖植民地時代のヨーロッパの学者は征服者の視点を好み、『ラーマーヤナ』を民族という観点から解釈した（アーリヤ人対ドラヴィダ人、北部対南部、ヴィシュヌ信者対シヴァ信者、聖職者対国王）。

❖植民地独立後のアメリカの学者は救い主の視点を好み、『ラーマーヤナ』を性やカースト（階級）間の対立という観点から解釈した。そのため故意にではないにしろ、男性、特にバラモンを悪魔扱いして、信仰を封建的な視点でのみでとらえた。

❖現代の学者は部外者の視点を重視する。そのほうが客観的、科学的で、感情に左右されないと考えられるからだ。それに基づいた論文は、ほとんどのヒンドゥー教徒の目には往々にして不敬で批判的に映る。現代の学問では、研究者は研究対象から距離を置くことを求められるのに対して、インドの従来からの学問では、研究者自身がその研究によって変わることが求められるからだ。

❖現代の学者は『ラーマーヤナ』をどう位置付けるべきか決められずにいる。これは右翼的な学者が主張するように、実際の歴史なのか？　左翼的な学者が主張するように、特定の社会集団に都合のいいプロパガンダ文学なのか？　信者が信じている通りの、神の物語なのか？　あるいは人の心の地図、人の置かれた状況を説明しようとする試みなのか？

❖種々の『ラーマーヤナ』の解釈の仕方として、主に三つの傾向がある。その一、近代主義的な視点（「ヴァールミーキがサンスクリット語で書いた『ラーマーヤナ』のみが正当である」）、その二、脱近代主義（ポストモダン）的な視点（「あらゆる『ラーマーヤナ』は等しく正当である」）、その三、脱ポストモダン的な視点（「信じる者の考えを尊重せよ」）。

❖この二五〇〇年前の物語がなぜインド人の心をつかんでいるのかを理解できる人間はほとんどいない。とりわけ、この叙事詩を、人を理性的にするための道具としての非合理的だが近代的な教育の手段と解釈している人間は、まったく理解できていない。一九八七年、ラーマーナンド・サーガル監督が『ラーマーヤナ』に基づいた初のテレビシリーズを作ると、毎週日曜日の朝の放送中は国中の活動が停止した。一九九二年、ラーマ生誕の地をめぐる論争は世間を二分する政治的な危機に発展した。本書を著した二〇一三年現在も、『ラーマーヤナ』は依然として、インドにおける女性の低い地位について述べる論文で引き合いに出されている。この物語は、政治家に利用され、フェミニストに批判され、学者に分析されながらも、何ら動じることなく何百万もの人々に喜びや希望や生きる意味を与えているのである。

歴史上、代表的な『ラーマーヤナ』

紀元前二世紀以前：吟遊詩人による口伝えの語り
紀元前二世紀：ヴァールミーキによるサンスクリット語の『ラーマーヤナ』
紀元一世紀：ヴィヤーサによる『マハーバーラタ』中の「ラーマ・ウパーキヤーナム」
二世紀：バーサによるサンスクリット劇『プラティマー・ナータカ』
三世紀：サンスクリット語の『ヴィシュヌ・プラーナ』
四世紀：ヴィムラスリーによるプラークリット語の『パウマ・チャリヤ』（ジャイナ教）

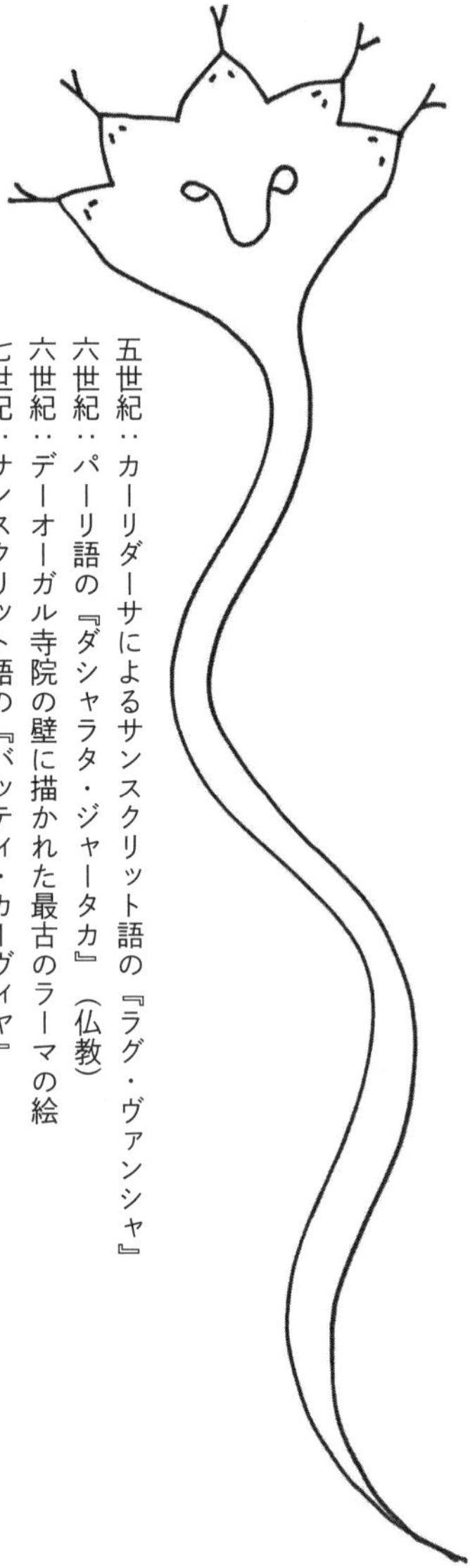

五世紀：カーリダーサによるサンスクリット語の『ラグ・ヴァンシャ』
六世紀：パーリ語の『ダシャラタ・ジャータカ』（仏教）
六世紀：デーオーガル寺院の壁に描かれた最古のラーマの絵
七世紀：サンスクリット語の『バッティ・カーヴィヤ』
八世紀：バヴァブーティによるサンスクリット劇『マハーヴィーラ・チャリタ』
九世紀：サンスクリット語の『バーガヴァタ・プラーナ』
一〇世紀：ムラーリによるサンスクリット劇『アナルガ・ラーガヴァ』
一一世紀：ボージャによるサンスクリット語の『チャンプ・ラーマーヤナ』
一二世紀：カンバンによるタミル語の『イラーマアヴァターラム』
一三世紀：サンスクリット語の『アディヤートマ・ラーマーヤナ』
一三世紀：ブッダ・レッディによるテルグ語の『ランガナータ・ラーマーヤナ』
一四世紀：サンスクリット語の『アドブタ・ラーマーヤナ』
一五世紀：クリッティヴァーサー・オージャーによるベンガル語の『ラーマーヤナ』
一五世紀：カンダリーによるアッサム語の『ラーマーヤナ』
一五世紀：バララーム・ダースによるオリヤー語の『ダンディー・ラーマーヤナ』
一五世紀：サンスクリット語の『アーナンダ・ラーマーヤナ』
一六世紀：トゥルスィーダースによるアワディー語の『ラーム・チャリット・マーナス』
一六世紀：アクバルが収集した『ラーマーヤナ』の絵画

一六世紀：エークナートによるマラーティー語の『バヴァールト・ラーマーヤナ』
一六世紀：トールヴェーによるカンナダ語の『ラーマーヤナ』
一六世紀：エシュッタッチャンによるマラヤーラム語の『ラーマーヤナ』
一七世紀：グル・ゴービンド・シングによるブラジュ語の『ダサム・グラント』内の「ゴービンド・ラーマーヤナ」
一八世紀：ディヴァーカル・プラカーシャ（太陽の光の意）・バッタによるカシミール語の『ラーマーヤナ』
一九世紀：ギリダルによるグジャラート語の『ラーマーヤナ』
一九世紀：バヌバクタによるネパール語の『ラーマーヤナ』
一九二一年：無声映画『サティー・スローチャナー』
一九四三年：映画『ラーム・ラージャ』（マハートマー・ガーンディーが見た唯一の映画）
一九五五年：ラジオ番組、マラーティー語の『ギート』
一九七〇年：コミックシリーズ、アマール・チトラ・カタ中の『ラーマ』
一九八七年：テレビ番組、ラーマーナンド・サーガル監督によるヒンディー語の『ラーマーヤナ』
二〇〇三年：小説、アショーク・バーンカルによる『ラーマーヤナ』シリーズ

＊特に古代の作品については、年代は推定であり誤差は大きい。

Column

❖『ラーマーヤナ』文学は四段階に分けて考察することができる。第一段階は紀元前二世紀にヴァールミーキの『ラーマーヤナ』の最終形が完成したときまで。第二段階は二世紀から

一〇世紀までで、『ラーマーヤナ』に関して多くのサンスクリット語やプラークリット語の劇や詩が書かれた時代。この間、仏教やジャイナ教の言い伝えの中にもラーマに相当する人物を探そうとする試みがなされたものの、プラーナ文献の中で描かれるヴィシュヌが王として地上に降臨した姿というのが、最もよく当てはまっている。一〇世紀以降の第三段階では、イスラームの台頭を背景として、『ラーマーヤナ』は各地方の言葉で述べられる人気の英雄伝説となった。これらは宗教色が強く、ラーマを神、ハヌマーンを非常に敬われる信者そして奉仕者として描いている。最後の第四段階は一九世紀以後で、『ラーマーヤナ』は欧米の視点の影響を強く受けて正義や公正さという現代の政治的な論理に基づいて解読され、分析され、再形成されている。

❖ラーマの物語は紀元前五〇〇年頃から何世紀もの間口承で伝えられ、紀元前二〇〇年にはサンスクリット語による最終形が完成していた。この作品の作者はヴァールミーキという人物だと言われている。この詩作が卓越していることについては、あらゆる学者が同意する。古来より、これはアーディ・カーヴィヤ（最初の詩）とされている。後世の詩人は皆、ヴァールミーキをラーマの物語の源泉と呼びならわしている。

❖ヴァールミーキの作品は吟遊詩人によって口伝えで広められた。文字で書き留められたのは、ずっとあとの時代である。その結果、このオリジナル作品は主に北部版と南部版の二つに分かれ、両者で共通しているのは詩句の半分程度である。一般的に、全七巻のうち第一巻（ラーマの子ども時代）と第七巻（ラーマがシーターを拒絶する話）はかなり後世の作品と考えられている。

❖バラモンはサンスクリット語を書物にするのを拒み、口頭伝承（シュルティ）のほうを好んだ。口伝えよりも言葉を書き留めるほうを選んだのは仏教やジャイナ教の学者である。そのため、パーリ語やプラークリット語で最初に書かれたのはジャイナ教徒や仏教徒によるラーマの物語だと推測される。

❖各地方でそれぞれ『ラーマーヤナ』が書かれるようになったのは紀元一〇〇〇年以降である。最初は一二世紀までに南部で、次に一五世紀までに東部で、そして最後に一六世紀までには北部でも書かれるようになった。

❖ほとんどの女性にとって『ラーマーヤナ』は口承で伝える物語である。インド中の中庭で歌われる歌は、壮大な英雄伝説というより、家庭内の儀式や家庭の問題のほうに重きを置いている。それでも一六世紀には二人の女性が『ラーマーヤナ』を著した。モッラはテルグ語、チャンドラバティはベンガル語で書いた。

❖『ラーマーヤナ』を書いた男性はさまざまな階級に属していた。ブッダ・レッディは地主階級、バララーム・ダースとサルラー・ダースは筆記者や役人の階層、カンバンは宮廷音楽家。

❖自国民の文化の鑑賞に熱心だった一六世紀ムガール帝国の皇帝アクバルは、『ラーマーヤナ』をサンスクリット語からペルシャ語に翻訳させ、宮廷画家に命じてペルシャの技法を用いてこの叙事詩の絵を描かせた。それを機に、一七世紀、一八世紀、一九世紀には、ラージャスターン州、パンジャーブ州、ヒマーチャル地方、デカン高原の国王たちはこぞって『ラーマーヤナ』をもとにした細密画を描かせるようになった。

地域的な『ラーマーヤナ』の広がり

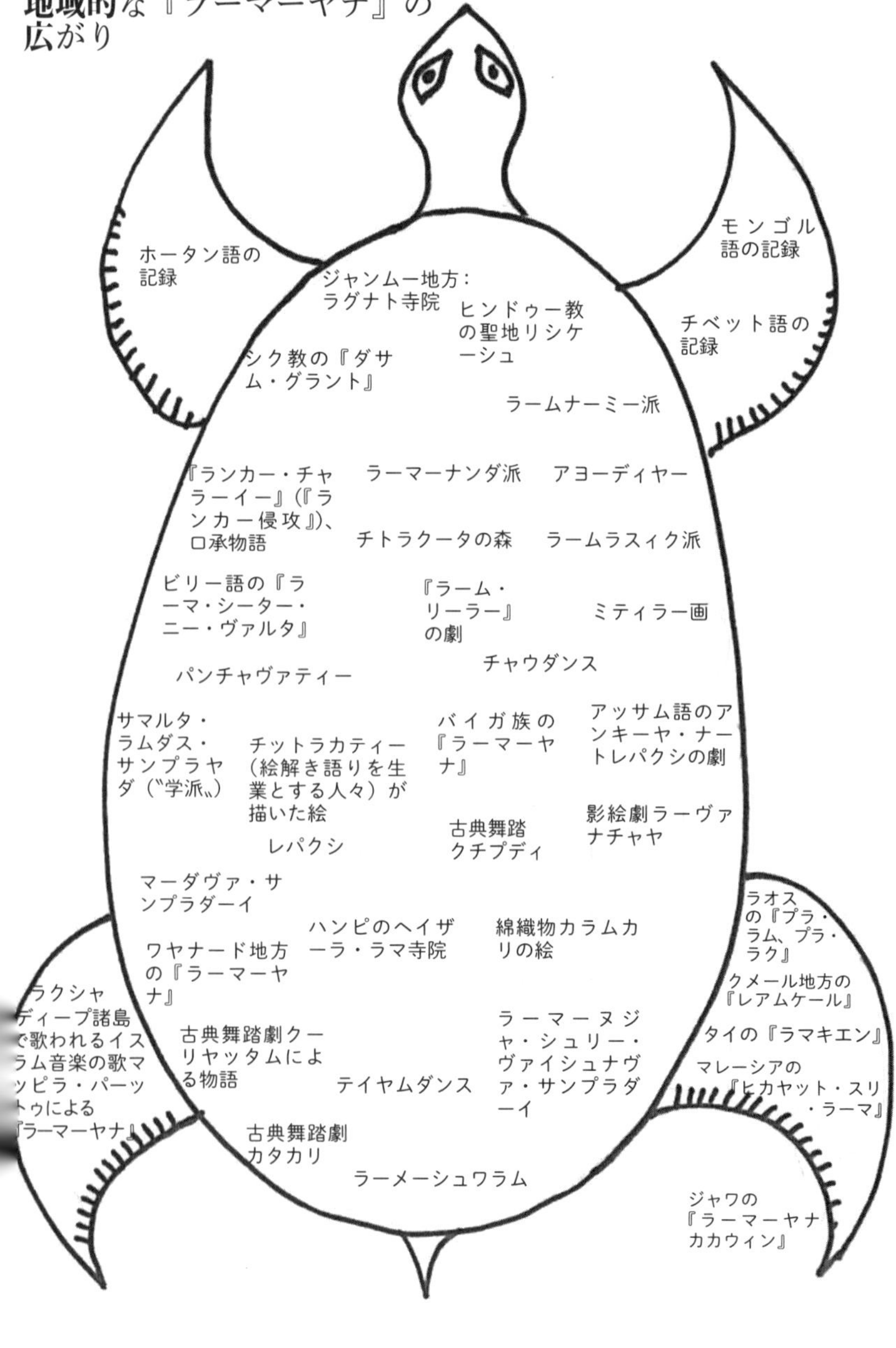

Column

❖インド全土に、『ラーマーヤナ』での出来事に関連した町や村がある。たとえばムンバイには〝バーナガンガー〟という貯水池があるが、これはラーマのバーナ（矢）によって作られたとされる。

❖ほとんどのインド人は、『ラーマーヤナ』を題材にした歌や物語を聞いたことや、劇として演じられたり布に描かれたり寺院の壁に彫られたりしたものを見たことがある。文字で読んだことのある者はごく少数である。それぞれの芸術作品には独自の物語、表現、解釈がある。

❖最古のラーマ像はグプタ朝時代の六世紀にウッタル・プラデーシュ州のデーオーガルに建てられた寺院で発見されている。ここでは、ラーマはヴィシュヌの化身とされ、よってヴィシュヌは王族とされている。

❖タミル・ナードゥ州のアールヴァールと呼ばれる詩人たちは七世紀に、ラーマを献身的な信仰の対象とする、最古のバクティ（絶対的な帰依）の歌を作った。

❖一二世紀、哲学者ラーマーヌジャは、ヴェーダーンタ哲学に基づいたサンスクリット語による論評を通じて、一般的なバクティ（帰依）と、特にラーマ・バクティ（ラーマとして具現化した神への帰依）を表明した。一四世紀、ラーマーナンダはインド北部にラーマ・バクティを広めた。ラームダースは一七世紀にこれをマハーラーシュトラ州に広めた。ラーマーヌジャ（〝ラーマの弟〟）やラーマーナンダ（〝ラーマの喜悦〟）、ラームダース（〝ラーマの僕《しもべ》〟）といった名前が、彼らがラーマを尊んでいたことを表している。

❖チベットの学者は八世紀以降、チベットでの『ラーマーヤナ』の物語を記録してきた。東のモンゴルでも西の中央アジア（タクラマカン砂漠のオアシス都市ホータン）でも、同じような記録が発見されている。これらはおそらく、シルクロードを通って伝わったのだろう。

❖ラーマの物語はインド亜大陸を越えては広がらなかったものの、東南アジアには非常に強い影響を及ぼしている。物語は織物や香辛料を扱う海運商人によって伝えられた。インドではバクティ運動との関連が特徴的だが、東南アジア版の『ラーマーヤナ』にそうした要素はない。したがって、物語が東南アジアに伝播したのは、ラーマがバクティ運動における中心的な信仰の対象となった一〇世紀より前だと考えられる。

❖ラオスの『ラーマーヤナ』は明らかに仏教との関連が見られるが、タイの『ラマキエン』はヒンドゥー教の思想に基づいている。ただし、バンコクにあるエメラルド仏を祀る寺院の壁にはこの物語の絵が描かれている。

❖一四世紀から一八世紀までの間、タイの王朝の首都は（崩壊するまでは）アユタヤ（＝アヨーディヤー）と呼ばれる都市で、代々の国王はラーマにちなんで名付けられていた。

❖インドネシアやマレーシアをはじめとする東南アジアの多くの国々では、イスラームを信仰するようになったあとも、『ラーマーヤナ』は依然として語り継がれている。そのため今日では、そうした国々の『ラーマーヤナ』にはアダムがラーヴァナに出会うという話が含まれている。

❖普通は、各地の言語による『ラーマーヤナ』として言及されるのは一地方につき一つの作品である。タミル語の『ラーマーヤナ』はカンバンの作品、マラーティー語の『ラーマーヤナ』

はエークナートの作品、というように。とはいえ、実際にはインドの各言語での『ラーマーヤナ』は何十も存在する。たとえばオリヤー語では、バララーム・ダースの書いた『ダンディー・ラーマーヤナ』以外にも、サルラー・ダースの『ラーマーヤナ』(『ビランカ・ラーマーヤナ』)、ウペンドラ・バーンジャーの『ラーマーヤナ』(『バイデーヒー・ビラーサー』)、ヴィシュヴァナート・クンティーヤの『ラーマーヤナ』(『ヴィチットラ・ラーマーヤナ』)などがある。

❖カンナダ語には、首で大地を支えている蛇アーディ・シェーシャは『ラーマーヤナ』の再話を行った数多くの作家や詩人の重みにうめいている、という言いならわしがある。

種々の文字で書かれたラーマの名前

紀元前300年頃のカローシュティー文字	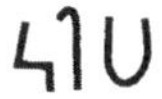
紀元前300年頃のアショーカ王時代のブラーフミー文字	
紀元300年頃のグプタ朝のブラーフミー文字	
紀元800年頃のカシミール地方のシャラダ文字	
カンナダ文字(カダンバ朝)	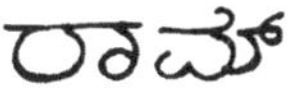
テルグ文字	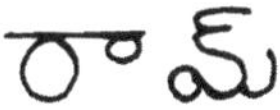
タミル文字	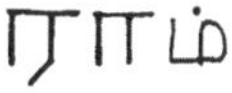
マラヤーラム文字	
オリヤー文字	
ベンガル文字	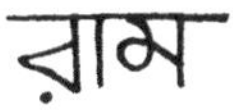
デーヴァナーガリー文字(ヒンディー語、マラーティー語)	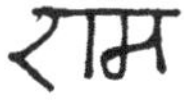
グルムキー文字	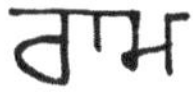
グジャラート語	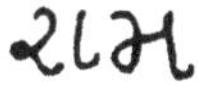
ウルドゥー文字	

Column

❖インドのほとんどの文字は、現在ブラーフミーと呼ばれている文字から発生した。

❖ジャイナ教の言い伝えでは、この時代の初めての祖師（〝ティールタンカラ〟）であるリシャバが、最古の文字を自分の娘ブラーフミーに伝えたとされる。

❖ラーマの名前を書くのは、信仰心を表すために広く行われる慣習である。実際、アヨーディヤーには、現在でも人がラーマの名前（〝ラーム・ナーム〟）を記した冊子を預ける〝ラーム・ラーム銀行〟がある。

❖サンスクリット語は高度に進化した言語であるにもかかわらず、独自の文字を持っていない。この言語はプラークリット語にならって書き表されてきた。最初はブラーフミー文字、その後は悉曇《しったん》文字、シャラダ文字、グランタ文字、そして最後は一九世紀以降、デーヴァナーガリー文字に代表される現代の文字で、書かれるようになった*。

* サンスクリット語が書かれるデーヴァナーガリー文字は、一般に一〇世紀頃からその形態を整えたとされる。

プロローグ

アヨーディヤーから地下へ

草の葉先！

突き出た髪の毛先！

シーターが大地に呑み込まれたあと、残されたのはそれだけだった。彼女が地上を歩く姿は、もう二度と見られないだろう。

アヨーディヤーの民は、王がその草を長い間愛しげに撫でるのを見つめた。王はいつも通り沈着冷静な様子で、その目には一滴の涙も浮かんでいない。民は王の足元にひれ伏して許しを請いたかった。王を抱き締めて慰めたかった。王の心を引き裂いたことを謝りたかった。だが、王が自分たちを責めも非難もしていないのはわかっていた。民は王の子どもだ。国王であり民の父である者、ラグ族の領主、アヨーディヤーを治める君主、それはシーターの夫、ラーマなのだ。

「行こう、家に帰る時間だ」ラーマは双子の息子ラヴァとクシャの肩に手を置いて言った。

家？　自分たちの家は森ではないのか？　森こそが、生まれてからずっと暮らしてきた場所だ。だが二人の少年は、王――よく知らない他人であり、今や父と呼ばねばならない男性であり、ついさっきまで敵であった相手――に反論しなかった。母の最期の指示は明瞭だった。「お父様に言われた通りにしなさい」母にそむくつもりはない。自分たちも、ラグ一族の息子にふさわしい人間になるのだ。

王家の象が王とその息子二人を乗せて都の門をくぐるとき、ラーマに仕える猿ハヌマーンは死の神ヤマを目にした。ヤマは木々の後ろに隠れてラーマをじっと見つめている。ハヌマーンはすぐさま尾を地面に打ちつけた。王やその家族に近づくなという、死の神への警告だ。

怯えたヤマは、アヨーディヤーから遠ざかった。

しかしヤマはラーマの弟ラクシュマナからは遠ざからなかった。数日後、ラクシュマナは不可解な理由で都を出て森の奥深くへと入っていき、自らの首をはねた。

ハヌマーンには理解できなかった。彼をとりまく世界は崩壊しようとしている。最初はシーター、次はラクシュマナがこの世から消えた。次は誰だ？　ラーマ？　そんなことをさせるわけにはいかない。この自分が止めてみせる。彼はアヨーディヤーの門から一歩も動こうとしなかった。誰もこの門には入らせないし、この門から出させるつもりもない。

その後間もなく、ラーマは指環を失くした。指から滑って、宮殿の床の割れ目に落ちたのだ。「取ってきてくれないか、ハヌマーン？」ラーマは頼んだ。

主人のためなら何でもするハヌマーンは、蜂の大きさにまで体を縮め、床の割れ目に入っていった。驚いたことに、それは普通の割れ目ではなかった。地の底まで通じるトンネルだった。ハヌマーンは、蛇の住処ナーガ・ローカにたどり着いた。

ナーガ・ローカに足を踏み入れた途端、足元でとぐろを巻く二匹の蛇を発見した。彼は蛇を払いのけた。蛇はさらに二匹の蛇を連れて戻ってきた。ハヌマーンはそれらも払いのけた。気がつけば、ハヌマーンは千匹もの蛇に囲まれていた。蛇はハヌマーンの身動きを封じようとしている。ハヌマーンは降参し、蛇の王ヴァースキのもとへ連れていかれた。ヴァースキは七つの首を持つ蛇で、それぞれの首に立派な宝石がかかっている。

「ナーガ・ローカに何の用だ?」ヴァースキはシューシュー音をたてながら尋ねた。

「指環を捜しています」

「ああ、あれか! どこにあるか教えてやろう。ただしその前に、私の質問に答えろ」

「何でしょう?」

「地中に張ったあらゆる木の根が、一つの名前をささやいている。シーター、と。シーターとは誰だ? 知っているか?」

「ある男性が愛している女性です。私はその男性の指環を捜しているのです」

「では、シーターについて話せ。シーターの愛する男性についても話せ。そうしたら指環のある場所を教えてやろう」

「シーター様とラーマ様の話を語る以上の喜びはありません。物語の大部分は、私自身が経験したものです。他の人々から聞いた部分もあります。すべての物語の中にあるのは真実です。そのす

べてを知る者は存在しません。司法神ヴァルナは一〇〇〇の目を持ち、主神インドラは一〇〇〇の目を持つ。そして私の目は、わずか二つなのです」

ナーガ・ローカのあらゆる蛇はハヌマーンの話を聞きたがり、彼の周りに集まった。ナーガ・ローカには太陽も月もなく、火もない。唯一の明かりは、ヴァースキの七つの首にかかった七つの輝く宝石からの光だ。だが、それで十分だった。

Column

❖シーターは常に植物、特に草と関連付けて考えられてきた。

❖クシャ草は細長く尖った草で、ヴェーダ聖典に基づく儀式に欠かすことのできない重要な材料である。祭式を行う者はこの草で織った茣蓙《ござ》に座り、草で作った輪を指に結び付ける。クシャ草は火を運ぶ松明としても、寺院の境内を掃くほうきとしても用いられる。プラーナ文献は、この草をブラフマーの髪、ヴィシュヌの髪（亀の姿を取った時の）、そしてシーターの髪と関連付けている。

❖ラーマはラグ・クラすなわちラグ族の人間だ。そのため彼は、ラーガヴァ（〝ラグの者〟）、あるいはラーガヴェーンドラ（〝ラグの中の最上者〟）と呼ばれる。ラグはラーマの高祖父で、太陽の王朝である偉大なるスーリヤ・ヴァンシャに属していた。スーリヤ・ヴァンシャは太陽神スーリヤの孫イクシュヴァークが建国した、道徳的な高潔さで知られる国である。

❖ヒンドゥー教の死の神ヤマは、王も乞食も区別なく地上での寿命が尽きた者の命を奪う、公平な存在とされている。彼が唯一恐れるのはハヌマーンだ、と一般に考えられている。

❖ハヌマーンは猿である。猿はサンスクリット語でヴァーナラという。猿は、落ち着きのない人間の心の象徴でもある。ハヌマーンは問題を取り除く者（サンカット・モーチャン）であり、死神にも恐れられているため、ヒンドゥー教の神々の中で最も人気のある守護神とされている。

❖ヒンドゥー教の神話の世界には大別して三つの層がある。デーヴァ神族や天女アプサラスや楽神ガンダルヴァの住む天空、アスラ魔族やナーガ族の住む地下世界、人間（マーナヴァ）や羅刹ラークシャサや森の精霊ヤクシャの住む地上。これら一つ一つはローカ（〝界〟）と呼ばれる。天界はスヴァルガ・ローカ、地下はパーターラ・ローカまたはナーガ・ローカ、そして真ん中はブー・ローカ、つまり地上である。

❖ナーガは首の部分が膨らんだ蛇で、人間の形を取ることもでき、首に宝石をつけていると言われている。その宝石には魔法の力があって、人の願いを叶えたり、死者を生き返らせたり、病気を治したり、富を引き寄せたりすることができる。*

❖伝統的に、『ラーマーヤナ』は儀式の中で語られてきた。たとえば、一八世紀に劇作家バヴァブーティが書いた『マハーヴィーラ・チャリタ』は、寺院やシヴァを称える祭で演じられた。

❖ハヌマーンが『ラーマーヤナ』を語る、というのは大衆に好まれる民間伝承である。彼が語る物語は『ハヌマーン・ナータカ』と呼ばれることもある。

❖禁欲により独身を貫く猿ハヌマーンを、シヴァの化身、シヴァの息子、あるいはシヴァそのものとみなす言い伝えは多い。ナーガは豊穣を体現しているため、女神と密接に関連している。

＊ナーガは一般にコブラのこととされ、毒をもたない蛇と区別される。

❖西洋的な考え方は、『ラーマーヤナ』を歴史的、地理的に位置付けることを好む。誰が、いつ、どこで、それを書いたのか？　伝統的なインドの考え方は、『ラーマーヤナ』を時間や空間の制約から解放することを好む。学者にとってのラーマは時代や場所に縛られている。熱心な信者にとってのラーマは人間の心の象徴であり、したがって時間を超越している。もちろん、政治家は自分に都合のいい解釈をする*。

*神話としては『ラーマーヤナ』は、インドの四つの時代区分であるユガの二つ目、トレーター・ユガの時に起こった物語であるとされる。

第一巻

誕生

「彼女は大地から生まれ、賢者に囲まれて育った」

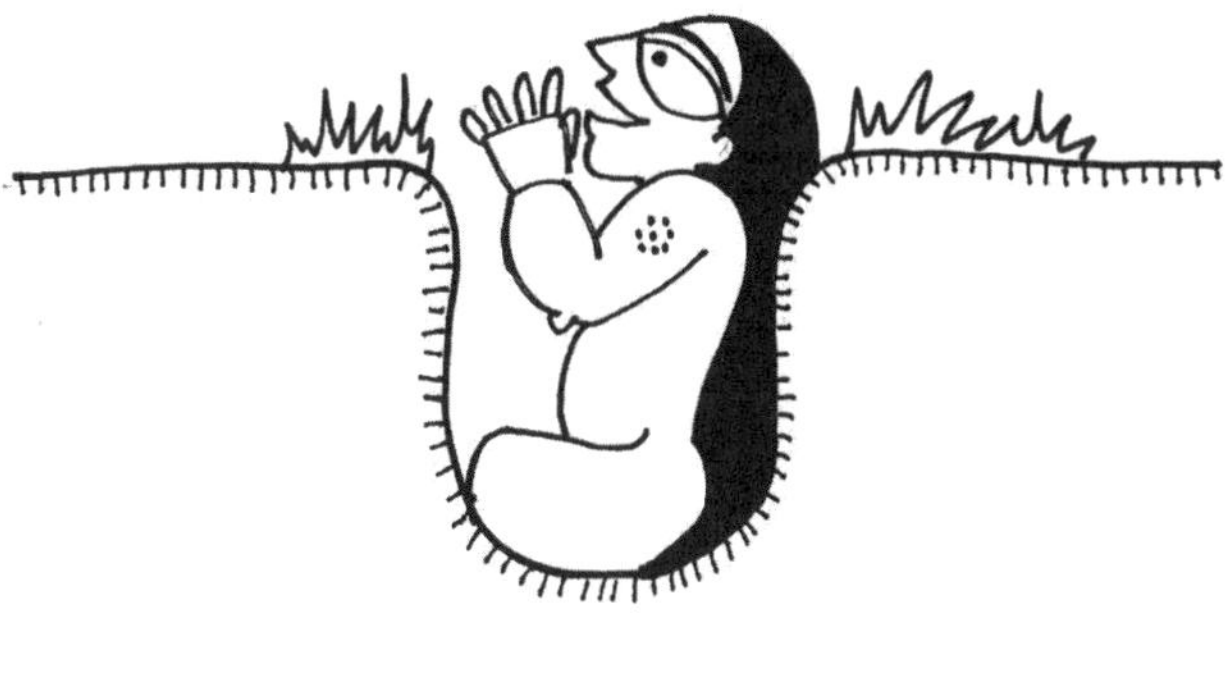

畝で拾われた子ども

種蒔きが始まった頃だった。農場は柵でジャングルと隔てられていた。柵の外側では黒羚羊が自由に歩き回っていた。柵の内側では農民が穀物と雑草を見分けようとしていた。

農民たちは、黄金の鍬で最初に土地を耕してもらうため、ジャナカ王を招いた。鐘や太鼓や法螺貝の音に合わせて、王は鍬を大地に突き入れて土を耕し始めた。軟らかくて湿った、夜空のごとく黒い土が左右に押しのけられて、畝ができる。畝が素早く着々と延びていくにつれ、王は自信を増し、農民たちは喜んだ。

王はふと手を止めた。畝の中から金色の手が現れている。小さな指が、陽光に引っ張られたかのごとく草のように伸びている。ジャナカが土をどけると、軟らかく湿った土の中に赤ん坊がいた。女の子だ。健康で元気そうな女の子は、見つけられるのを待っていたかのように、嬉しそうににこにこ笑っている。

これは捨て子か？ 違う、と農民たちは言った。大地の女神から子どものいない王への贈り物に違いない。だが、この子は王の種から生まれたわけではない——どうしてこの子が王の娘になれる

のか？　するとジャナカは、父となる資格は種でなく心から芽生えるものだ、と言った。

ジャナカが抱き上げると、赤ん坊は彼の腕の中で楽しそうに喉を鳴らした。王は赤ん坊を自分の胸に押し付けて宣言した。「この子はブーミジャー、大地の娘だ。そなたたちはこの子を、ミティラーの都に生まれた王女マイティリーと呼んでも、ヴィデーハ国の淑女ヴァイデーヒーと呼んでも、ジャナカを選んだ女ジャーナキーと呼んでもよい。私はこの子をシーターと呼ぼう。畝で見つかった者、私を父に選んだ者という意味である」

すべての者の胸中に喜びが溢れた。儀式は大成功だ。子どものいなかった王は、父親となって宮殿に戻った。これ以上の収穫はないだろう。

Column

❖ヴィデーハは現代のビハール州（ミティラー地方）にあるため、この物語の源はガンジス川流域の平野部にあると考えられる。

❖ヴェーダ讃歌は、畜産と農耕の両方の活動に言及している。土を耕す儀式はヴェーダの祭式であるヴァージャペーヤと密接に関連している。ヴァージャペーヤとは食べ物を意味する〝ヴァジャ〟に由来する言葉である。

❖畝は自然には存在しない。畝は農耕、つまり人間の文明の誕生を示唆する。ゆえにシーターは、人間が自然に手を加えたこと、人間の文化が発生したことを具現化している。

❖ヴェーダには、豊穣の女神シーターに関する記述がある。

シャーンターと呼ばれる娘

❖ジャナカは家名である。最初のジャナカ王はニミだった。ニミの子はミティで、ミティがミティラーの都を創設した。

❖『マハーバーラタ』の中で述べられるラーマの物語「ラーマ・ウパーキヤーナム」では、シーターはジャナカの実の娘とされている。地方版の多くで、シーターは箱の中で見つかるか、大地の女神ブーデーヴィーが現れてジャナカに子どもを授けたことになっている。ジャイナ教の『ヴァースデーヴァヒンディ』やカシミール語の『ラーマアヴァターラ・チャリタ』のように、シーターは実はラーヴァナの子で、海に捨てられて地中を通ってジャナカのもとに現れたとする伝承もある。

❖『アーナンダ・ラーマーヤナ』では、ヴィシュヌがパドマークシャという王に赤ん坊の入った果物を与えたとされている。この赤ん坊は女神ラクシュミーの化身である。彼女はパドマーヴァティーと名付けられ、やがてシーターとなる。

❖シーターは〝アヨーニジャー〟、すなわち母親の子宮から産まれていない子どもである。こういう子どもは特別だと考えられている。アヨーニジャーは死を寄せつけない存在である。

❖合理主義者なら、シーターはおそらく捨て子だと主張するだろう。

❖ビハール州のシタマリ地区は、ジャナカが鍬でシーターを掘り出した場所だと言われている。

コーサラ国の都アヨーディヤーを治める王ダシャラタにも娘がいた。名前はシャーンター、平和な者という意味である。だがシャーンターはダシャラタの心に平和をもたらさなかった。彼は息子が欲しかったからだ。

そこでダシャラタは北部のケーカヤへ行き、アシュヴァパティ王に彼の娘との結婚を申し込んだ。その王女は傑出した息子を産むという予言がなされていた。アシュヴァパティは反対した。「あなたにはすでにカウサリヤーという王妃がいて、娘を一人産んでいる。我が娘カイケーイーがあなたと結婚しても、娘は下位の王妃になってしまう」

「しかし、彼女が息子を産んだなら、その息子はやがて王になり、あなたの娘は王母となるだろう」ダシャラタがそう反論してアシュヴァパティを説得したので、アシュヴァパティはダシャラタが自分の娘カイケーイーと結婚することを許した。

残念ながら、カイケーイーは息子も娘も産まなかった。それでダシャラタはスミトラーという女性と三度目の結婚をしたが、スミトラーも子どもを産めなかった。

ダシャラタは絶望に見舞われた。誰に王冠を継がせればいい？　それに、ヴァイタラニー川の向こうにある死者の国にいる先祖に合わせる顔が

ない。先祖は、ダシャラタが息子を現世に残したかと尋ねるに違いない。息子がいれば、先祖は生まれ変わることができるのだ。

アンガの王ローマパーダがやって来たのは、そんなときだった。彼は言った。「我が王国は干ばつに襲われている。空の支配者、雨の神たるインドラが、我が家臣の一人、強大な苦行者ヴィバンダカの息子、リシュヤシュリンガを恐れているからだ。この、王国に干ばつをもたらしているリシュヤシュリンガこそが、あなたに子どもが生まれない原因でもあるに違いない。私の娘がリシュヤシュリンガの誘惑に成功して、家庭人にし、彼の力をそいでインドラを満足させられさえすれば、危機は去るだろう。しかしダシャラタよ、私には娘がいない。あなたの娘を養子にさせてほしい。彼女のおかげでアンガに雨が降ったなら、私はリシュヤシュリンガに命じて、インドラがあなたに息子を与えるようにさせよう」

突然、娘シャーンターはダシャラタにとって問題への答えになった。

Column

❖シャーンターの物語は『マハーバーラタ』や多くのプラーナで詳しく語られている。ヴァールミーキの『ラーマーヤナ』のような南方写本など、いくつかの伝承では、シャーンターはダシャラタの娘でローマパーダの養子になったとされる。彼女は元々ローマパーダの娘であってダシャラタとは関係ない、という伝承もある。カウサリヤーが彼女の母親かどうかは物語の中で明らかにされていない。

❖ウペンドラ・バーンジャーによるオリヤー語の『バイデーヒー・ビラーサー』では、ジャラタ率いる娼婦の集団がリシュヤシュリンガを誘惑して船に乗せ、アンガに雨をもたらす祭式を執り行わせる。それに喜んだダシャラタは娘シャーンターを差し出し、息子をもたらす祭式を執り行わせるためリシュヤシュリンガをコーサラ国に連れ帰る。この物語は、海岸沿いのオリッサ州、特にプリーのジャガンナート寺院で繁栄したデーヴァダーシー（〝神の巫女〟）文化において、性愛や娼婦が認められていたことを示している。トゥルスィーダースがアワディー語で書いた『ラーム・チャリット・マーナス』は宗教文学であり、リシュヤシュリンガにはまったく言及していない。サンスクリット語による形而上学的な『アディヤートマ・ラーマーヤナ』にはリシュヤシュリンガが登場するものの、誘惑の物語は省かれている。

❖男性優位の社会において、不妊の場合はまず夫婦のうち妻のほうに原因があるとされ、それでも解決しない場合にのみ夫に原因があるとされる。

❖ヒンドゥー教の神話では、土地の肥沃さはその土地に住む人間、とりわけ王の生殖能力と強く関連している。そのため、この物語は、雨が降らないことと王が息子を作れないことを結び付けている。

❖この物語は、干ばつを禁欲的な行動と関連づけている。禁欲は降雨に悪影響を及ぼす。これは、禁欲的な風潮への不快感を表している。苦行者シヴァですら、女神によって家庭人シャンカラに変身させられる。それによって、山々の雪が溶けて川――〝ガンガー〟――になり、その岸で文明が栄えるのである。

リシュヤシュリンガの拉致

聖仙ヴィバンダカは予言者と呼ばれていた。他の者には見えないものが見えたからだ。彼は、食べ物が体液に変わり、その後血液となり、肉、神経、骨、骨髄、そして最後には精液になると知っていた。精液が放出されると、新たな命が生まれる。どんな動物も精液の放出を制御できない。できるのは人間、それも男性だけである。

精液が体内に留まるとオージャス（活力）に変わる。オージャスは苦行ターパスヤの実践を通じてタパスに変わりうる。タパスとは瞑想や観想によって生み出される霊的な火である。タパスとともに、シッダが生じる。シッダは、自然を制御する力、神を促して雨を降らせたり不妊の女性を多産にさせたり不能の男性に精力を与えたりする力、水面を歩いたり翼なしで飛んだりする力である。ヴィバンダカは、苦行を実践し、タパスをかき立て、シッダを手に入れ、自然を制御して自分の思い通りにさせよう、と決意した。

ヴィバンダカが企みに成功したら、シッダを用いて自分に対抗するだろう――それを恐れたインドラは、自らの天界から天女アプサラスを送り込んでヴィバンダカを誘惑させようとした。アプサラスを一目見た瞬間、ヴィバンダカは精液を制御できなくなった。精液は――意に反して――彼の体から噴出し、草の上に落ちた。雌鹿がその草を食べた。精液の力が非常に強かったため、雌鹿は妊娠した。

鹿は枝角の生えた人間の男の子を出産し、その子がリシュヤシュリンガとして知られるようになった。

ヴィバンダカはリシュヤシュリンガを自らの失敗の象徴と考え、怒りと恨みを感じながら彼を育て、女性については何も教えなかった。庵の周りに線を引き、女性に関するものは一切息子に近づけないようにした。雌牛も雌馬も、雌ガチョウも雌羊も、雌鹿も雌豚も。そこではどんな花も咲かず、蜜も芳香もない。そこは不毛の地だった。ヴィバンダカの庵の周りに引かれた線を越えようとした女性は、たちまち炎に包まれた。そのためインドラは、リシュヤシュリンガを誘惑させるためのアプサラスを送り込めずにいた。

激怒したインドラは、ヴィバンダカの庵があるアンガに近づくことを拒んだが、やがてアンガの統治者が問題の解決に乗り出した。インドラの怒りのせいで干ばつが起こったため、ローマパーダは自分の国から女性を一人選んで誘惑役とすることにしたのだ。だが、妻や姉妹や娘の命を危険にさらしてもいいという男性は誰もいなかった。王妃も側室も娼婦も、協力を断った。だからローマパーダはシャーンターを必要とした。彼女は美しさのみならず、知性や勇気でもよく知られていたからである。

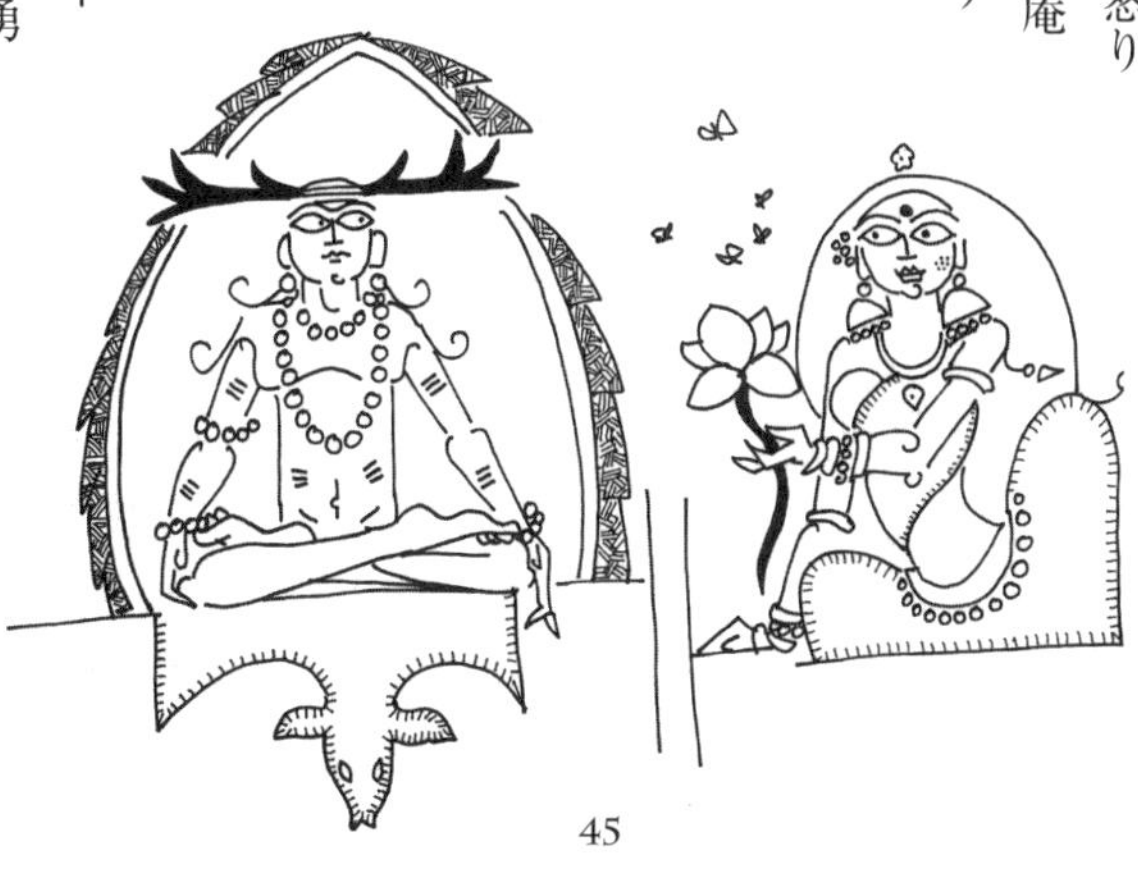

シャーンターは昼間のうち数時間、ヴィバンダカが森の食べ物を集めに庵を留守にするのを待った。その機をとらえて門の外に立ち、愛と情熱の歌を歌ってリシュヤシュリンガをおびき寄せた。若くて純真な苦行者は、あれはどんな生きものかと訝った。最初は見るのも怖がっていたが、やがて彼女の歌を楽しむようになり、ついに勇気を出して話しかけた。

「私は女です」シャーンターは告げた。「あなたとは別の種類の人間です。あなたはご自分の体の外で命を創造できますが、私は自分の中で命を創造できます」リシュヤシュリンガには理解できなかった。「外に出てきてくださったら、教えてあげますわ」だがリシュヤシュリンガは怖くて庵の敷居をまたげなかった。それで、離れたところから、シャーンターが自らの肉体の秘密を露わにするのを見守った。すると、これまで知らなかった感情や欲望、それに深い孤独感が湧き上がった。

リシュヤシュリンガからこの生きものについて聞いたヴィバンダカは警告した。「その女は、お前を奴隷にしようとしている怪物だ。離れておきなさい」

しかし、どれだけ努力しても、リシュヤシュリンガは彼女のことを考えずにはいられなかった。何昼夜か苦しんだあと、それ以上耐えられなくなった。父が不在のとき、彼は勇気を奮い起こしてヴィバンダカの庵の境界を越え、シャーンターに身を捧げた。シャーンターはリシュヤシュリンガを腕に抱き、勝ち誇ってアンガに戻った。

Column

❖〝ラクシュマナ・レーカー（ラクシュマナの線）〟の物語は大衆の想像力をかき立てたのに対して、〝ヴィバンダカ・レーカー（ヴィバンダカの線）〟の物語は好まれなかった。ラクシュマナが線を引いたのは女性の貞節を守るためなのに対して、ヴィバンダカが線を引いたのは男性の禁欲を守るためだった。前者は社会秩序のために必要だった。後者は自然や文化の秩序に対する脅威だった。

❖この物語は、修行者の生き方と家庭人の生き方の間の葛藤を明瞭に表現している。修行者の生き方は、子どもを作らず、雨を降らせないため、世界を危機に陥れる。その解決策はセックスと結婚である。

❖プラーナには、美しい精霊が禁欲中の修行者を誘惑する話が多く登場する。タパスヴィンとは火（タパス）の苦行者、そしてアプサラスとは水（アプス）の精という意味である。

❖後世、女性は妖婦であり、禁欲と強く結び付く霊的活動の邪魔になる存在だと見られるようになった。その理由の一つが、女性を生殖力と結び付ける考え方である。

❖ヒンドゥー教寺院には、愛の営みを行う幸せな夫婦の絵が不可欠である。結婚は神にとっても信者にとっても非常に重要である。神に近づくために禁欲することは、当初は否定的な見方をされていた。しかし後世、それは信仰心の最たる表れとされるようになった。その理由は、仏教、ジャイナ教、ヴェーダーンタ哲学といった禁欲的な宗派が台頭したこと、そして植民地時代にカトリック的、保守的な価値観が世界規模で広まったことである。

❖リシュヤシュリンガの物語は『ナリニー・ジャータカ』や『アランブシャー・ジャータカ』といった仏教の物語にも見られ、仏教僧によって広まった修行者の禁欲と、社会における子どもの必要性との間の葛藤を示している。こうした物語では、ヴィバンダカは菩薩（前世での仏陀）、シャーンターはナリーニとされている。釈迦の説話集『マハーヴァストゥ』では、リシュヤシュリンガは菩薩であるエーカシュリンガ、ナリーニは前世ではヤショーダラー（仏陀の妻）だった。

❖仏教が生まれるまで、隠者とは町を去って森に留まった人間だった。仏陀はこの禁欲的な生き方を町にも持ち込んだため、緊張が生まれた。木々、緑豊かな植木鉢、太った男や宝石で飾った女など、肥沃を象徴する絵や像が仏教寺院に数多く見られるのは、この緊張を緩和するための解決策である。

❖リシュヤシュリンガはカルナータカ州にある聖地シュリンゲーリと関連がある。

❖『ラーマーヤナ』と『マハーバーラタ』というインドの二大叙事詩が、仏教誕生後の数世紀の間に最終的な形に完成したことには、重大な意味がある。仏教の創設者は王子として生まれたが、妻と幼子を捨てて新しい宗派を興した。『ラーマーヤナ』と『マハーバーラタ』はどちらも、家族についての物語である。修行者がどうしたら家庭人としての人生を送ることができるかを示そうとしている。修行者が必ずしも僧になる必要はない。修行者の生活と家庭人の生活との葛藤こそが、インド的な思想の基礎を成している。前者はシヴァの生き方に、後者はヴィシュヌの生き方に体現されている。

ダシャラタ、四人の息子を得る

雨は激しく降った。花は咲き誇り、蜂を呼んだ。雄牛は雌牛を求め、雄鹿は雌鹿を求めた。アンガでは万事が順調だった。ローマパーダは約束を守って、ダシャラタに息子ができるよう協力することをリシュヤシュリンガに求めた。リシュヤシュリンガは喜んで応じた。自然の秘密に精通している彼は、祭式を執り行うことにした。

リシュヤシュリンガはダシャラタをヤジュニャつまり祭式の施主であるヤジャマーナだと宣言し、祭壇を用意して火を灯し、神々を呼び出す力強い讃歌を詠唱した。呼び出された神々に澄ましバターを捧げるよう、ダシャラタに指示した。ダシャラタは、炎にギー（バターのこと）を注ぎ入れるたびに、「スヴァーハー」と唱えるようにと言われた。ギーを捧げているのがダシャラタであることを神々が忘れないよう、念押しするのだ。神々が満足してげっぷをすると、リシュヤシュリンガは、お返しにダシャラタの願いを叶えてくれと神々に要請した。祈りと献供と要請が繰り返して続けられると、やがて神々はすっかり満足し、祭式の果報として霊薬ハビスが生じた。これをダシャラタの妃たちが飲むと息子たちが生まれるという。

ダシャラタは霊薬の半分を尊敬する妃カウサリヤーに、半分を愛する妃カイケーイーに与えた。カウサリヤーはスミトラーも無視し

てはいけないと思い、自分がもらった霊薬の四分の一を彼女に与えた。カイケーイーも同じようにした。その結果、カウサリヤーはラーマを、カイケーイーはバラタを、スミトラーはラクシュマナとシャトルグナの双子を産んだ。

こうして、ダシャラタの娘シャーンターのおかげで、三人の妃は四人の息子の母親となることができたのである。

Column

❖ラーマの誕生は、春の新月のあとに満ちていく月の九日目に、ラームナヴァミーとして祝われる。この日、いくつものラーマの像がブランコのように揺れる台の上に置かれて拝まれる。ラーマは母親たちが切望する理想的な息子、従順な息子なのだ。

❖占星術の計算によると、ラーマが誕生した日はおよそ七〇〇〇年前の、紀元前五一一四年一月一〇日とされる。

❖ガンジス川流域の平野部の村に伝わる歌では、ラーマは日没後に生まれたが彼の輝きが部屋を満たしたためランプは不要だった、とされる。息子を持てない王という屈辱から救ってくれたことをダシャラタがラーマに感謝する、という歌もある。また、喜んだカウサリヤーがラーマの誕生をもたらす祈りや呪文を列挙した、という歌もある。

❖ヴァールミーキの『ラーマーヤナ』では、リシュヤシュリンガをダシャラタの義理の息子とはしていない。後世の伝承がリシュヤシュリンガを義理の息子にしたのは、おそらく、リシュヤシュリンガはニヨーガを行うために呼ばれたのだとの示唆を否定するためだろう。ニヨーガとは修行者が子のない女性を妊娠させるという古代の慣習で、『マハーバーラタ』で詳しく述べられている。

❖ヨーロッパの東洋学者は、初めてヴェーダ聖典に触れて祭式のことを読んだとき、彼らなりの理解に基づいてその儀式を〝火の供儀〟と呼んだ。だが供儀においては、生贄を捧げる者は厳しい神をなだめるために何かを失う。祭式では、祭式を執り行うヤジャマーナが利益を得る。ヤジャマーナは何かを受け取るために何かを与えるので、この儀式は犠牲でなく〝交換〟と呼ぶのが最もふさわしい。火は交換を行うための媒体である。火は聖職者と同じく、〝仲介者〟なのだ。

❖カウサリヤーとカイケーイーが自分のもらった霊薬をスミトラーに与えたことは、『マハーバーラタ』に登場する主要な三人の妃――誰が最も多くの子どもを産めるかで競い合ったガーンダーリー、クンティー、マードリー――と比べたときに重要な意味を持つ。『ラーマーヤナ』はこうして、一夫多妻制における妻たちが――少なくとも最初のうちは――敵対関係にない幸せな家庭を描いている。

❖『アーナンダ・ラーマーヤナ』では、カウサリヤーに与えられた霊薬の一部が鳥に奪われてアンジャナーの口の中に落ちたとされる。こうしてハヌマーンが生まれた。別の再話では、カウサリヤーに与えられた分の一部が鳥に奪われてカイカシーの口の中に落ちたことになっており、こうして生まれたのはヴィビーシャナである。

❖何世紀もの間、巡礼者はラーマの生誕の地としてアヨーディヤーまで旅をした。しかし、アヨーディヤーでラーマが生まれた正確な場所は、インドでは大きな論争の的であり、政治的な動乱の原因になっている。植民地時代以来、ヒンドゥー教はヨーロッパからの批判を感じとり、ヨーロッパ的な雛型によって自らを解釈することを余儀なくされてきた。もっと明快に、具体的に、系統立てて、均質で、歴史に忠実で、地理的に正確で、あまり精神的でなく、あまり情緒的でないものに変化せざるを得なかった。キリスト教やユダヤ教やイスラームといったヨーロッパ中心の世界における主要な宗教と同じくらい、わかりやすいものにならねばならなかった。そんなプレッシャーの結果、信仰の対象を特定の場所に置く必要が生じた。こうして、時間を超越していたものは時間を特定され、普遍的な事象は特定の事象となった。かつて信仰の問題だったものは、法廷が介入すべき領地をめぐる戦争地帯になった。適応や許容や親切心や好意が、弱さあるいは堕落とすら見られる世界にあっては、誰もが〝正しく〟ありたいと願うのである。

❖ヴァールミーキの『ラーマーヤナ』は、リシュヤシュリンガの執り行う祭式の一環として馬が生贄にされたと述べている。こうした慣行の描写は古代のヴェーダ聖典での儀式の文献には書かれているが、後世の文献には見られない。

❖ジャイナ教の『ラーマーヤナ』では、ラーマはパドマと呼ばれる。

スラバーとジャナカ

「リシュヤシュリンガをミティラーに呼ぶことを考えてはいかがでしょうか」ジャナカ王はしばしばそのような助言を受けた。シーターを得たあと、ジャナカの妃スナイナーはウールミラーという娘を産んでいた。ジャナカの弟クシャドゥヴァジャにはマーンダヴィーとシュルタキールティという二人の娘がいた。ヴィデーハの国には二人の兄弟に四人の娘がいるのに、息子は一人もいないのだ！

ジャナカはこう答えるのだった。「大地はジャナカにふさわしいものを与えてくれる。火はダシャラタに彼が望むものを与えた。私は娘を持つという運命を選んだ。ダシャラタは息子を求める願望に従った」

この言葉はスラバーという女の耳に届いた。彼女は美しく着飾った魅惑的な姿で王の前に現れ、二人きりでの謁見を求めた。誰もが、なぜなのかと訝った。

スラバーは王が気まずそうにしているのを見て言った。「この国はヴィデーハと呼ばれています。〝肉体を超越する〟という意味です。この国の王なら、私の肉体よりも精神を重んじてくださるものと思っていました。でも、それは思い違いだったのですね」

そのようにたしなめられ、ジャナカは恥じ入った。

スラバーは続けて言った。「人間は特別な存在です。

私たちには想像できる心があります。想像力によって、動くことなく時間や空間を旅し、現実には存在しない状況を作り出すことができます。それこそが、人間と自然とを分けるものです。このような心はマナスと呼ばれ、そのため人間はマーナヴァと呼ばれるのです。陛下は男性の肉体を持ったマーナヴァ、私は女性の肉体を持ったマーナヴァです。私たち二人は世界について異なる見方をしますが、それは私たちが異なる肉体を持っているからではなく、異なる心を持っているからです。陛下はある一つの視点で世界を見、私は別の視点で見ます。けれど、私たちの心は大きく広がることができます。私は陛下の視点で世界を見、陛下は私の視点で見ることができるのです。ヴィバンダカやリシュヤシュリンガといった人たちは、心を広げるのではなく、苦行や祭式を通じて自然を支配するのに心を利用します。彼らは世界をそのままの姿で受け入れません。なぜか？　ジャナカ王、人間の心に尋ねてみてください。そうすれば陛下は、肉体を、そして肉体を取り巻く世界をもっとよく理解できるでしょう。それこそがヴェーダ、つまり知恵なのです」

彼女の言葉に啓発されたジャナカは、ヴェーダ聖典の知識を教えてもらうため、アーリヤーヴァルタ（インド北部のこと）中のすべての聖仙を自分の国に招いた。彼らは、意見を交換して世界を見る別の視点を知ろうと、洞窟から、山上から、川岸から、海辺から、ジャナカの宮廷までやって来た。こうして親しく話し合うための集まりは、ウパニシャッドとして知られるようになった。ウパニシャッドは、やがて人々の視野を広げてくれることになる*。

*ウパニシャッドとは、バラモン教の広義のヴェーダ聖典の一部。『リグ・ヴェーダ』など四つのサンヒター、ブラーフマナ、アーラニヤカより後に成立した、哲学的部分のこと。

Column

❖ヴァールミーキの『ラーマーヤナ』にシーターの母親の名前は出てこない。ヴィムラスリーによるジャイナ教版『パウマ・チャリヤ』では、母親の名前はヴィデーハーとされている。ジャイナ教の『ヴァースデーヴァヒンディ』では、母親の名前はダーリニーである。スナイナーやスネートラーは地方の伝承に登場する。

❖ヴァールミーキの『ラーマーヤナ』では、シーターの父親は他のジャナカと区別するため、シーラドゥヴァジャ・ジャナカと呼ばれている。シーラドゥヴァジャは〝鍬を旗印とする者〟という意味である。弟のクシャドゥヴァジャの意味は〝草を旗印とする者〟だ。ヴィデーハ国の代々のジャナカ王は農業と関係が深い。

❖ジャイナ教版『パウマ・チャリヤ』では、シーターにはバーマンダラという双子の兄がいる。『ヴィシュヌ・プラーナ』や『ヴァーユ・プラーナ』では、バーヌマーンという兄がいることになっている。この名前はハヌマーンとよく似ているが、バーヌマーンがどういう人物だったかはよくわかっていない。

❖スラバーとジャナカが会ったことは、『マハーバーラタ』の「ビーシュマ・パルヴァン」に書かれている。彼女はヨーガの力によってジャナカの心に入り、ジャナカは抵抗したとされる。スラバーが会ったジャナカの名前はダルマドゥヴァジャとされ、それがシーターの父親とされることもある。

❖女性の僧や識者はヴェーダ時代にも皆無ではなかったものの、積極的に認められていたわけでもない。仏陀は最初のうち女性を自分の宗派に入れるのをためらったが、彼の父の死に際した継母の苦悩を見たとき、苦悩に性別は関係ないと悟った、と言われている。

❖ヴェーダ讃歌は三通りの使い方をされる。ひとつには、ブラーフマナで描写されるような儀式の中で。またひとつには、アーラニヤカにあるように一人の人間による心象の中で。そして、ウパニシャッドに書かれているような心を開いた会話で。三つとも仏陀以前の時代にはよく行われていた。五世紀以降、インドで仏教が衰退し始めると、シャンカラ、ヤームナ、ラーマーヌジャ、マーダヴァといったアーチャーリヤ(〝導師〟)のおかげで、これらの作品は再び脚光を浴びた。

❖ジャナカはウパニシャッドを構成する親密な会話によく登場する。ブラーフマナでは、ラージャ(王)は後援者、聖仙や賢者は指導者である。アーラニヤカは聖仙の作品だけを集めたのに対して、ウパニシャッドでは王も同じくらい深くかかわっている。

❖一八世紀と一九世紀、ルネッサンス(科学的革命)と宗教改革の記憶がいまだ新しいヨーロッパの学者たちは、インドの知的発展をそうした革命と同じような道筋で説明しようと試みた。儀礼主義の聖職者がジャナカや仏陀などの知的な王に打ち破られた、という構図である。こうした類型化や筋書きは正確でなく、無理がある。僧と家庭を持つ聖職者と王の間に緊張関係が存在したのは間違いないが、ブラーフマナやアーラニヤカやウパニシャッドにおける種々の考え方は多くの場合混合し、融合している。インドでは、革命は穏やかに行われ、勝者は敗者を滅ぼさない。相手より支配的な地位に就くだけである。そのため、苦行者の姿を取る神シヴァと、王の姿を取る神ヴィシュヌは、同じコインの裏表という関係にある。

❖ブラーフマナやアーラニヤカやウパニシャッド（紀元前五〇〇年以前）は、それを学んだ者を有形（儀礼や讃歌）から無形（思考）へと導くことに焦点を置いていた。そうした考え方は後世の、アーガマ*、プラーナ**、タントラ***の文献（紀元五〇〇年以降）などにも受け継がれている。

ウパニシャッド

シーターは父とともに集会に出席した。最初は父の肩に背負われ、やがては父の膝に座り、最後には父について歩き回って、父がアシュターヴァクラ、ガールギー、ヤージュニャヴァルキヤなど何百人もの賢者と会話を交わすのを目の当たりにした。

アシュターヴァクラはまだ母親の子宮の中にいたとき、父親のヴェーダの解釈の誤りを正した。激怒した父親は、体が八つ折りになって生まれてくるよう息子に呪いをかけた。そのため彼には、八つの奇形を持つ者という意味の名前がついた。「私は、それとは知らずに父の脅威となったのです」アシュターヴァクラはジャナカに言った。「動物は自分の体を守るために戦います。人間は自分についての思い込みを守るために呪いをかけます。この、自分が何者か、自分が他人にどう見られているかにつ

* ジャイナ教の聖典
** ヒンドゥー教の聖典
*** インドの後期密教聖典

いての思い込みは、アハムと呼ばれます。アハムは常に、外界から認められることを求めています。認められないとき、アハムは不安になります。アハムによって、人は物を貯め込むようになります。物を通じて、他人が自分を、自分で思っているような人間だと見てくれることを望んでいるのです。だからこそ、ジャナカ王よ、人は富や知識や力を誇示するのです。アハムは見られることを熱望しています」

ガールギーはあらゆるものに疑問を抱く女性だった。「なぜ世界は存在するの？　空と大地を結び付けているのは何？　なぜ人は想像するの？　どうして人は思い込みによってうぬぼれるの？　なぜダシャラタ王は息子を望むの？　どうしてジャナカ王は娘で満足しているの？　どうして王によってこんなにも違うの？」多くの賢者はこれに苛立ち、彼女に言った。「そんなに問いを発してばかりいたら、頭が胴体から離れて落ちるぞ」それでもガールギーはひるむことなく問い続けた。彼女は答えに飢えていた。頭が落ちてもかまわない。そうしたら新しい頭、もっと賢い頭を生やせばいいのだ。

ヤージュニャヴァルキヤは、質問に答えるのを拒んだ自ら

の師に反旗を翻した。苦行と祭式の目的は自然を人間の思い通りに操ることだ、という考えを受け入れなかった。彼は、あらゆるものを見る太陽の神スーリヤに答えを求めた。スーリヤは、植物は死の恐怖ゆえに栄養を求め、日光と水のある方向に伸びるのだ、と説明した。動物は死の恐怖ゆえに、牧草や獲物のあるほうに走っていく。同時に、命を惜しむために、捕食動物から隠れて逃げる。けれども人間の恐怖は独特だ。想像によってかき立てられた恐怖は、価値と意味を求める。「自分は意味のある存在なのか？　どうしたら意味のある存在になれるのか？」

スーリヤの教えを受けたヤージュニャヴァルキヤは、ジャナカの宮廷で、マナスに対する自らの理解を述べた。「人間は皆、自分で想像した世界を、そして自分自身を作り出します。したがって、人間は皆ブラフマー、自らのアハムの創造主です。〝アハム・ブラフマー・アスミ〟、我はブラフマーなり。〝タット・トゥヴァム・アシ〟、汝はそれなり。私たちは想像と恐怖を結び合わせてアハムを作ります。苦行と祭式は、心をほどき、恐怖を乗り越え、アートマンすなわち真の自分を見出すための道具なのです」

「アートマンについて、もっと教えてくれ」ジャナカは言った。

ヤージュニャヴァルキヤは言った。「アートマンはブラフマン、十分に広がった心です。アートマンは、死を恐れず、命を惜しむこともない心です。認められることは望みません。世界をありのままに見ます。アートマンはイーシュヴァラ、またの名をシヴァ、苦行者であり、自己充足して自立した存在です。アートマンはバガヴァット、またの名をヴィシュヌ、自らは栄養を必要としていないにもかかわらず人々に栄養を与えるため祭式を執り行う者です」

「ブラフマンを見つけるまで、ブラフマーの頭が落ち続けますように」アシュターヴァクラは言った。
「誰がそれを促すの?」ガールギーは尋ねた。
「バラモン、すなわちヴェーダを伝える者だ」ヤージュニャヴァルキヤは答えた。

Column

❖ヴェーダの知識はサンスクリット語で作られた讃歌に包含されている。サンスクリット語の細かな抑揚や、讃歌が歌われる儀式の繊細さは、書いたものでは十分とらえられない。そのため、ヴェーダの知識は人々の間で口承されることでしか伝えられない。この責任を託された人々の集団がバラモンである。彼らは一日のすべてを、自分たちの知識を記憶して伝えることに費やした。知識を伝える者であるがゆえに、彼らは非常に大切にされた。バラモンを殺すのは最大の罪だった。それはヴェーダの知識が失われることを意味したからだ。バラモンは本来、ヴェーダ讃歌や儀式の伝授者・管理者であり、解釈をしたり所有する者ではない。しかし歳月とともに、彼らは高い地位を利用して社会を支配し、権利を要求するようになった。心を広げる方法についての知識を伝える者が、自らの心を広げることに失敗し、その代わりに支配へのありふれた道をたどることにしたのは、歴史の皮肉である。

❖紀元前一〇〇〇年から前五〇〇年までのウパニシャッド時代は、インドにおける大いなる知的熱狂の時代だった。それはシュラマナ(〝沙門〟)すなわち祭式よりも苦行を好む修行僧の宗派が栄えた時代である。それらの宗派のうち最も栄えたのは仏教とジャイナ教だ。これらの宗教の存在によって、ヒンドゥー教は自らを見直し、知的側面と社会的側面との間に生じた溝を狭めることを余儀なくされた。

❖ウパニシャッドを生んだミティラーでの集会が、プラヤーガ、ウッジャイン、ナーシク、ハルドワールで行われる宗教行事、修行者も家庭人も集まって現世や来世の問題を論じるクンブ・メーラーの原型だと考えられている。

❖アシュターヴァクラの物語は『マハーバーラタ』に由来している。彼は『アシュターヴァクラ・ギーター』の作者である。

❖ガールギーとヤージュニャヴァルキヤの物語は『ブリハッド・アーラニヤカ・ウパニシャッド』に登場する。二人の間の会話をヨーガ・ヤージュニャヴァルキヤと呼ぶ。ガールギーはヤージュニャヴァルキヤに議論を挑む者だとする話もあれば、彼女は妻だとする話もある。

❖〝頭を切り落とす〟というのはヒンドゥー教の神話によく登場する比喩であり、強い知的刺激に強制されて知性が悟りを得ることを意味する。

❖ウパニシャッド文献は何世紀にもわたって書かれ続け、ジャナカ王への多くの言及が見られる。代々の王がウパニシャッドを後援していたからであろう。『ラーマーヤナ』がシーターの父親をジャナカ、彼の王国をヴィデーハとしているのは意義深い。大いなる知恵を持つ者、あらゆる物質的なものを見通す者が、豊穣・植物・物質的な富を象徴する女神を育てるのだ。ジャナカは、アハムを作り出すだけのブラフマーではない。彼は真のバラモン、アハムを乗り越えてブラフマンを見出すことを求める者だ。そして彼の娘も同じである。

スナイナーの厨房

あらゆる賢者は、ウパニシャッドはヴェーダの本質をとらえたと確信した。ジャナカの宮廷で行われた多くの会話から生じた英知は、ヴェーダーンタと呼ばれた。ジャナカはすべての賢者に多くの雌牛を与えた。「雌牛の乳が、残りの生涯あなた方に食物を与えんことを。雌牛の糞が、残りの生涯あなた方に燃料を与えんことを。あなた方は私にサラスヴァティー、すなわち知恵を与えてくれた。私はあなた方にラクシュミー、すなわち富を与えよう」ヴィデーハの王は大いに満足して言った。

ヤージュニャヴァルキヤは受け取った雌牛を二人の妻、マイトレーイーとカーティヤーヤニーのところに持っていった。マイトレーイーは雌牛を欲しがらなかった。彼女はウパニシャッドで得られた知識だけを望んだ。だがカーティヤーヤニーは雌牛を受け取った。「だって結局のところ、賢者だって食べなくてはならないもの」

これを耳にしたシーターは考えた。ミティラーを住まいとした何百人もの賢者に誰が食べ物を与え、誰が寝る場所を提供し、熱心な議論で渇いた口を潤すための水を誰が壺に満たしているのだろう？

疑問に思ったシーターは母のいる厨房へ向かった。厨房では、スナイナーが穀物、豆、野菜、果物に囲まれて、次の食事の準備を監督するのに忙しくしていた。「隅からニガウリを持ってきなさい」王妃は言った。シーターは言われた通りにして、母がニガウリを丁寧に薄切りにする様子を見つめた。

気がつけば、シーターは厨房を動き回っていた。皮をむき、切り、攪拌し、酢漬けにし、蒸し、焼き、揚げ、叩き、混ぜ、こね、さまざまな手ざわりや香りや味や変化を感じた。

五感は香辛料の、そして植物や動物の王国からもたらされるありとあらゆる種類の栄養の秘密を知った。

シーターの父は厨房の世界をまったく知らない。シーターの母は宮廷の世界を知らない。だがシーターは両方を知っている。こうして心は広がるのね、と彼女は胸の内で考えた。こうしてブラフマーはブラフマンになるのだ。私はバラモン、知恵の探究者であり知恵の伝授者でもある。そう考えて、シーターはにっこり微笑んだ。

Column

❖厨房は第一のヤジュニャ・シャーラー（祭式の場）である。厨房は生の食物を、食べることができて体に栄養を与えるものに変え、知的探求ができるよう心を整える場所なのだから。

❖苦行が心に重きを置くのに対して、祭式は体にも注意を払う。ヴェーダが心に重きを置くのに対して、タントラは体にも注意を払う。このように、インドの思想は、思考を重んじると同時に食べ物も重んじる。食べ物は栄養を与えるもの、体を癒すものであるとともに、幸せをもたらすものでもある。思考は神だが食べ物は女神である。一方は他方なしでは存在しえない。

❖シーターの厨房の話は民間伝承である。ヒマーチャル地方のある物語では、シーターが追放生活の中で作った料理を烏がランカーまで運んでいき、それがとてもおいしかったので、ラーヴァナはシーターをランカーに連れてきて自分のために料理を作らせようと強く決意したという。

❖アヨーディヤーには、今日でもシーター・キ・ラソーイー（〝シーターの厨房〟）がある。そこには、無発酵パンのロティを作るのに用いるのし板と麺棒が祀られている。

第二巻

結婚

「ジャナカは娘に、
結婚から幸せを得ようとするのではなく、
結婚に幸せをもたらすように言った」

規則の誕生

動物はつがいの相手を求めて競い、縄張りをめぐって争う。人間はそうする必要はない。そのために規則がある。動物は必要以上の量を食べない。しかし人間は食べる。それを防ぐために規則がある。

遠い昔、規則はなかった。ヴェーナという男が資源をすべて奪おうとして大地を荒らした。うんざりした大地は雌牛に姿を変えて逃げた。そのため、聖仙たちは草の葉を引き抜き、マントラを唱えて草を槍に変え、それを飛ばしてヴェーナを殺した。ヴェーナが死ぬと、その体は攪拌された。彼の内にあった望ましくないものは、すべて投げ捨てられた。

残った純粋な部分から、プリトゥという人間が作られた。プリトゥは雌牛に変身した大地の女神を追いかけ、民を養ってくれと懇願した。大地の雌牛は断った。するとプリトゥは弓を持ち上げた。

大地の雌牛は叫んだ。「私を殺したら、誰があなたの民を養うのですか?」

プリトゥは叫び返した。「あなたが逃げ続けたら、誰が私の民を養うのだ?」

ついに大地の雌牛は立ち止まり、プリトゥの民に乳を搾らせた。「私の乳房が痛くなるまで搾乳するのを、どうやって止めてくれるのですか？」

「私は規則を作ろう」プリトゥは答えた。「自然界に規則はない。だが、文化は規則に基づくようにしよう。王はその規則を守るのだ」

プリトゥは最初の王だった。弓は彼の象徴だ。統治者は弓幹《ゆがら》、規則は弓の弦である。弦の張りが弱すぎれば、弓は役に立たない。きつすぎれば、弓は折れてしまう。プリトゥはヴィシュヌであり、社会秩序を支える者、自然と文化のバランスを保つ者だ。彼は大地の雌牛に、社会の規則が乱されて雌牛が不当に搾取されたときは必ず自分が降臨して事態を正すと約束した。大地は大いに喜び、自らをプリトゥの娘、プリトヴィーと呼んだ。

Column

❖プリトゥの物語は『ヴィシュヌ・プラーナ』と『バーガヴァタ・プラーナ』にある。シーターと同じくプリトゥもアヨーニジャー、つまり女性の子宮から生まれなかった者であり、そのため特別な地位を有している。彼はヴィシュヌの化身である。といっても、それほど広く知られている化身ではない。彼の物語は、狩猟社会が、力ではなく規則に基づく農耕社会に移行していったことを示唆している。

❖ヴェーナの体の残りはニシャーダとなった。ニシャーダは、最低限必要な農耕や畜産だけで満足して森で暮らす部族社会の創設者であり、私的財産は持っていない。この物語からは部族社会と非部族社会の違いが見て取れ、文明を構成するのは何かという疑問が生じる。部族社会は、生き延びることと、集団が自然と調和して社会的秩序を保つことに重点を置く傾向がある。一方、非部族社会は、古い秩序が乱れるのを容認し、常に知的あるいは物質的な意味で新しいものを求める傾向があり、その際に自然が犠牲にされることも多い。

❖七世紀、中国の学者玄奘三蔵は、プリトゥはラージャ（王）の称号を最初に獲得した者として知られる、と記した。

❖プリトゥ王は牛飼い（ゴーパーラ）のようなものだ。彼にとってゴーマーター（母なる雌牛の意）を与えてくれる雌牛だからだ。彼は雌牛の世話をし、雌牛は彼に栄養を与えた。

❖雌牛は栄養の象徴である。賢者が雌牛を飼っているとき、食料（乳）と燃料（糞）という生活必需品はまかなわれる。賢者は知的探求に集中できる。そのため、雌牛は大地を連想させ、崇拝されるようになった。雌牛がいなければ、聖仙たちがヴェーダを聞くことはできなかっただろう。

パラシュラーマの斧

しかし、規則は人間の欲望を考慮に入れていない。

ある日、レーヌカーは川で沐浴している一人のガンダルヴァを目撃した。そのガンダルヴァは大変美男子だったので、レーヌカーは彼への強い欲情を覚えた。それまで、レーヌカーは苦行によって貞節を保ち、そこからシッダを得ていた。川の泥をこねて焼かずに作った壺に水を汲むことができた。ところがガンダルヴァへの欲情を感じた途端、その力は消えた。以前していたように水を運ぶことはできなくなった。

レーヌカーの夫、ブリグ族の賢者ジャマドアグニは、姦淫の罪でレーヌカーを責めた。「欲情のせいで結婚の規則を無視するのであれば、お前をどうやって信頼できるだろう?」彼は息子たちに、母親の頭を切り落とせと命じた。上の四人は拒んだが、末の息子は斧を振り上げて、必要なことを行った。彼の名前はラーマだった。非常に恐ろしげに斧を使ったため、彼は斧のラーマを意味するパラシュラーマとして知られるようになった。

パラシュラーマの絶対的な服従に喜んだジャマドアグニは、望みを叶えてやると言った。「母上を生き返らせてください」パラシュラーマは言った。ジャマドアグニはシッダを用いてその通りにした。

ジャマドアグニはナンディニーという雌牛を飼っていた。ナンディニーは、あらゆる願いを叶えられる神牛カーマデーヌの子孫である。王カールタヴィーリヤはナンディニーを見て、力ずくで奪おうとした。

カールタヴィーリヤには一〇〇〇本の手があった。彼に抵抗するのは不可能だ。「あなたの腕は世界を救うためにあるはずだ」ジャマドアグニは言った。「なのにあなたはそれを、奪い、盗むために使っている。あなたは王ではない。盗っ人だ」カールタヴィーリヤはそんな発言を意にも介さなかった。彼はジャマドアグニを押しのけ、雌牛を引きずり出した。

怒ったパラシュラーマは再び斧を取り、邪悪な王の腕を次々と切り落としたので、やがて王は血を失って死んだ。

カールタヴィーリヤの息子たちは父親の復讐としてジャマドアグニを斬首した。そこでパラシュラーマは三度目の斧を振りかざし、こう誓った。「王自らが社会の規則を守らないなら、我々は力によって生きる動物とどう違うのだ？　私は社会の規則を軽視する王を一人残らず殺そう。社会の規則はどんな王よりも偉大なのだ」

パラシュラーマは世界中を回って、地位にふさわしくないと思われる支配者をすべて殺した。こうして何百人もが殺戮された。何人かは女性の後ろに隠れて生き延びた。そんな臆病者から生まれた次代の王は、統治するにはあまりに気弱な者たちだった。

「結婚や財産の規則を守る完璧な王は見つかるのだろうか？」パラシュラーマは訝った。

Column

❖パラシュラーマは、規則への服従を強いる、ヴィシュヌの暴力的な化身である。彼は規則を厳格に守るラーマとも、規則を曲げるクリシュナとも、大きく違っている。パラシュラーマに妻はいないが、ラーマには妻が一人、クリシュナには大勢いる。女神はパラシュラーマの母（レーヌカー）、ラーマの妻（シーター）、クリシュナの友（ドラウパディー）として現れる。このように、三つの化身には発展のパターンが見られる。

❖パラシュラーマの物語は、王と賢者との関係が不穏な時代があったことを示している。これは、財産という概念の台頭を表す。女性も家畜も財産と考えられているのは、父権主義的思想の出現の黎明期である。

❖パラシュラーマの物語は、今後起こることの前兆である。ラーヴァナは、シーターが他人の妻であるにもかかわらず、黄金の鹿で誘惑し、彼女を所有しようとする。カールタヴィーリヤがジャマドアグニのナンディニーを求めたように、カイケーイーは息子のためにアヨーディヤーの玉座を求める。

❖プネーにあるチットパーヴァンや、ケーララ州のナーヤルのようなヒンドゥー教のコミュニティは、パラシュラーマを始祖としている。こうしたコミュニティの人々は古くから聖職者であったが、それぞれの社会で政治的に重要な役割を担っている。

❖デカン高原地方、特にカルナータカ州、アーンドラ・プラデーシュ州、マハーラーシュトラ州では、レーヌカーの頭と胴体は、イエランマー、エカーヴィラ、フリガンマーという女神として崇拝されている。イエランマーの社は、悪名が高く現在では違法とされる、若い娘を神に捧げて売春を強要するデーヴァダーシーの慣行と結び付いている。

カウシカ、ヴィシュヴァーミトラになる

カウシカは、国民の空腹を満たすため多くの祭式を執り行う王だった。ある日、彼はヴァシシュタという聖仙に出会った。ヴァシシュタは、インドラのカーマデーヌと同じようにどんな願いも叶えてくれる雌牛を連れていた。カウシカは、そのような雌牛は王が持つべきだと考えた。そうすれば、王国全体を簡単に養うことができる。

だがヴァシシュタは雌牛を手放すのを拒み、こう言った。「願いを叶える牛は、欲望をまったく持たない者のところにしか来ないのです」カウシカは無理やり牛を奪おうとしたが、牛は抵抗した。牛の乳房から勇猛な戦士の軍団が現れ、カウシカの攻撃をことごとくかわした。

カウシカは、カーマデーヌのような雌牛を持つ唯一の方法は、ヴァシシュタのような聖仙となり、スヴァルガとして知られる天界で草を食む魔法の雌牛をインドラから一頭分けてもらうことだ、と悟った。そのためにはシッダを得なければならない。そのためには苦行を実践せねばならない。そのためには隠者として森で暮らさねばならない。そのためには王国と王冠を放棄せねばならない。

決意を固めたカウシカは、そのすべてを実行した。やがて彼は、自然を意のままに操るのに十分なだけのシッダを得た。

だが、カウシカが感官を抑制してシッダを蓄積するのに忙しくしている間、彼の家族は放置されていた。宮殿に住めなくなった家族は、自給自足せねばならなかった。食べ物を見つけるのは困難だった。トリシャンクという男が気前よくしてくれなかったら、彼らは餓死していただろう。

カウシカは感謝して、トリシャンクの願いを叶えると申し出た。トリシャンクは言った。「私は父を敬いませんでした。既婚女性を犯しました。飢えを満たすために雌牛を殺して子牛を悲しませました。その結果、スヴァルガに入るだけの徳を積めていません。あなたのシッダを使って、星の世

界にある楽園に私を入らせてください」

カウシカはシッダを使って、トリシャンクを人間の住む大地から持ち上げ、空を抜けて神々の住む国へと向かわせた。スヴァルガの統治者インドラは、これに感心しなかった。トリシャンクは天国に入る資格のない招かれざる客だ。インドラはトリシャンクを地上に押し戻した。

カウシカには、トリシャンクが地面に激突するのを防ぐだけのシッダはあったものの、インドラを凌駕するほどの力はなかった。そのため、トリシャンクは地上と天空の間、人間の国とデーヴァの国の中間で、宙ぶらりんのまま動けなくなった。

もっとシッダを得てインドラを打ち破ろうと決意したカウシカは、謹厳な行を続けた。最悪のことを恐れたインドラは、メーナカーというアプサラスを送り込み、この元国王を誘惑させようとした。メーナカーは瞑想するカウシカの前で踊った。彼がメーナカーの魅力に屈服するのは時間の問題だった。

カウシカはヴァシシュタのような優れた聖仙になれないことに苛立ち、相変わらず謹厳な行を続けた。もう少しで再びシッダを得られるというとき、狩りに出ていたハリシュチャンドラ

という王がカウシカの集中を乱した。激怒したカウシカは王とその一族を呪おうとしたが、王は償いとして自分の王国全体を差し出した。カウシカはその償いを受け入れた。これで飢えている家族を食べさせられるからだ。

ハリシュチャンドラの償いがビクシャー（〝施し〟）やダーナ（〝布施〟）と間違われないようにするため、カウシカは王に、彼の罪に対するカルマの義務から解放することへのダクシナー（〝奉仕の対価〟）を求めた。すでに王国を手放していたハリシュチャンドラには、これ以上与えられるものがなかった。だから彼は思いきったことをした。自分自身と妻と息子を奴隷として売り、そうして受け取った金をダクシナーとしてカウシカに渡したのだ。

ハリシュチャンドラを買ったのはチャンダーラ、つまり火葬場の管理人だった。彼はハリシュチャンドラに、火葬用の薪の世話をするよう命じた。ハリシュチャンドラの妻と息子を買った聖職者は、二人を自分の家の召使いにした。息子は庭で花を摘んでいるとき蛇に噛まれて死んだ。失意の母が息子の遺体を火葬場に持っていくと、そこには夫がいた。かつての王、今はチャンダーラとなったハリシュチャンドラは、実の子を火葬するのに代金を求めた。それが主人の決めた規則だったからだ。かつての王妃が与えられるのは、身に着けている服だけだった。だから彼女は服を差し出し、夫は正当な代金としてそれを受け取った。

裸の王妃と禁欲的な王が火葬用の炎に照らされて息子のために泣いているのが、カウシカに見えた。だが王も王妃も、この恐ろしい状況を招いたことで、誰を責めも非難もしていない。悲劇に見舞われた中でも冷静でいられる知恵はどこから来るのか、とカウシカは尋ねた。「我が導師ヴァシシュタからです」ハリシュチャンドラは言った。

昔のライバルの名前を耳にして、カウシカの嫉妬心が再び醜い頭をもたげた。彼はカルマーシャパーダという食人鬼のラークシャサをそそのかして、ヴァシシュタの息子シャクティを喰わせた。

親を失ったシャクティの息子パラーシャラは、地上のラークシャサを殲滅しようと決意した。だがヴァシシュタはカルマの法を説明して、孫息子をなだめた。「あらゆる行動には結果が伴う。我々自身の過去の行いによって決められたことについて、なぜカルマの道具を責めるのだ？　カウシカにカーマデーヌを求められた私は、彼がその牛にふさわしくないという理由で拒んだが、そのため彼の心に怒りをかき立ててしまい、その結果彼はカルマーシャパーダをそそのかしてお前の父を殺させた。シャクティの死に対して、私にもカルマーシャパーダやカウシカと同じだけの責任がある。もっと息子が多くいて、カウシカの怒りが収まるまで殺させてやれなかったのが残念だ」

これを聞いたカウシカは、人を聖仙にするのはシッダではないと悟った。相手を思いやれる能力だ。思いやりを持つためには、まず相手を見て真に理解しなければならない。ヴァシシュタはカウシカを、カウシカ自身が見ていなかった見方で見ていた。そしてカウシカは、ヴァシシュタの真の姿を見抜けなかった。怒りで目がくらんでいた。ヴァシシュタは英知に満ちた予言者であり、自らはせいぜい強力な魔術師でしかないことを、カウシカは悟った。

「祭式や苦行の目的は、富や力を増すことではない。心のもつれをほどき、アハムからアートマンへと移行し、相手の視点で世界を見られるようになることだ。そうして初めて、私は聖仙になれる」カウシカはそう考えた。

この悟りとともに、カウシカは変身した。ヴィシュヴァーシャトル、すなわち世界の敵であることをやめ、ヴィシュヴァーミトラ、すなわち世界の友となった。もはや世界を変えたいとは思わない。世界を助けたい。彼は自らの知識と経験を用いて、パラシュラーマすら尊敬するような崇高な王を生み出そうと決心した。

Column

❖多くの物語で、王は自然から物質的な富を引き出すために祭式を執り行い、賢者は自然を制御できる魔法の力を得るため苦行を実践する。シヴァは人に、物質的な富や魔法の力への渇望を乗り越えさせようとする。ヴィシュヌは人に、他人の中にあるそうした渇望に注意を払わせようとする。

❖ラージャ、すなわち王であるカウシカは、聖仙あるいは賢者ヴィシュヴァーミトラになる。彼のヴァシシュタとのライバル関係は多くの物語で繰り返し取りあげられるテーマである。ヴァシシュタは賢明だが理想を追い求め、一方ヴィシュヴァーミトラは短気だが現実を見る人間として描かれる*。

* カウシカはクシャトリヤの身分から苦労の末、聖仙ヴィシュヴァーミトラとなった。聖仙とはバラモンの神格化されたものであるので、クシャトリヤがバラモンになったことになる。しかし通常、インドの四つの社会階層、バラモン、クシャトリヤ、ヴァイシャ、シュードラは、どのような特例においてもその生まれついての身分を変更することはできない。バラモンの子は常にバラモンである。ヴィシュヴァーミトラの物語は、その社会階層を自らの力で変更した、神話におけるほぼ唯一の例である。

❖カウシカとパラシュラーマは、物質を重んじる戦士と観念を重んじる賢者との溝を埋める試みを体現している。戦士であるカウシカは賢者になりたがる。賢者であるパラシュラーマは王になりたがる。

❖トリシャンクは、どこにも属さない人間を象徴している。二つの世界の間にとらえられた、孤立した存在である。

❖メーナカーは、我々が目標に到達するのを妨げる誘惑を象徴している。

❖ハリシュチャンドラは正直さの象徴である。彼は我が身に降りかかった悲劇に苦悩しながらも、あくまで自らの約束を貫く。

❖ワーラーナシーのガンガー（ガンジス）川岸には、遺体を荼毘に付す場所ハリシュチャンドラ・ガートがある。この火葬場の管理人の祖先は、ハリシュチャンドラを奴隷として買ったチャンダーラである。

ヴィシュヴァーミトラの祭式

未開の森は、人間にとって何ら価値を持たない。なぜなら、未開の地では人間は動物と何ら変わらないからだ。切り開かれた森は、人間が支配する畑や果樹園に変わるため、人間にとって価値がある。だが人間の心が規則によって手なずけられたとき、その心は束縛される。王は何であるべきか？

規則を守らせる者か、それとも心を広げる者か？　王は国民を、調教された従順なけだものにすべきか、それともバラモンにすべきか？

こうした疑問はヴィシュヴァーミトラを悩ませていた。そこで彼は、森の真ん中にシッダ・アーシュラマ、すなわち庵を建立した。ラークシャサに襲われる危険を冒しても、そこで祭式を執り行うことにした。新しく王になる者に馴化の原理を理解させるには、それが最善の方法だった。

彼はガンジス川流域の王国の王たちに招待状を送り、自身の火の広間ヤジュニャ・シャーラーをラークシャサの攻撃から守るため、王子を派遣するよう要請した。「その代わりに、私はご子息たちに、戦争や武器についての実用的な知識をお授けします。平凡な矢を、火と水と太陽と月と風と雨の力を備えた強力な槍に変える呪文もお教えします」

けれど、息子を送り込んできた王はいなかった。彼らは森やラークシャサが怖かったのだ。

教師のところに弟子が来ないのなら、教師が弟子を探しに行くしかない。ヴィシュヴァーミトラは、弟子を見つけ

て完璧な王に仕立てようと決意した。その知恵を渋々ながら尊敬し始めている宿敵ヴァシシュタの弟子以上に、ふさわしい弟子がいるだろうか？

Column

❖聖仙や賢者はあらゆる階層から生まれた。ヴィヤーサは漁師の女のもとに生まれた。ヴァシシュタとアガスティヤはどの男性にも縛りつけられない天界の乙女、アプサラスのもとに生まれた。ヴィシュヴァーミトラは王の血統から現れた。ほとんどの者は、それまでの人生との関係をすべて断ち切り、ゆえにブラフマーの心から生まれた息子たち、思考によって再生した者と考えられた。

❖ヴェーダ社会において、子どもはしばしば、教えを受けるため家を離れて賢者のもとに送られた。そうした賢者は多くの場合家族の中の年長者で、次世代に家督を譲るため自分たちの社会的役割を放棄し、最終的には社会自体からも絶縁することを期待された者だった。彼らは世間から離れ、ヴァナ、すなわち森で暮らした。この期間をヴァナプラスタ・アーシュラマすなわち林住期と呼ぶ。人生における変化の最後の時期である。このとき彼らは、若者たちに家庭人として社会に入るよう教えながらも、自らは隠者として社会を去る準備をする。王として現世の義務を果たし終えたヴィシュヴァーミトラは、おそらくこのアーシュラマの期間にあるのだろう。

ヴァシシュタの弟子たち

ダシャラタが聖仙ヴァシシュタに、王のあり方を四人の息子に教えるよう依頼すると、ヴァシシュタは言った。「ご子息たちがバラモンになれるよう最善を尽くします」

「だが私は王、息子たちは王子だ。彼らは聖職者でなく、支配者になるための訓練を受けねばならない」ダシャラタは驚いて答えた。

「陛下はバラモン・ジャーティとバラモン・ヴァルナを混同していらっしゃいます」ヴァシシュタは説明した。「バラモン・ジャーティは聖職者、ヴェーダの讃歌や儀式を伝える者です。バラモン・ヴァルナは有限の心の持ち主たるブラフマーを、無限の心の持ち主たるブラフマンのほうへ移行するよう促す者です。聖職者でも戦士でも、農民でも牛飼いでも商人でも、男でも女でも、あらゆる人は心を広げ、シュードラ・ヴァルナすなわち召使いの精神か

ら、ヴァイシャ・ヴァルナすなわち商人の精神へ、クシャトリヤ・ヴァルナすなわち支配者の精神へ、そしてバラモン・ヴァルナすなわち賢者の精神へ、と上昇していかねばならないのです」

「王が、どうしたら召使いや商人や支配者や賢者になれるのだ?」ダシャラタは訝った。

ヴァシシュタは言った。「理解しないまま他の王のまねをするとき、王は召使いです。規則を利用して望むものすべてを手に入れようとするとき、王は商人です。規則を利用して周囲の者に自分の考えを押し付けようとするとき、王は支配者です。規則の背景にある思想を理解して、守られる規則と守られない規則がある多くの理由を察するとき、王は賢者です。バラモンの心を持つ王にとって、規則とは単なる機能であり、それらは決して善でも悪でもありません。そしてあらゆる行動と同じく、規則にも結果が伴います。そのような王にとって、規則とは君臨し支配するための道具ではありません。規則とは単に、どれだけ弱い者でも、それがなければ強い者に独占されるであろうものを持てるようにするための、社会の道具に過ぎません」

「我が息子たちがバラモンになれますように」納得したダシャラタは言った。

教育が完了すると、ダシャラタの四人の息子は丘陵への巡礼に送り出された。戻ったとき、最も年長の王子ラーマは、家庭人よりも隠者であるほうが利点が多いと感じた。ヴァシシュタはラーマに、どうしたら家庭人としての人生を送りながら隠者でいられるかを説明した。

「苦行者だけができるようなやり方で、祭式を執り行いなさい。心の中に、タパス、すなわち燃料を必要としない火を灯しなさい。アグニ、すなわち燃料を必要とする外界の物理的な火をつけなさい。タパスはあなたを変え、一方アグニはあなたの周りの世界を変えます。苦行はあなたの飢えを焼き尽くします。祭式は飢えた者を養います。苦行はアハムを作り出す恐怖を露わにします。祭式は、アートマンを露わにする愛をあなたが見出すのを助けてくれます。苦行は自己に働きかけ、そのため相手に集中できるようになります。祭式は相手に重点を置き、そのため自己に働きかけられるようになります。苦行によって規則が理解できます。祭式によって規則を課すことができます。これを理解する人が、ヴィシュヌの道を歩むのです」

Column

❖ヴェーダで言及されるヴァルナ（精神）とインド社会を形作るジャーティ（社会集団）との混同が、かなりの否定的な考えを生むことになった。マヌのようなバラモンも後世の学者も、種々のジャーティを無理にヴァルナに押し込めようとしてきた。そこには、特定の精神は特定の社会集団において栄える、という前提がある。しかしヴェーダは社会よりも心理に重きを置いたものであり、どんな職業や性別の人間も、召使い、商人、支配者、賢者の精神を持つことができる、と述べている*。

❖〝バラモン〟という語が本当は何を意味するかは、ウパニシャッドや『マハーバーラタ』における多くの議論の主題となっている。これらの議論においては、常に職業でなく世界観に焦点

* 一般にヴァルナとは『リグ・ヴェーダ』一〇巻において規定されている四つの社会区分のことを指す。四つとはバラモン、クシャトリヤ、ヴァイシャ、シュードラである。一方ジャーティは職業による細かい社会区分をさす。この二つは世襲制、結婚の規定などが複雑にからみあい、厳密な区分は困難となっている。

が置かれている。だが、一般社会で学者にも政治家にも常に好まれるのは、職業に焦点を置いた見方である。

❖ヴァシシュタは精神を原動力とするのに対して、ヴィシュヴァーミトラは社会を原動力とする。ヴァシシュタにとって、心が明確であれば、他のものもすべて明確になる。だがヴィシュヴァーミトラは、むしろ行動という点から考えている。多くの意味で、ヴィシュヴァーミトラは、近代西洋流の〝とにかくやれ〟という行動指向の精神と呼ぶべきものを象徴している。ヴァシシュタは抵抗することなく観察する。

ダシャラタは息子たちを手放す

「ご子息たちがヴァシシュタのもとでこれまで学んできたことは、非常に思弁的なものです。今度は、かつて王だった者から実用的な経験を学ぶべきです」ヴィシュヴァーミトラはダシャラタに言った。だがダシャラタは息子たちと離れたくなかった。「彼らはまだ若すぎる。代わりに私の軍隊を連れていきなさい。あなたが望むなら、私も同行しよう」

「ばかばかしい」ヴィシュヴァーミトラは言った。「陛下はお年を召しておられます。それに、ご子息たちはもうすぐ王の位を得ようとなさっています。ご子息を、私とともに行かせてください」

ヴィシュヴァーミトラが鼻孔を膨らませて怒っているのを見たダシャラタは、あわてて言った。「あなたに二人を預けよう。だが万が一のために、二人は手元に残しておく」

ヴィシュヴァーミトラは、息子たちの能力を信頼していない父親の不安げな様子を見て、にやりと笑った。ダシャラタの息子のうち二人が、ヴィシュヴァーミトラとともに彼の庵に向かった。一行は分かれ道に差しかかった。「どちらの道を行く？安全な近道か、ラークシャサの群れがいる回り道か？」ヴィシュヴァーミトラは問うた。

「より安全な近道を行くのが理にかなっています」王子の一人は言った。もう一人、弟のほうも同意してうなずいた。

ヴィシュヴァーミトラはすぐさま後ろを向き、アヨーディヤーに引き返してダシャラタに言った。「この二人のご子息はまだ準備ができていません。別の二人のほうを連れていかせてください」

「いや、ラーマはだめだ」ダシャラタははっきりと、一番のお気に入りの名前を挙げた。だが、譲歩せねばならないのはわかっていた。聖仙に呪いをかけられる危険は冒したくない。こうして、バラタとシャトルグナは王国に残り、ラーマとラクシュマ

ナが出発した。

分かれ道まで来ると、ヴィシュヴァーミトラは再び尋ねた。「どちらの道を行く？　安全な近道か、ラークシャサの群れがいる回り道か？」

ラーマは答えた。「恐ろしい回り道を行きましょう。それこそが知識への道です」ラクシュマナも同意した。ヴィシュヴァーミトラはその答えに満足した。

長くしなやかな手足、幅広い肩、豊かな巻き髪、蓮の蕾の形の目をしたこの青年を見て、ヴィシュヴァーミトラは新たな希望を抱いた。彼が完璧な王なのか？

Column

❖『ラーマーヤナ』の最初の巻「バーラ・カーンダ」（「少年の巻」）は、後世に追加されたと見られることが多い。ここではラーマの誕生だけでなく、ヴァシシュタとヴィシュヴァーミトラのもとでラーマが受けた教育についても述べている。ヴァシシュタが彼の精神的成長に重きを置く一方で、ヴィシュヴァーミトラは戦いや社会的義務に重きを置いている。

❖ダシャラタが最初、ヴィシュヴァーミトラの祭式にラーマとラクシュマナでなくバラタとシャトルグナを送り出した、という話は、『ラーマ・パンチャーリー』（『ラーマの日記』）として知られるクリッティヴァーサー・オージャーによるベンガル語の『ラーマーヤナ』に由来する。一二世紀以降、ベンガル地方の大部分はイスラームの支配下にあり、クリッティヴァーサーは、後援者であるガウド（ベンガル）の王ガウデーシュヴァラの庇護を受けたと述べている。このガウデーシュヴァラはおそらく、一五世紀にこの地を統治していたスルタン、ジャラールッディーン・ムハンマド・シャーだと思われる。

❖ダシャラタが息子たちを森へやるのを拒んだことは、彼の不安と、息子たち、とりわけカウサリヤーが産んだラーマへの愛着を示している。このように一人の子どもを依怙贔屓した扱いは、普通であり、自然ですらあるだろう。しかしそれは、人間の潜在能力を活用するのに最善の扱いなのか？

タータカー殺害

庵へ行く道中、ヴィシュヴァーミトラはラーマとラクシュマナに、動物や植物や自然の力を吹き込んで矢を槍に変える多くの呪文を教えた。ラーマは、矢を射て木を燃やす方法、地面に穴を開けて水を噴出させる方法、風を呼ぶ方法を学んだ。矢を、鷹のように飛んだり、虎のように的に飛びかかったり、象のようにぶつかったりさせる方法を学んだ。

ついにシッダ・アーシュラマに着くと、クシャドゥヴァジャがヴィデーハの四人の王女とともにそこにいたため、ヴィシュヴァーミトラは驚き、また喜んだ。「我々には息子がおりませんが、兄のジャナカ王は、娘たちが森で執り行われる祭式を見学すべきだと考えたのです」クシャドゥヴァジャは言った。

ラクシュマナはヴィデーハの四人の王女を見た。彼女たちはラーマと同じく、祭式のほうに関心を持っていた。ラクシュマナは、自分には姉妹が一人もいないことを思った。周りにいたのは兄弟だけだ。一緒に遊べる姉妹がいるのはどんな感じだろう、と彼は考えた。

ヴィシュヴァーミトラの息子たちはかつて王子だったが、今は樹皮でできた服を着ている。首と腕には種子で作ったビーズの紐を巻いていた。白檀のペーストを塗った彼らの妻たちは花冠をかぶり、儀式の準備を手伝った。敷地全体に泥土のレンガや壺、木のスプーン、籐の籠、竹の茣蓙《ござ》、鹿の皮が溢れている。七種類の果物、七種類の木の葉、七種類の花が集められていた。「森を最終的に畑に変える火をつける前に、女神シャクティに頭を下げて許しを得ねばならん」ヴィシュヴァーミトラは言った。

「なぜ森を女神として扱うのですか?」シーターが尋ねた。

ジャナカの娘たちがウパニシャッドに通じているのを知るヴィシュヴァーミトラには、熟慮して答える必要があるとわかっていた。だから慎重に考えて返事をした。「私は精神を

男性として見ているからだ。男が女を支配しようとするのと同じく、我々の精神は自然を支配しようとする。男が妻を所有しているのと同じく、精神は自然を所有している」

「では、私の精神は男性で、私の周囲の自然は女性なのですか？」シーターは訊いた。

「彼女が言ったことを聞きましたか？」アヨーディヤーの年下の王子が兄に尋ねるのが、ヴィシュヴァーミトラの耳に入った。ヴィシュヴァーミトラは息を殺して、ラーマの返事を待った。

「あれは比喩だ」ラーマはラクシュマナに言った。「聖仙たちは、男性の体を使って精神を、女性の体を使って自然を説明するのがわかりやすいとお考えになったのだ。文字通り受け取ってはならない」

ヴィシュヴァーミトラはラーマの返事に満足した。シーターも感銘を受けているのがわかる。感銘を受けて当然だ。賢者の心を持つ王子は、そう簡単に見つかるものではない。特にこれほど若く、美男子で、勇敢な王子は。

ヴィシュヴァーミトラは妻を横に従え、松明で祭壇に火を灯した。王子たちと王女たちは儀式に見入った。ヴィシュヴァーミトラは自らをヤジャマーナであると宣言し、神々に祈りを捧げる讃歌を歌った。彼の息子たちは、空の神インドラ、太陽の神スーリヤ、月の神チャンドラ、風の神ヴァーユ、水の神ヴァルナ、火の神アグニを称える讃歌を歌った。これら大地の上空に存在する神々に祈りを捧げれば、神々の力が合わさって、森を手なずけてもつれた心を解きほぐせるようになるのだ。

詠唱の声が空中に満ち溢れ、炎は煌々と燃える。シーターは顔を上げてラーマを見た。視線が交わされ、二人の心臓がどくんと跳ね、シーターは顔をそむけた。

やがて、ヴィシュヴァーミトラと息子たちの声をかき消すほどの、激しい怒りに満ちた声が聞こえた。最初は遠くからだったが、どんどん大きくなってくる。ついにその声は、庵全体を取り囲んだように感じられた。

多くの聖仙と語り合ったことで多くの言語に通じているシーターには、ラークシャサの言葉の意味がわかった。「シヴァがブラフマーの首をはねたように、俺たちはヴィシュヴァーミトラの首をはねる。シヴァがダクシャの祭式を台無しにしたように、俺たちはヴィシュヴァーミトラの祭式を台無しにする。サンスクリティがプラクリティを破壊するのは許さんぞ」

「そなたは彼らがなんと言っているかわかっているようだな、ジャナカの娘よ」ヴィシュヴァーミトラは言った。「サンスクリティは文化、あらゆる人が親愛の情を持って行動するところ。プラクリティは自然、すべての行動が飢えの恐怖や襲われる恐怖によって駆り立てられるところ。ブラフマーとその息子ダクシャは祭式を執り行ったが、サンスクリティを生み出してはいなかった。ブラフマーは野生を恐れ、祭式を用いて自然を制御しようとした。ダクシャは祭式を用いて、あらゆる者を自分の思い通りに操ろうとした。だからシヴァは彼らを攻撃したのだ。祭式の目的は恐怖を乗り越えることであって、恐怖のほしいままにさせることではない。私がこの祭式を執り行っているのは、王をヴィシュヌ、すなわち規則によって人々を服従させるのではなく愛情によって向上させる者に変身させることである」

「ラークシャサはそのことを知りません」シーターが言ったとき、ラークシャサの詠唱に取って代わって武器を振り回す音が聞こえてきた。

「我々が彼らと心を通じ合わせない限り、彼らにそのことはわからない。今のところ、我々は彼らにとって他人だ。脅威だ。話し合いの余地はない。彼らの敵意に憤ってはならない」

こう話しているとき、棒が敷地内に投げ入れられた。石や骨がそれに続く。だがそれらが地面に触れる前に、ラーマとラクシュマナの放った矢がそれらの方向を変えたり砕いたりした。ヴィシュヴァーミトラは言った。「今こそ、私が教えたマントラを使うときだ」そこでラーマとラクシュマナは次々と矢を放って、庵の周りに柵を、ヤジュニャ・シャーラーの上に屋根を作った。投げつけられた棒や石や骨は跳ね返された。誰もが安心を覚えた。

そのとき、血も凍るような叫び声が木々の向こうから聞こえた。女の声だ。「あれはタータカー、このラークシャサの群れの女首領だ。他のやつらを全部合わせたよりも強い」ヴィシュヴァーミトラは言った。「マントラを唱えて、矢を太陽、月、風、水、火の力を吹き込んだ槍に変えよ。あの女を射殺すのだ。あの女だけが、庵に押し入ってきて、このヤジュニャ・シャーラーを破壊することができるのだから」

「しかし、あれは女です。聖典は、女を傷つけてはいけないと

教えています」ラクシュマナは反論した。

「悪人に性別はない。射よ！」ヴィシュヴァーミトラは叫んだ。

シーターは、ラーマが小声で讃歌を唱え、弓に矢をつがえ、弦を引き、冷静な表情でタータカーの声のする方向へ矢を射るのを見つめた。矢は、ちょうど木々の後ろから現れたタータカーに命中した。タータカーは背が高く、たくましく、恐ろしげだった。だが矢に心臓を射貫かれて静かになった。そして巨大な木が倒れるかのごとく、轟音とともに倒れた。

タータカーの後ろには二人の男がいた。スバーフとマーリーチャである。二人とも長身で獰猛、炎のような髪をしていた。スバーフはラーマに襲いかかろうと走ってきたが、次の矢に射貫かれて地面に倒れた。マーリーチャはきびすを返して逃げていった。

その後はもう、棒も石も骨も投げられなかった。叫びも悲鳴もやみ、不気味な静寂が取って代わった。ラークシャサどもは撤退したのだ。

ヴィシュヴァーミトラが言った。「やつらは我々を、この縄張りを新たに支配したけだものだと見ている。我々が弱くなったり、やつらが今より強くなったりしたら、やつらは縄張りを奪い返すため再びやって来るだろう」

「あなたがお望みなら、私たちはこの敷地を永遠にお守りします」ラクシュマナは言った。

「そうしたら、この場所に決してサンスクリティ、つまり文化は訪れない」ラーマは顔をしかめた。

彼の頭にはさまざまな考えが溢れている。それを見てヴィシュヴァーミトラは喜んだ。彼は自分の息子たちとダシャラタの息子たちに、タータカーを火葬にするための薪を集めるよう命じた。「この女がヴァイタラニー川を渡れるようにしてやろう。彼女がどのように生まれ変わるかは、誰にもわからない。願わくは、敵でなく味方に生まれ変わってほしいものだ」

「でも、どうしてジャングルの流儀を乱すのですか？　死骸はこのまま放っておけばいいのではありませんか？」タータカーの葬儀が執り行われるのを見て、クシャドゥヴァジャの下の娘シュルタキールティは尋ねた。

「森は誰のものでもない。人間の介入がなければ、森はいつまでもジャングルのままだろう。恐怖の場所、歓迎でなく敵意の場所、力こそ正義で適者だけが生き残れる場所。苦行や祭式がなければ、文明もないのだ」ヴィシュヴァーミトラは言った。

「でも、私たちはたった今タータカーを殺したではありませんか」ウールミラーが言った。

「火をつけるには、薪を燃やさねばならん。牛に餌をやるには、草を切らねばならん。ラークシャサが我々を信用するようになるまでは、我々は脅威として、そして敵として見られる。そういう間は、力による戦いは続くだろう。やつらは傷つく。我々も傷つく。大事なのは、我々の目的を見失わないことだ。やがては関係が築かれ、互いへの好意が勝利を収めるだろう」

「彼らは、私たちが彼らの生活を破壊することを恐れています。私たちはそうするのですか？　そんなことができるのですか？」マーンダヴィーは尋ねた。

「もちろんできる、もしも我々が動物のままでいて、支配に喜びを見出し、彼らから学ぶものは何もないと思っているのならば。それはアダルマ（非法な行為）だ。ダルマとは交換、与えそして受け取ることだ。動物的な本能を克服し、恐怖を克服して、他人を養い、他人を慰め、他人が意味を見出せるようにする能力を発見することである」

ジャナカの娘たちがウパニシャッドのガールギーのように質問を発したことに、ヴィシュヴァーミトラは気づいていた。ダシャラタの息子たちは命令に従うことを好む。異なる畑で異なる農民によって育てられた異なる種からは、非常に異なる穀物が生まれるのだ。

Column

❖八世紀にバヴァブーティが作ったサンスクリット劇『マハーヴィーラ・チャリタ』(『偉大な英雄の物語』)では、ヴィシュヴァーミトラが祭式を執り行うときシーターもその場にいたとされる。彼女は妹ウールミラーと、叔父クシャドゥヴァジャとともに登場する。

❖結婚前にラーマとシーターの間にロマンスがあったというのは、バヴァブーティ、カンバン、それにトゥルスィーダースによる『ラーマーヤナ』でも示唆されている。これはサンスクリット語による複雑な詩カーヴィヤによく見られるシュリンガーラ・ラサ(ロマンティックな情趣)を踏まえている。

❖綿織物カラムカリの生地に描かれた『ラーマーヤナ』の絵では、ラーマはタータカーを射殺すとき顔をそむけている。ラーマが母親以外に見る女はシーターただ一人であるからだ、と画家たちは言う。

❖『ラーマーヤナ』では、悪魔だという理由で多くの女が殺されたり体の一部を切断されたりする。その最初がタータカーであり、最もよく知られているのはシュールパナカーだ。だがほかにも、アヨームキー、シンヒカー、スラサー、ランキニー、それにラーヴァナの妻マンドーダリーやマヒーラヴァナの妻チャンドラセーナーもいる。こうした行為を野性的で荒々しい自然の比喩に過ぎないと解釈するのは難しい。男が女に暴力を振るうことが容認されていたのは明らかである。

❖ タータカーと彼女が率いるラークシャサの集団は邪魔者として描かれることが多い。聖仙には前提として彼らの森で祭式を執り行う権利があるからだ。ヴィシュヴァーミトラの祭式は、『マハーバーラタ』でパーンダヴァたちがインドラプラスタの都を建設するためカーンダヴァの森を焼いたのと同じようなことだと考えられる*。祭式は人間が居住するため森を一掃して畑を作ることの比喩であろう。これを、ヴェーダ期にアーリヤ人の部族がガンジス川流域の平野部から南部の密林に侵攻したことを表すと解釈するのはたやすい。聖仙たちの行動は、宣教師や伝道師による改宗の取り組みと同一視できる。ヨーロッパの植民者たちはこうした解釈を広めてインドの植民地化を正当化したため、インドの支配者、地主、聖職者階級は守勢に立たされた。

* 『マハーバーラタ』において、主役のパーンダヴァ五兄弟が都を建設するにあたって、三男のアルジュナが親友のクリシュナと共に火神アグニの要請に応えてカーンダヴァの森を焼いた話がある。動物たちの大量の死をともなうこの話は、『マハーバーラタ』全体の中でその意味を考える必要があるが、同時に原著者の指摘するように焼畑とも関連があるかもしれない。

アヒリヤーの解放

祭式が終わると、ヴィシュヴァーミトラは言った。「下流にあるガウタマの庵へ行こう。我々はそこで必要とされている」

一同はヴィシュヴァーミトラに従って、花の咲く木が沿道に並ぶ岩だらけの細い小道を進んでいき、荒れ果てて放置された庵の中央にある岩に行き着いた。そこでヴィシュヴァーミトラは語った。

アヒリヤーは多くの者から求婚された美しい王女だったが、かなり年上の賢者ガウタマに嫁がされた。ガウタマは一日中祭式や苦行を実践して過ごし、アヒリヤーは彼の世話をした。彼女は夫に友情や親しさを求めたが、ガウタマは修行にばかり気を取られていて、妻にまったく注意を向けなかった。

ところがある朝、ガウタマはいつもとまったく違う行動を取った。川で沐浴したあと瞑想するため山に行くのではなく、家に帰って午後をアヒリヤーとともに過ごしたのだ。きわめて思いやり深く、親切で優しく、彼女の要求には何でも応えた。

だが夜になったとき、アヒリヤーは夫とそっくりな別の賢者が家に向かってくるのを見た。唯一の違いは、外にいる男は厳格そうなのに対して、彼女の腕の中にいる男はきわめて優しいことだ。アヒリヤーは、今腕の中にいる愛情深い男はガウタマではないのだと気づいた。偽者だ。彼はインドラであることが判明した。夫の姿に変身して、アヒリヤーの孤独につけ込んだのだ。本物の夫は家の外に立っていた。

　ガウタマは容赦なかった。彼はインドラに、性的能力を失って全身が痛みに襲われるよう呪いをかけた。そして妻には、動くことも食べることもできない岩に変わるという呪いをかけた。動物は彼女に小便をかけるだろう。旅人は彼女を踏んで歩くだろう。

「ラグ王家の後裔、アヨーディヤーの王子よ、そなたが何の批判の気持ちもなく彼女に触れたなら、アヒリヤーは呪いから解放されるだろう」ヴィシュヴァーミトラは言った。

「しかし、不貞は最悪の罪ではないのですか？　なぜなら、それは信頼が消えたことを意味するからです。レーヌカーは、夫以外の男のことを考えただけで首をはねられました。これは、それよりも遥かに悪いことです」ラクシュマナが言った。

「どれだけの罰が、公正な罰と言えるのだ？　誰が、もう十分だと決めるのだ？　王が介入し、思いやりによってガウタマの無慈悲とバランスを取らねばならない」

　ラーマはすぐさま、アヒリヤーである岩に手で触れた。岩は動いた。彼が離れると、アヒリヤー

が現れた。ため息をつき、泣き声をあげる。恥辱の重荷から解放されたからだ。

ガウタマが困惑した様子で物陰から現れた。妻が戻ったことを喜びつつも、自らの屈辱を忘れられずにいる。

「自分を憐れむのを止め、怒りを忘れるのだ、崇高な賢者よ。アハムがアートマンに道を譲るまで、心のもつれをほどきなさい。そうしたとき初めて、あなたは庵を立て直し、自分の世界に喜びを取り戻すことができるだろう」ラーマはいかにも王らしい態度で言った。

ガウタマは手を差し伸べた。かつて美しく、今はやつれたアヒリヤーは、一瞬ためらったあと、その手を取った。ヴィシュヴァーミトラは、二人が人生を新たにやり直せるよう、彼らのつないだ手の上から水を注いだ。

好奇心の強いマーンダヴィーは、なぜ結婚において貞節が非常に重要とされるのだろうと不思議に思った。ラークシャサの女は夫以外とも交わり、ラークシャサの男は妻以外とも交わる、と聞いたことがある。自然においては、ありとあらゆる種類の結び付きが存在する。白鳥のつがいは互いに忠実、雄の猿は雌猿のハーレムを持って嫉妬深く監視し、女王蜂には多くの相手がいる。では、聖仙にとってはどうして貞節がそれほど大事なのか?

「それが、配偶者の奉仕にどれだけ満足しているかを示す尺度であるからだ。満たされない者は別のところに満足を求める」ヴィシュヴァーミトラは言った。

「私は常に、一人の妻にあらゆる満足を見出すよう努めるつもりです」ラーマは宣言した。

「もしも、そなたの妻がそなたに満足を見出せなかったら?」ヴィシュヴァーミトラは問うた。ぜひ、この王子の答えを聞きたい。ところが答えたのは王女のほうだった。「妻が賢い人であれば、不足にも順応するでしょう。夫が賢い人であれば、成長するよう努力するでしょう」シーターはそう言いながら、アヒリヤーと、躊躇しつつも優しさを示すガウタマを見つめ続けていた。

クシャドゥヴァジャはラーマの顔に浮かんだ笑みに気づいた。それで、ヴィシュヴァーミトラに歩み寄ってこう提案した。「我々と一緒にミティラーの都においでください。アヨーディヤーの王子たちをお連れくださいませ。ラーマに、シヴァの弓の運試しをしてもらいたいのです。もしかすると、あの青年は妻を連れて故郷に帰ることになるかもしれません」

Column

❖アヒリヤーとインドラとの関係は、ヴァールミーキの『ラーマーヤナ』より五〇〇年以上前に作られた聖典群「ブラーフマナ」に収められた讃歌の中でほのめかされている。

❖『ラーマーヤナ』の再話の中には、『ブラフマ・プラーナ』などのように、インドラはアヒリヤーを騙したとするものもあれば、『カター・サリット・サーガラ』などのように、アヒリヤーはインドラだと気づいていたが彼との交わりを楽しんだとするものもある。言い換えれば、彼女は罪のない被害者だという話もあれば、合意の上での共犯者だという話もある。

❖ヴァールミーキの『ラーマーヤナ』では、インドラは去勢され、アヒリヤーは見えなくされて空気の中で存在することを強いられた。『ブラフマヴァイヴァルタ・プラーナ』では、インドラの体は一〇〇個の女陰で覆われ、彼が太陽を拝むときそれは一〇〇〇の目に変わる。『ブラフマ・プラーナ』では、アヒリヤーは呪われて干上がった川となる。『パドマ・プラーナ』では、彼女は美しさを奪われて皮と骨だけの体になる。『スカンダ・プラーナ』と『ブラフマーンダ・プラーナ』では、彼女は石に変えられる。

❖ヴァールミーキの『ラーマーヤナ』では、アヒリヤーは単に姿が見えないだけで、ラーマが彼女の存在を認めて足に触れたことで解放される。だが一〇〇〇年後に書かれた各地方の『ラーマーヤナ』では、彼女は石にされ、ラーマに踏まれて解放される。

❖アヒリヤーはアハリヤーとも呼ばれる。ハラとは鍬のことで、アハリヤーは〝鍬で耕されていない者〟を意味する。つまり彼女は、まだ鍬を入れられていない畑の一つの形、あるいは象徴である。

❖女性の貞節に関する議論は、男性の貞節に関する議論に比べて遥かに多い。女性は所有物であり、その境界を越えてはならないと見られているが、男性はそのように見られていないことを示している。伝統的に、聖女とは貞淑で一人の夫とのみ絆を結ぶ女性、聖人とは禁欲していてどんな女性とも絆を結ばない男性、とされる。聖女はサティー、聖人はサントと呼ばれる。

❖ヨーロッパの学者はしばしば、ヒンドゥー教神話のインドラをギリシア神話のゼウスと同一視した。どちらも神々のリーダーで、天空を支配し、雷を操り、女好きで知られる。だが、より深く掘り下げてみれば、似ているのは表面上だけだと判明する。ゼウスはよくガチョウや日光や夫に似せた姿などに変身して、多くのニンフや王女を犯し、犯された女性たちはペルセウスやヘラクレスといった偉大な英雄を産む。学者はこれを、男性を空とする崇拝が広がり、女性を大地とする崇拝が従属的に扱われている表れだと考える。だがインドラの浮気性にはゼウスと異なる目的がある。彼は繁殖と関連付けて考えられており、苦行者の宗派にとっては敵である。苦行者と家庭人とは、家庭人となる苦行者シヴァと、苦行者のように考える家庭人ヴィシュヌによって、バランスが取られている。

❖後世の各地方の『ラーマーヤナ』、特にインド南部や東南アジアの物語では、アヒリヤーには三人の子どもがいるとされる。子どもの父親が自分ではないと疑ったガウタマは、彼らを猿に変える。女の子はのちにハヌマーンの母となるアンジャナー、男の子はヴァーリとスグリーヴァである。アンジャナーはガウタマの子だが、ヴァーリとスグリーヴァはそれぞれインドラとスーリヤの子だ。アヒリヤーは自分の秘密を暴露したことで娘を呪い、ガウタマは黙っていたことで息子たちを呪う、という伝承もある。

シヴァの弓

究極の苦行者シヴァは、飢えを克服した。そして雪で覆われた岩山の頂上に座った。そこに植物はまったく生えていない。その山は、北極星の下に位置するカイラーサ山だった。

女神シャクティの姿を取った自然は彼に言った。「飢えは、生きている動物と生きていない動物を区別するものです。飢えがまったくないなら、それはシャヴァ、つまり死体と呼ばれねばなりません」

「植物は食べ物の源のほうに伸びる。動物は食べ物のほうに走っていく。人間は苦行によって食べ物への欲望を乗り越えられる。それが、人間を人間たらしめる特徴だ」シヴァは言った。

「人間は他人の飢えを察知して、祭式を通して食べ物を生み出し、それで他人の飢えを満たすことができます。それも人間を人間たらしめる特徴です」シャクティは言った。「祭式でなく苦行だけが実践されたなら、孤独が栄え、人間関係は生まれず、社会は崩壊します。あなたは破壊者になります」

するとシヴァは言った。「苦行でなく祭式だけが行われたなら、私たちは他人の飢えを利用して自分の飢えを満たそうとする。そうして腐敗した社会が生まれる」

「確かにそうです。苦行は弓幹のようなものです。祭式は弓の弦のようなものです。別々にしていたら弓はできません。弓を作るためには、弓幹は曲げ、弦はぴんと張らねばなりません」

「弦の張りが弱すぎれば、弓は役に立たない。きつすぎれ

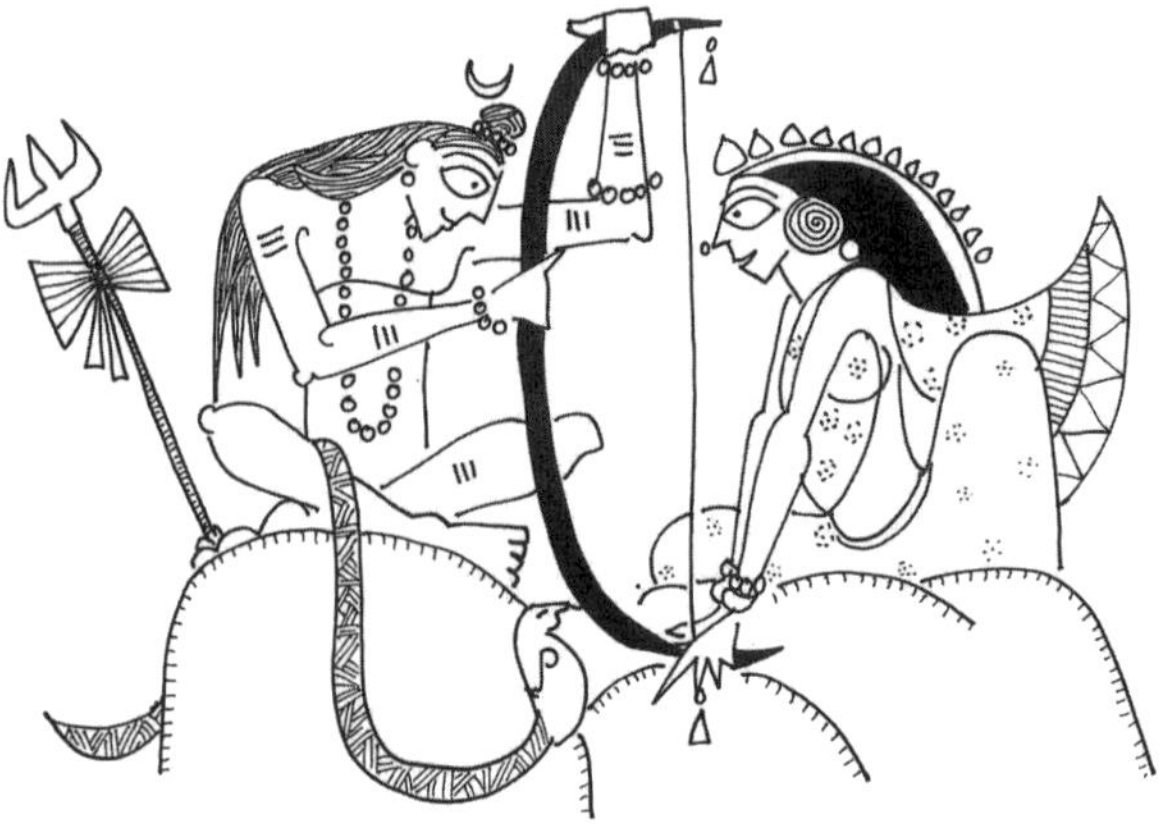

ば、弓は折れてしまう」シヴァは、プリトゥが王になったときのヴィシュヌの言葉を繰り返した。
「さあ、祭式と苦行を合体させた弓を作りましょう。これを、あらゆる関係の象徴としましょう。結婚における男と女の関係の、統治下における国王と王国の関係の」女神はそう言うと、山々の娘パールヴァティーの姿を取った。シヴァを連れて山を下り、川岸にあるにぎやかな都カーシに向かった。ここで彼女は食べ物の女神アンナプルナとなり、飢えを知らない苦行者シヴァは、他人の飢えを思いやる家庭人シャンカラとなった。

彼らの会話から一本の弓が生まれた。この弓の弦を引くことのできる者は、完璧な王となるだろう。シヴァはこの弓を、ウパニシャッドの後援者ジャナカに与えた。ヴィシュヴァーミトラは、自分の弟子はぜひともこの弓を見るべきだと考えたが、彼らに弦を引くことができるかどうかはわからなかった。しかし、試してみることに損はない。

Column

❖一六〇九年、港町カリカットの領主ザモリンの宮廷に住んでマラバール海岸を旅した、ポルトガルのイエズス会の伝道師ヤコポ・フェニチオは、ヒンドゥー教神話について詳しく研究した初の文書をヨーロッパの読者のためにまとめた（ただし、バルダエウスという剽窃者による一六七二年の作品のほうが広く知られるようになった）。そこでフェニチオは、シーターの誕生にまつわる口伝物語を記録している。シヴァはしばらくの間ランカーを守護していたが、ある日ランカーの門のそばに灰を落とした。そこから巨大な木が生えた。その木の枝はミティラーまで伸び、ジャナカは祭式の一環としてその枝を燃やした。その炎の中から、女の子シーターが弓を持って生まれた。弓には、シーターはこれを折った男と結婚すると記されていたという。

❖まったく植物がなく雪に覆われた岩山カイラーサ山の頂上に住む、飢えを知らない神シヴァが、川岸の都市カーシで食べ物の女神アンナプルナとして敬われるシャクティを妻にしている、ということには大きな意味がある。彼女の厨房は苦行者と家庭人が和睦する場所だ。シヴァは飢えていないかもしれないが、彼は自分のような苦行者でない者たちの世話をするだけの深い思いやりを持たねばならないからである。シヴァは欲望の神カーマを燃やして、欲望の破壊者カーマーンタカになるが、シャクティはカーメーシュヴァリーそしてカーマーキヤー、つまり欲望を理解し、欲望を満たす女神なのである。

❖シヴァとシャクティには息子が二人いる。象の頭をした神、食べ物を求める者を満足させるガネーシャと、六つの頭を持つ戦士、食べられることを恐れる者を守るカールッティケーヤである。シャクティはこうして、シヴァと並んで、捕食動物と獲物の両方が幸せでいられる森を作り出す*。

---

* シヴァの妃神の名は複数あり元来はそれぞれ異なる神格であったと考えられているが、次第に融合していった。代表的なものを挙げると、優しい性格の女神としてサティー、パールヴァティー、ウマーなどの名があり、恐るべき妃としてはドゥルガー、カーリーなどの名がある。

シーター、弓を持ち上げる

シヴァの弓は非常に重く、男が一二人がかりでも持ち上げられなかった。そのため荷車に載せられてミティラーの武器庫まで運ばれて保管され、この国を通ったすべての戦士が遠くから感心して眺めた。ジャナカは毎日、恭しく弓に灰を塗り、周囲にランプを灯した。

ある日、シーターは三人の妹と一二人の女官とともに武器庫に入った。彼女は宮殿全体の掃除をする務めを負っていたのだ。「どの隅も、どの中庭も、どの柱も、どの屋根も床も、世話をしないまま放っておいてはいけませんよ。そして武器も忘れずに。木に苔が生えず、金属に錆がつかないように、しっかり拭くのです」母はそう言っていた。ほかの娘たちが剣、槍、短剣、楯、矢、弓、棍棒を拭くのに忙しくしているとき、シーターは真っ直ぐシヴァの弓のほうに向かった。

「それは重すぎます」女官の一人が言った。「誰も持ち上げられません」

「でも、これもきれいにしなくては」シーターはそう言うと、片手で軽々と弓を持ち上げ、もう片方の手で下側をごしごし拭いた。

この驚くべき偉業の知らせは王と王妃の耳に届いた。彼らは武器庫まで走っていき、もう一度弓

を持ち上げるようシーターに頼んだ。シーターは、何をそんなに騒いでいるのかしらと訝りながら、楽々と持ち上げた。

「この子は強すぎるわ。誰がこの子と結婚してくれるかしら?」母は笑みを浮かべながらも、心の中で不安を感じた。

「同じくらい、あるいはもっと強い者だ」父は言った。

「そして賢い人ね」ジャナカが力よりも知恵を重んじることを知るスナイナーは言った。「完璧な王よ」

ジャナカはアーリヤーヴァルタ中の王や王子に知らせを送り、シヴァの弓を引いて弓とシーターの両方を手に入れるよう、彼らをミティラーに招いた。知恵を求める賢者たちで都が溢れたウパニシャッド時代と違って、今回は権力、財産、快楽に誘われた王子たちで溢れた。

多くが訪れ、多くが挑戦し、多くが失敗した。

弓を持ち上げるため都に来た大勢の男たちの中に、遠く離れたランカーから訪れた者がいた。都にいるどの男よりも背が高く、髪は豊かで波打ち、胸は広く、腹は硬い。体に灰を塗りたくっているのは、シヴァを崇拝している印だ。誰一人、彼の顔を見なかった。彼の目つきがあまりに鋭いので、周囲の者は皆目を伏せたのだ。男は屈み込み、シヴァの弓を持ち上げようとした。もう少しで成功するところだったが、にやりと笑った拍子にバランスを崩した。弓は怒った大蛇のごとく、男を地面に押さえつけた。

ジャナカと家臣の戦士たちは救助に駆け付けたが、男を弓の下から引っ張り出すことはできなかった。灰を塗りたくった険しい目つきの男の呼吸が苦しげになってきたとき、シーターが遣わされた。

彼女は片手で弓を持ち上げ、横にどけた。だが男は感謝の念を示すどころか、こう怒鳴った。「俺がこの弓を持ち上げられないのなら、持ち上げられる男など存在しない。お前の娘は一生独身のまま寂しく死んでいくぞ、ジャナカよ」

そんな発言に対して、ジャナカは平然として言った。「娘は独り身かもしれないが、決して寂しくはない。お前とは違うのだ」

男は姿を消し、二度と現れなかった。だが都では、男は誰あろうラーヴァナだという噂がささやかれた。聖仙ヴィシュラヴァスの息子にして、恐るべきラークシャサの王だ、と。

Column

❖ヴァールミーキの『ラーマーヤナ』は、シーターが弓を持ち上げるほどの怪力だとはしていない。しかし民間伝承にはそういう話がある。『シーター・スヴァヤンヴァル』（一九七六年制作、日本未公開）などいくつかの映画が、このエピソードを紹介している。パラシュラーマは、シーターが結婚する男は彼女が持ち上げられる弓の弦を引く力のある者にするよう、ジャナカに助言する。

❖ラーヴァナがシヴァの弓を持ち上げようとするという話は、ヴァールミーキの『ラーマーヤナ』にはないが、これも民間伝承に見られ、オリッサ州やジャールカンド州、ビハール州のチャウダンスで演じられるテーマの一つとなっている。ラーヴァナが失敗した理由として挙げられるのは、彼の高慢や自信過剰である。

❖シーターが力持ちだとされるのは、彼女が女神と考えられていることに起因する。彼女は、自然を支配する女神カーリーが人類を救うため慎ましく家庭的な女神ガウリーに変身した姿である。こうした考えは、『アドブタ・ラーマーヤナ』や、シャークタ（女神シャクティ信仰）の文献で明示されている。

❖ガンジス川流域の平野部に伝わる民謡によると、シーターは優れた夫を得られるよう女神シャクティに祈願する。悪魔が言い寄ってきたとき、シーターはシャクティに届けてくれと一通の手紙を悪魔に渡す。シーターはその手紙でシャクティに、この生意気な悪魔を殺してくれと頼む。シャクティは戦士の女神ドゥルガーとなってこの悪魔を殺し、そのおかげでシーターはラーマと結婚できるようになる。

ラーヴァナの出自

ラークシャサたちは自らを、森の生き方のラクシャカすなわち守護者だと考えている。規則がなく、無情な力だけが支配する、強く狡猾な生きものが好まれる生き方である。当然ながら、彼らは聖仙たちの苦行や祭式などに関心はなかった。しかしスマーリンがクベーラに会ったとき、それが変わった。スマーリンは南部のジャングルを闊歩するラークシャサの群れの首領だった。ある日、彼はヤクシャの首領、クベーラに出会った。クベーラは、南方の海の真ん中にあるトリクータ島に黄金の都ランカーを建設した者である。彼はプシュパカ・ヴィマーナという空飛ぶ二輪戦車に乗って世界中を旅していた。

スマーリンは、クベーラの母はイダヴィダー*というヤクシャだが父はヴィシュラヴァスという聖仙であることを知った。クベーラは父親から苦行や祭式やヴェーダの知識を得ていたおかげで、富と権力を得ることができた。スマーリンはクベーラと同じくらいの力と才能を持つ子どもが欲しいと思った。それで娘のカイカシーに、ヴィシュラヴァスのところへ行って彼に子どもを授けてもらうように命じた。こうして生まれたのがラーヴァナである。

ヴィシュラヴァスはラーヴァナに、苦行、祭式、ヴェーダに関するあらゆることを教えた。ラーヴァナの知性は非常に発達したので、すべての知識を収めるために一〇個の頭が必要となった。また、すべての力を収めるために二〇本の腕が必要となった。

ラーヴァナの祖父スマーリンは常に孫をクベーラと比べてお

* 通常クベーラの母の名はイリビラーとされる。

り、ラーヴァナはクベーラよりも強く、速く、優秀になりたいと切望して育った。誰からも恐れられ付き従われる支配者になろうと決意した。それは簡単なことではない。彼の腕は二〇本なのに対して、ハイハヤ族のカールタヴィーリヤは一〇〇〇本もの腕を持っている。また、キシュキンダーの猿の王ヴァーリには尾が一本しかないにもかかわらず、その尾はラーヴァナの腕すべてを合わせたよりも強い力を持っている。

だからラーヴァナはブラフマーに祈って不死の飲料アムリタの壺を手に入れ、それを臍に隠した。このアムリタの壺を持っている限り、彼が殺されることはない。

次にラーヴァナはシヴァに祈った。自分の頭の一つを切り落とし、それでルドラ・ヴィーナーという弦楽器を作った。これに喜んだシヴァは、ラーヴァナに三日月刀チャンドラハーサを与えた。この刀があれば、ラーヴァナは戦いにおいて常に確実に勝つことができる。

ラーヴァナはチャンドラハーサを頭上高くに掲げ、ラークシャサの軍団を率いてトリクータ島を荒らし回り、クベーラを追放し、自らをランカーの王、プシュパカ・ヴィマーナの主人と名乗った。祖父スマーリンは大いに喜んだものの、父ヴィシュラヴァスは落胆した。

クベーラは北部の山脈まで逃げて、シヴァの保護を求めた。

クベーラはそこに〝ランカーの反対〟を意味するアランカーという都市を建設した。アラカーという名前のほうが広く知られている。

「ラーヴァナもクベーラもあなたの信者だけど、あなたはどちらのほうが好きなの？」シャクティはシヴァに尋ねた。

「二人とも互いにそれほど違っていない。ラーヴァナは強奪し、一方クベーラは貯め込む。二人とも、自分たちの本質の根源はその富にあると信じている。ゆえに、彼らは思考よりも物質を尊ぶ。ゆえに、彼らは心を広げようとしない。どちらもバラモンの息子だというのに」シヴァは言った。

Column

❖ラーヴァナの人生についての最古の記述は、『ラーマーヤナ』の最後の第七巻、「ウッタラ・カーンダ」（「後続の巻」）にある。

❖一五世紀、マーダヴ・カンダリーはアッサム語で『サプターカンダ・ラーマーヤナ』を書いた。そこで彼はラーヴァナを、死の神の棍棒や神々の王の玉座や海の神の輪縄や月の神の輝きを奪った者、惑星の並び方を意のままに変えた者として描いている*。だが一六世紀にトゥルスィーダースがアワディー語で書いた『ラーマーヤナ』とは違って、カンダリーによるアッサ

* 死の神はヤマ（閻魔）、神々の王とはインドラのこと、海の神とはヴァルナのこと、輪縄は彼の特徴的な武器である。月神はチャンドラと呼ばれる。

ム語版はラーヴァナをより好意的に扱い、ラークシャサの王の富や立派さに敬意を示している。

❖アスラとラークシャサという単語は混同して用いられることも多いが、両者は別々の種族である。アスラ魔族はカシュヤパの子で、地下で暮らしてデーヴァ神族と戦う*。ラークシャサはプラスティヤの子で、森で暮らして人間と戦う。カシュヤパとプラスティヤはどちらもブラフマーの思考から生まれた息子である。

❖ラーヴァナは悪魔として嫌われているのに対して、クベーラは神の地位を得ている。ラーヴァナは死を示唆する方角である南と関連付けられ、一方クベーラは永遠や安定を示唆する方角の北と関連付けられる。ラークシャサからは盗みや強奪が、ヤクシャからは貯蔵が連想される。

❖ヴィムラスリーによるジャイナ教版『ラーマーヤナ』は、ラーヴァナに一〇個の頭はなかったとしている。ラーヴァナが生まれたとき、彼の母は九個の鏡がついたネックレスを彼の首にかけた。鏡の一つ一つに頭が映った。だから母は彼を、一〇の頭を持つ者という意味でダシャナンと呼び、その名前が定着したのだという。

❖クベーラはヒンドゥー教、仏教、ジャイナ教の神話で非常に敬われる登場人物で、デーヴァの財宝を管理する太鼓腹の神である。ヴァーハナすなわち乗り物が人間である唯一の神だ［日本では七福神の一人である毘沙門天として知られている］。

❖寺院の絵画で描かれるルドラ・ヴィーナーにはラーヴァナの頭が一つしかついていないが、演奏家が用いるルドラ・ヴィーナーには必ず一〇個のゴード（頭）がついている。

* デーヴァとアスラはブラフマー神を祖父とするいとこ同士である。

ガンガーの降下

ヴィシュヴァーミトラ、クシャドゥヴァジャ、アヨーディヤーの二人の王子、ミティラーの四人の王女は、ガンガー川に沿って南下し、ヴィデーハ国を目指した。道中、ヴィシュヴァーミトラはガンガーの話を皆に語った。

サガラ王はアシュヴァメーダ祭と呼ばれる馬祀祭を執り行っていた。その祭式においては、王家の馬が解き放たれる。馬が制止されることなく通った土地は、すべて王の支配下に入ることになる。馬がアマラーヴァティーの都まで来て都がサガラ王に支配されるのではないか、とインドラは心配になった。それで、馬を盗み、カピラという苦行者の庵に隠した。

サガラの息子たちは馬を捜した。ついに行方を突き止めると、カピラを盗みの罪で責めた。それまで苦行に没頭していたカピラが激怒して目を開けると、その目から霊的な火タパスが生じ、サガラの息子たちを生きたまま焼いて灰にしてしまった。

「我が息子たちは二度と生き返らないのか？」サガラは慟哭した。

「生き返ります」カピラは言った。「あなたがこの灰をガンガー川に沈めたならば。神々の都アマラーヴァティーを流れる川、アーカーシャ・ガンガーすなわち天の川として空に見える川に」

サガラは大変年老いていたため、苦行によってシッダの力を得、それを用いてインドラに天空のガンガー川を地上に流すようにさせるのは無理だった。とはいえ、自分に代わってそれをしてくれる息子は一人も残っていない。未亡人となった義理の娘たちは、まだ一人も子どもを産んでいない。息子たちを生き返らせる望みはまったくなかった。

だが、サガラの息子の一人には二人の妃がいた。彼女たちは子どもを産もうと決心した。そこで、ある賢者を呼び、不妊の女を妊娠させられる薬を生み出す祭式を執り行ってもらった。薬が生み出されると、一人の妃が妻としてそれを飲み、もう一人の妃が死んだ夫を演じて彼女と愛の営みを行った。それによって一人の子どもが生まれた。ところが受胎に男性がかかわらなかったせいで、子どもは骨も神経もなく肉と血だけがある体だった。妃たちがこの肉と血の塊をカピラのもとへ連れていくと、カピラはシッダを用いて子どものために骨と神経を作った。こうしてこの子は完全な形となり、バギーラタとして知られるようになった。

バギーラタは苦行を実践し、インドラに、ガンガー川が天空を離れて地上を流れるようにさせた。しかしガンガー川はせせら笑った。「地上に降りたなら、私はすべての山を破壊し、すべての森をなぎ倒しますよ。それが私の力ですから」

最悪の事態を恐れたバギーラタはシヴァを呼び出し、彼のもつれた髪で天空の川を受け止めて降下を途中で止めるよう頼んだ。シヴァは同意した。ガンガー川は空から跳び下り、真っ直ぐシヴァの頭へと落ちていった。気がついたときには、ガンガーは彼の髪に完全に絡め取られていた。「放して」女神は叫んだ。

「お前が敬意を持って大地を扱うのなら」シヴァは言った。

ガンガーが同意すると、シヴァは彼女を静かに流れさせた。ガンガー川は両側に肥沃な川岸を作りながら海へと蛇行した。バギーラタがその水中に父親たちの灰を投げ込むと、彼らの感謝の叫び声が聞こえた。

ヴィシュヴァーミトラは皆に言った。「ガンガーが人間と植物の再生を可能にしたように、女は家族の再生を可能にする。なぜなら、女は次世代の前途をその体内に有しているからだ」

「妻になるためには、女は服従させられねばならないのですか？　シヴァがガンガーを服従させたように？」ウールミラーは尋ねた。

「おお、性別を超越した概念に目を向けよ」ヴィシュヴァーミトラはそう促した。「夫であれ妻であれ、良き配偶者となるためには、ガンガーの強情さはシヴァの沈着冷静さとバランスを取らねばならなかった。そのとき初めて、結婚という川は肥沃な川岸を生み出すのだ」

ヴィシュヴァーミトラは、ジャナカの娘たちが質問をするたびに、どれだけの思考が喚起され、知恵が悟られるかに気づいていた。彼女たちと結婚する男は本当に幸運だ。

Column

❖初期のヴェーダ文献は、パンジャーブ州、ラージャスターン州、ジャンブ州の川に言及している。後期のヴェーダ文献はガンジス川流域の平野部に言及しており、この文化が東部へと広がったことを示している。この変遷について、西部の大河サラスヴァティー川（現在の小さな川ガッガル川）*が干上がったため文化が東部に移動したことが原因だ、とする人もいる。人口がさらに増えるに従い、文化は南部へも広がっていった。

❖ガンガーの物語は、インド発祥の哲学の基礎をなす輪廻転生信仰を明瞭に示している。最古のヴェーダ文献では、輪廻転生はそれとなく示唆されるだけだった。このテーマが顕著になったのはウパニシャッド時代である。輪廻転生信仰は、非永久性という思想から来ている。何ごとも永遠ではない。生も、死も。そのため、存在というものはメリーゴーラウンドのごとく果てしなく続く。苦行者や修行僧は、輪廻転生からの解脱（ムクティ、モークシャ、カイヴァルヤ）という概念を提唱した。死と生は人間にとって二つの目的地であり、それを象徴するのがカピラの目から生じた炎とガンガーの降下で生じた水である。炎は燃え上がり、輪廻転生の束縛を焼き尽くす。水は流れていき、死者の再生を可能にする。

❖ヴィシュヴァーミトラがこの海と川の物語をラーマに話したことは、彼の教育にとって重要であった。生は循環することを、ラーマは学ばねばならない。彼は、男性の務めの一つは結婚して次代の王を生み出すことだと教えられる。何ごとも――彼の治世すら――永遠に続かないか

* ヴェーダ神話に言及されるサラスヴァティー川が実際にはどの川であったのか、あるいは実在した川なのか否か、不明である。

らだ。

❖二人の妃がバギーラタを生み出す話は、クリッティヴァーサーによるベンガル語の『ラーマーヤナ』と、ベンガル語版の『パドマ・プラーナ』に登場する。そのため、当時同性愛というものがまったくなかったわけではないことがわかる。この話は、肉や血という柔らかな組織は女性の赤い種子から、骨や神経という硬い組織は男性の白い種子から作られる、というタントラ信仰に基づいている。クリッティヴァーサーの『ラーマーヤナ』では、骨のないバギーラタは遠くからアシュターヴァクラに手を振る。自らの障害を強く意識するアシュターヴァクラは、バギーラタが自分を嘲っているのか仲間として挨拶しているのかわからなかった。それで、アシュターヴァクラの障害を馬鹿にしているのならバギーラタを灰にし、彼が本当に奇形なのであれば癒してくれと神々に祈った。その結果、バギーラタは癒された。

弓を折る

ヴィシュヴァーミトラと若者たちがミティラーの都に到着すると、王妃スナイナーは娘たちを出迎えるため走り出てきた。娘たちは興奮して、庵までの道中と帰路に見たこと、聞いたことすべてを話した。

ジャナカはヴィシュヴァーミトラと彼の若き弟子二人を歓迎した。「ヴァシシュタとヴィシュヴァーミトラという二人の教えを受けるとは、君たちは本当に恵まれている」彼はラーマとラクシュマナに言った。「どちらが大切か教えてくれ。ヴァシシュタの理論的な知識か、それともヴィシュヴァーミトラの実用的な訓練か？」

「どちらも優劣はつけられません」ラーマは答えた。「理論的な知識の探求は心を、実用的な知識は体を発達させます。どちらにも価値があり、どちらにも代償があります。より良いとかより悪いといった概念を生み出すのはアハムです。アートマンはすべてを認め、微笑むのです」

その言葉は、ジャナカの耳には音楽のごとく心地よく響いた。この青年は屈強で従順なだけではない。賢くもある。ジャナカはこの青年が弓を引くことに成功するのを願った。

一行が武器庫に入ると、ジャナカはラーマを正式に紹介するようヴィシュヴァーミトラに頼んだ。

「シヴァの弓に、誰が弦を引きに来たのか教えてください」

そこでヴィシュヴァーミトラは、ラーマの血統を紹介した。「初め、ナーラーヤナは夢を見ることなく眠り、世界は存在していなかった。彼が目覚めると、その臍から蓮が上昇した。蓮の中にはブラフマーが座っていた。ブラフマーは世界中にたった一人であることを恐れ、自らの心から息子たちを作った。その一人がダクシャであった。もう一人はマヌであった。シヴァはダクシャの首をはねた。

マヌにはイクシュヴァークという息子と、イラという息子がいた。イクシュヴァークからはスーリヤ・ヴァンシャすなわち太陽の王の血統が、イラからはチャンドラ・ヴァンシャすなわち月の王の血統が生まれた。イクシュヴァークの血統にはラグという王がおり、多くの祭式を執り行った。彼からラーガヴァあるいはラグ・クラという一族が生まれた。この一族にはサガラという者がいた。彼の息子たちは行方不明の馬を捜して非常に深い穴を掘ったため、そこに雨水がたまって海ができた。この一族にはバギーラタという者がいた。彼は天からガンガーを引き下ろして地上に流れさせた。この一族にはディリーパという者がいた。彼は雌牛を飢えたライオンから救うために自らの肉体を差し出した。この一族にはハリシュチャンドラという者がいた。彼は、あらゆる財産、名声、息子を失うことになっても約束を守った。この一族にはアジャという者がいた。彼は妻インドゥマティーをあまりに深く愛していたため、彼女が亡くなると自らも直後に死んだ。アジャからはダシャラタが生まれ、ダシャラタからはラーマが生まれた」

「よろしいですか?」ラーマはジャナカに許しを求めた。

ジャナカはうなずき、ラーマが先祖、両親、教師に祈って協力を求めるのを見守った。その後、このダシャラタの長男は手を伸ばして弓幹をつかんだ。ゆっくりと持ち上げた彼は、皆が言うほど弓が重くないのに驚いているようだった。ジャナカが息を殺して見つめる前で、ラーマは弓幹の下

の端を右足の指で押さえ、右手で弦を引っ張って左手で弓幹を曲げ、弦の端を弓幹の上の端に結び付けようとした。

期待と不安が部屋に溢れる。シーターはどきどきしていた。規則は明快だ。彼女はシヴァの弓を引くことができる者としか結婚できない。だが、シーターの心は規則などどうでもよかった。すでに心は彼に捧げていた。ラーマと結婚できれば最高の喜びが得られるだろう。でも、もしも彼が失敗したら?

そのとき、あることが起こった。ラーマがシーターの目を覗き込んだのだ。彼の集中が揺らいだもののの、それはほんの一瞬だった。そして次の瞬間、彼が力をかけすぎたために弓幹が折れた。

ボキッという音は、あたかも一〇〇〇の雷鳴のごとく響いた。その音はあらゆる者に聞こえた。天空のデーヴァ神族にも、地下のナーガ族にも。誰もが茫然とした。ラーマは成功したのか、それとも失敗したのか? すべての視線がジャナカに注がれた。

するとジャナカは言った。「ラーマよ、今日からそなたはジャーナキー・ヴァッラバ、すなわちジャナカの娘シーターの最愛の人、と呼ばれるであろう」宮廷にどっと歓声があがった。

Column

❖九世紀に(一二世紀だと論じる者もいる)、宮廷楽師であり、聖者詩人ナマルヴァールの弟子だったカンバンは、タミル語で『イラームアヴァタータラム』を書いた。これは初めて書かれた地方版の『ラーマーヤナ』で、一万の詩節から成り、歌に溢れた作品である。作品は最初シュリーランガム寺院に奉納され、それに神が大いに喜んだため、ナラシンハが柱の中から現れて満足げにうなったと言われている*。王は二人の詩人にこれを書くよう依頼していたが、カンバンがインスピレーションを得たのは締め切りのたった二週間前だった。彼は昼も夜も精力的に書いた。彼が夜の間も思いを書きつけて、先に作品を提出できるよう、女神が明かりを掲げていた。その作品でカンバンは、ラーマとシーターは弓が折られるずっと前に木陰で出会って恋に落ちていたと述べた。この恋に落ちるという考え方は、サンスクリット劇で重要なモチーフだった。シーターは単なる競争の戦利品ではない。結婚によって夫に与えられる前から、相手を愛していたのである。

❖シヴァは自分の弓ピナーカで矢を射て、彼の娘を追いかけようとしていたブラフマーを空につなぎ留めた。また、この弓は三つの都トリプラを破壊するためにも用いられ、そのためシヴァは、ピナーキン(ピナーカを持つ者)とも、トリプラーンタカ(トリプラの破壊者)とも呼ばれている。弓は、自然（プラクリティ）、文化（サンスクリティ）、想像（ブラフマーンダ）を調和させることでヨーガの矢を放つことを可能にする、鋭敏な心の比喩である。

❖ラーマの血統は、彼の先祖たちが公正さや誠実さで知られていたことを表している。中でも意義深いのは、妻のインドゥマティーが死んだ直後に死んだという、ダシャラタの父アジャである。聖典において、一人の妻に対するこのような夫の愛は一般的ではない。インドゥマティー

---

* ナラシンハはヴィシュヌの化身・アヴァターラの一つ。首から下は人、首から上は獅子の姿をしている。神話で柱から現れることになっている。

は、ある賢者の花冠が空から落ちてきて首にかかって死んだ。花は、彼女がかつてアプサラスであり、呪いの結果として地上で暮らしていたことを、彼女に思い出させた。それを思い出したとき、彼女は死んだのだ。そして彼女の死でアジャの胸は張り裂けた。この物語はカーリダーサの『ラグ・ヴァンシャ』で述べられている。

❖ラーマはマルヤーダー・プルショッタム、つまり常に規則に従う者として知られる。彼は曲げて弦を引くはずの弓を折ったが、そのことは意味がないわけではない。それは、彼の心が揺れたこと、瞬間的にバランスを失ったことを表している。ラーマが公正無私を連想させるシヴァの弓を折ったのは、おそらく一瞬シーターへの好意を感じたことを示しているのだろう。このために彼は追放されねばならなかった。王子は、王になる心の準備ができる前に、森の中で無私を学ぶことになるのである。

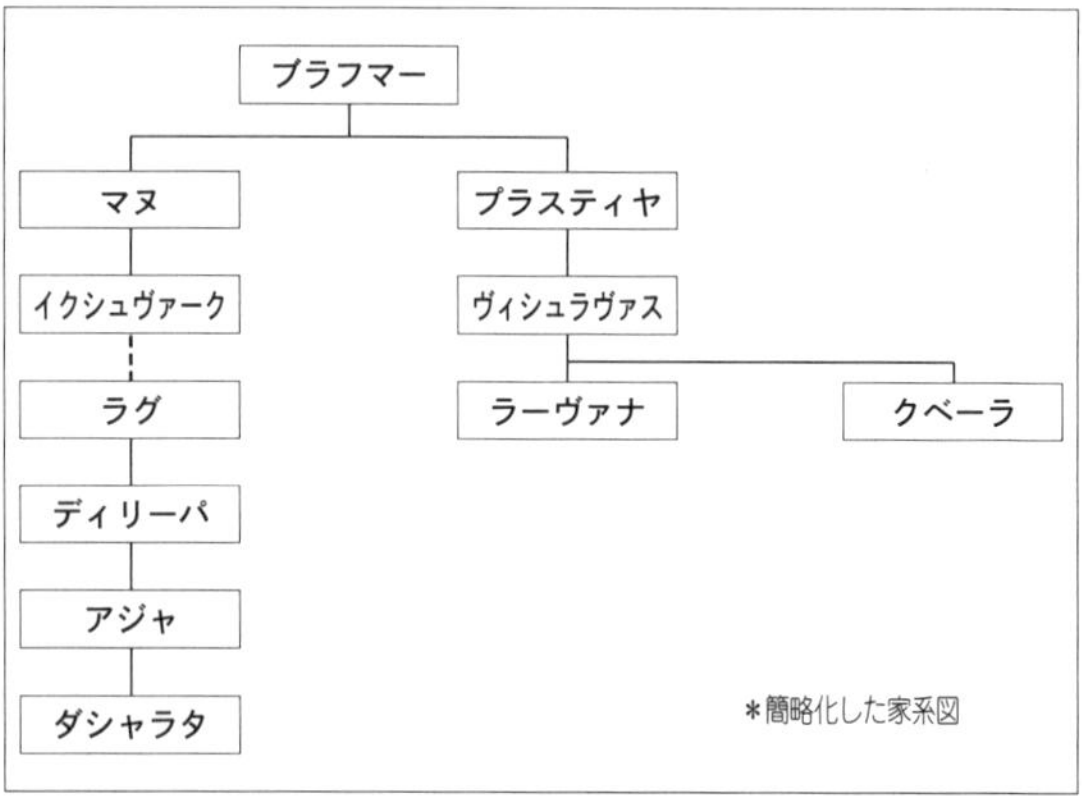

パラシュラーマの怒り

弓が折れる音を聞いたパラシュラーマは、斧を振り上げてミティラーに駆け付けた。彼を見て誰もが恐れおののいた。「曲げるように言われたシヴァの弓を折った不届き者は誰だ？」パラシュラーマは怒鳴った。

ジャナカは立ち上がって、興奮した戦士であり聖職者でもあるパラシュラーマをなだめようとしたが、ヴィシュヴァーミトラが腕をつかんで制止した。「ラーマに対処させましょう」彼は王にささやきかけた。

ラーマはわずかな恐怖も顔に浮かべることなく言った。「私です」

「お前は何者だ？」

「ラーマ、カウサリヤーの息子、ラグ王家の後裔、アヨーディヤーの王子です」

「姦淫を実行したアヒリヤーを解放した者だな。私が誰か知っているか？」

「私と同名の方、ブリグ族のラーマ、斧のラーマとしても知られる方、パラシュラーマ、お父君の命により心の中で姦淫を犯したお母上のレーヌカーを斬首なさった方ですね」

「曲げるように言われた弓を戦士が折ったなら、それは止めるべきときを知らない心を示している。欲望を制御できなかった我が母のように、あるいは強欲を制御できなかったカールタヴィーリヤのように」パラシュラーマは高らかに言った。

「激しい怒りを克服できず、罰を繰り返すことで完璧な世界を創造できることを願って、何世代にもわたってさまざまな氏族の王を次から次へと殺し続けるのは、どのような心なのですか？」ラーマは尋ねた。

パラシュラーマには答えられなかった。この若者からそれほど鋭い反論がなされるとは、予想していなかった。空気が張り詰めた。周囲の者は呼吸すらできなかった。「制御は悪だと言うのか？」

「制御は飼い慣らされた動物を生み出します。社会の目的は人類を鼓舞することであり、飼い慣らすことではありません」

「では、何が文化を創造するのだ？　人はなぜラークシャサのように暮らさない？　規則がなければ、強者が弱者を支配し、誰も無力な者を助けないのだぞ」パラシュラーマは叫んだ。

「規則を用いて、人に思いやりを持つよう強いることはできません。そんなことをしても、恐怖を増大させるだけです。サンスクリティのそもそもの目的は、恐怖を乗り越えて、強奪したり支配したり威圧したりする必要を感じないようにすることです。あなたのお母上が斬首されたのは、別の男性を求めたからではなく、お父上がご自分を無能だと感じたからです。あなたがカールタヴィーリ

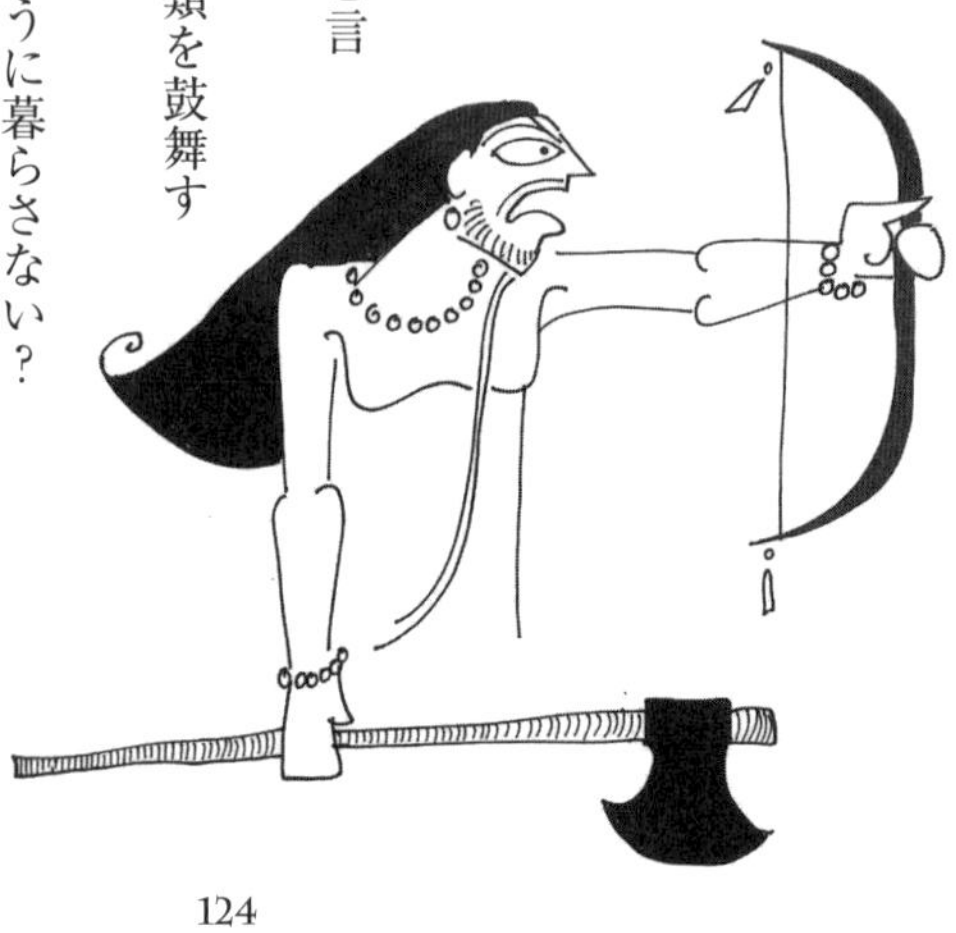

ヤを殺したことは、彼の息子たちに復讐の種を植え付けただけでした。彼らがジャマドアグニを殺したことで、あなたの中に復讐の種を植え付けたように。あなたはそれを正義と呼びます。しかし、どれだけ罰を与えたら十分なのでしょう――いつになったら、相手を許して先へ進めるのですか？　不完全を許す余地のない社会は、決して幸せな社会にはなりえません」

　ラーマの発言にパラシュラーマは満足を覚えた。地上の王すべてがカールタヴィーリヤのような者ではなかった。まだ希望はある。彼はにっこり笑った。誰もが安堵のため息をついた。

　パラシュラーマは自分の弓をラーマに差し出した。「お前はシヴァの弓ピナーカを折った。ヴィシュヌの弓サランガを、どれだけうまく操れるか見せてくれ」

　ラーマは弓を受け取って弓幹を曲げ、弦を張り、矢をつがえ、やすやすと弦を引いた。パラシュラーマは感心した。この弓は何世代にもわたってブリグ族に伝わっているが、パラシュラーマ以外にこれを持てた者も、ましてや使いこなせた者もいなかったのだ。

「弓に矢をつがえました。何を射ればいいのですか？　矢を無駄に放つわけにはいきません」

「それで私の心を射貫け。私は、規則を強要することによって自分一人が世界の問題を解決するのだと思い込んでいた。私の心の限界を打ち砕いて、幸せな社会を築くためには規則は自発的に従われねばならないことを、私に理解させてくれ」

　ラーマが矢を放つと、それはパラシュラーマの心に命中し、あらゆる限界を打ち砕いた。矢が物理的な的を射貫くところなら、誰でも見たことがあった。だが人々は初めて、矢が精神的な的を射貫くところを目撃したのだ。

パラシュラーマはたいそう喜び、自分は世の中から身を引くと宣言した。「カールタヴィーリヤが我が父の牛を盗もうとして、王に対する我々の信頼を打ち壊したとき、クリタ・ユガ（黄金時代）は終わった。今、ラーマの登場によってトレーター・ユガ（人類の時代）が始まった＊。ラーマは王に対する人々の信頼を強めるであろう。私は今後戦士を殺したり、彼らを脅して善良にさせたりはしない。なぜなら今は、どうしたら善良になれるかを示してくれる者がいるからだ。私の務めは終わった」

パラシュラーマは斧を海に投げ込み、マヘーンドラ山へと退き、永久に暴力を放棄した。

Column

❖ラーマとパラシュラーマの対決は物語によって扱われ方が異なる。バヴァブーティの『マハーヴィーラ・チャリタ』では冗舌な議論が交わされる。ガンジス川流域の平野部で人気のある『ラーマ・リーラー』の劇では、シーターは、常に幸運である者を意味する〝アカンダ・サウバーギャヴァティー〟でいられるという恩恵をパラシュラーマから受け取る。夫が彼女よりも長生きする、という恩恵である。そのためパラシュラーマはラーマを傷つけることができない。

❖いくつかの言い伝えでは、ヴィシュヌの化身・アヴァターラには階層があるとされる。ラーマはパラシュラーマより階層が高く、クリシュナはラーマよりも高い。ヴィシュヌの地上におけ

＊ ユガとはインドの神話的時代区分のこと。クリタ・ユガからはじまり、トレーター・ユガ、ドゥヴァーパラ・ユガ、カリ・ユガと移っていく。最初が最も良い時代でだんだん悪くなる。『ラーマーヤナ』はトレーター・ユガの話で、『マハーバーラタ』はドゥヴァーパラ・ユガからカリ・ユガへの移行期の話とされる。

る完璧な姿を意味するプールナーヴァターラと呼べるのは、クリシュナだけである。

❖ヴェーダの思想によれば、あらゆる社会は四つのユガ（時代）を経る。これは逆順に数字が振られていて、クリタ（四）、トレーター（三）、ドゥヴァーパラ（二）、カリ（一）、続いてプララーヤ（〇）があり、また（四）、（三）、（二）、（一）……と繰り返される。どんな社会も理想的に始まるが、最後には崩壊する。それぞれのユガはヴィシュヌの異なる化身で終了する。クリタ・ユガではパラシュラーマ、トレーター・ユガではラーマ、ドゥヴァーパラ・ユガではクリシュナ、そしてカリ・ユガではカルキである。

❖パラシュラーマはインドの西海岸、グジャラート州からケーララ州にかけての地域と密接な関連がある。パラシュラーマが血塗られた斧を海に投げ入れたとき、海はぞっとして暴れ、その結果西海岸が生まれた、と言われている。

❖〝ラーム・パーン〟という口語は決して的を外さない矢を意味し、病気の確実な治療法や成功間違いなしの問題の解決策を表す。

四人の兄弟に四人の花嫁

ラーマはすべての人に感銘を与えた。誰もが彼を、シーターにふさわしい花婿だと褒め称えた。そうして、ヴィシュヴァーミトラとパラシュラーマの立ち合いのもと、シーターはダシャラタの長男に花冠をかぶせた。シーターはラーマの妻、そしてラーマはシーターの夫となるのだ。

アヨーディヤーに使者が送られ、ダシャラタは彼の師ヴァシシュタと他の息子二人を連れてミティラーにやって来た。ジャナカは提案した。「あなたにはあと三人息子がいて、我が家族にはあと三人娘がいる。四人の兄弟を四人の姉妹と結婚させて、あなたの家と私の家を結び付けようではないか」

ダシャラタは提案を承諾し、四組の男女の結婚を記念する壮大な結婚式が計画された。ラクシュマナはウールミラーと、バラタはマーンダヴィーと、シャトルグナはシュルタキールティと結婚した。

花嫁たちと花婿たちはターメリック水で体を洗った。青年たちの装束は白い種子が体に内蔵されていることを示す白、娘たちの装束は赤い種子が体に内蔵されていることを示す赤。彼らは力を合わせて次の世代を生み出し、死んだ先祖の転生を可能にするのだ。

ジャナカはこう言いながら、娘たちをダシャラタの息子たちに与えた。「そなたにラクシュミー、すなわち富を与える。ラクシュミーはそなたに喜びと繁栄をもたらすであろう。私にはサラスヴァティー、すなわち知恵を与えよ。手放す喜びを私に教えよ」この儀式はカニヤー・ダーナ、乙女の花

嫁の授与として知られるようになった。交換に富が求められるダクシナーや、交換に力が求められるビクシャーと違って、ダーナで交換に求められるのは知恵だけである。

四組の男女は一緒に七歩進んで長老たちの前まで行った。これで彼らは、七つのことを分かち合う生涯の伴侶になった。家、火、水、収入、子ども、喜び、そして会話である。掌を重ね合わせて、炎にギーと穀物の捧げものをする。煙がそれを天空の国まで運んでいき、デーヴァたちが心ゆくまでそのごちそうを満喫できるように。また、人間は自分たちだけで生きているのではないことを示すため、牛、犬、鳥、蛇、バナナの木、バニヤンの木、岩、水にも捧げものがなされた。

ダシャラタの息子たちは、言われたことを異議を挟まず実行した。ジャナカの娘たちは微笑んだ。あらゆる儀式が彼女たちに語りかけていたからだ。ずっと昔、彼女たちは象徴の意味するものを教えてもらっていたのである。

出発の時間になると、ジャナカは娘たちに祝福を与えた。「どこへ行こうとも、お前たちが幸せになれるように」

スナイナーは無言だった。彼女は黙って娘たち一人一人に紫檀で作った二体の人形を与えた。一体は男性、もう一体は女性。これらは家庭がもたらす至福を表し、それぞれの寝所の最も神聖な場所に保管しておくことになる。

最後に、ヴィデーハの王女四人に一握りの米が与えられた。彼女たちはそれを頭越しに後ろに投げた。スナイナーはわっと泣き出した。どれだけ分別ある言葉をかけられても、涙は止められなかった。米は娘が両親に恩を返すことを象徴している。今、娘たちは家とは別の場所で新たな人生を始められるようになった。臍の緒は断ち切られたのだ。

シーター、ウールミラー、マーンダヴィー、シュルタキールティは振り返りたかったけれど、そうはしなかった。自分たちはジャナカの娘だ。過去を手放すこと、先へ進むことの賢明さを知っている。

馬、象、驢馬、若い雄牛から成る大規模な隊列が、花嫁の家から花婿の家への贈り物を載せてミティラーの都を出発した。織物や宝石や武器が詰まれている。職人とその家族も、ヴィデーハの国からコーサラの国へと技術を伝えるために同行した。シーターは特に、豆や穀物、野菜や果物、薬草や香辛料の種の世話に気を配った。これらは夫の菜園で育ち、故郷を思い出させるよすがとなるだろう。花婿の家に入るとき、花嫁は新たな世代の約束だけでなく、新たな食べ物、新たな文化、それに伴って新たな思想を持ち込み、夫の家を豊かにするのである。

Column

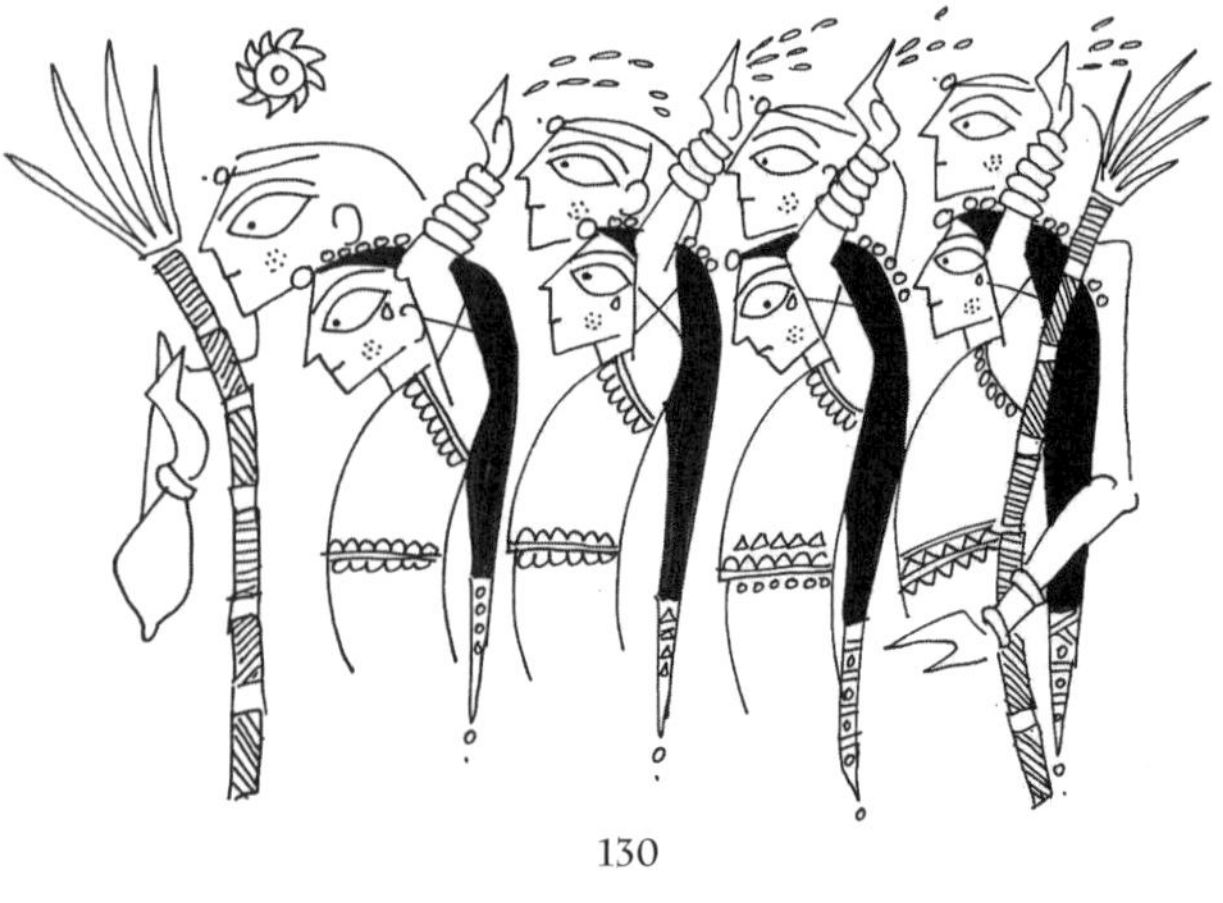

❖通常、王は自分の娘全員を一人の皇太子に与える。娘たちがダシャラタの息子それぞれに与えられたことは、この叙事詩が一夫一婦制を理想的と考えていることを示している。ほとんどの物語では、これは一般的ではない。

❖ヴェーダ時代以来、結婚は単に男と女の結び付きではなく、二つの文化が混ざり合う機会でもある。それによって新たな慣習や考えが古い家に入り、家を活性化させられるのだ。

❖インドの結婚式では、現代人なら不愉快に感じるかもしれない農業上の慣行に根差した象徴が用いられる。男は種を植える農民、女は種を育てる畑、とする考え方に基づく慣行である。

❖タミル・ナードゥ州、アーンドラ・プラデーシュ州、カルナータカ州では、紫檀製の男性と女性の人形が、初めての月経のときか結婚式のときに娘たちに与えられる。これらの〝王と王妃〟の人形は、ナヴァラートリの祭*の間他の人形とともに飾られ、家庭の喜びを表す。

❖ジャナカをこの叙事詩の登場人物とすることによって、ヴァールミーキは王や牛飼いや農民の愚かな物質主義への異議を明確に表現している。ジャナカの娘たちは、物でなく思考を通じて幸せを見出すことが期待されている。

❖ミティラー（シーターの故郷）はアヨーディヤー（ラーマの故郷）の南にあり、アヨーディヤーはマトゥラー（クリシュナの故郷）の南にある。これら三つの都市はすべてガンジス川流域の平野部に位置する。現在でも、この三地域は文化的に大きく異なっている。ミティラーは田舎の美術や工芸と関係が深く、アワディーとも呼ばれるアヨーディヤーは洗練された都会、マトゥラーのあるブラジは土着信仰の中心地だ。三つの地にはそれぞれ異なる方言がある。順にマイ

---

*9～10月の白分（満月で終わる半月）の九日間にわたって行われる、ドゥルガーを筆頭にした大女神を祀る祭礼。

ティリー語、アワディー語、ブラジュ・バーシャー語である。

❖多くの学者は、人間の英雄ラーマと神の化身ラーマを区別し、後世に書かれた第一巻「バーラ・カーンダ」と第七巻「ウッタラ・カーンダ」をオリジナルの『ラーマーヤナ』と切り離して考える。だが、『ラーマーヤナ』の魅力は、人間が自らの神としての潜在能力を実現させようと努力するところにある。我々はアハムを乗り越えてアートマンを実現できるのか？　アハムは本質的に利己的で、アートマンは本質的に公平無私なのか？　どちらのほうが、より愛情深く、思いやりがあり、公平なのか――人間のラーマか、神としてのラーマか？　それは、一人一人考え方が異なる不完全な世界で、人が完璧な人生を送ろうとすることはできるのかという疑問を、深く掘り下げている。

❖ネパールのジャナクプルにはジャナキ寺院がある。一七世紀の聖人スールキショールダースはここで金の女神像を発見し、シーター・ウパーサナすなわちシーター崇拝を説いた。ここでは毎年一一月から一二月にかけて、シーターの結婚式が演じられる。

第三巻

追放

「夫が決して不自由を感じずにいられるよう、
彼女は夫についていった」

アヨーディヤーへの入城

三人の王妃は、息子たちを一人前の男にしてくれる四人の娘に挨拶しようと、アヨーディヤーの門で待っていた。良い気を呼んで悪い気を追い払うため、法螺貝が吹かれ、鐘が打ち鳴らされて遠吠えのように響いた。音楽が鳴り渡った。太鼓、笛、シンバル。都は木の葉や花やランプで飾られた。あらゆる家の前には明るく白い模様が描かれて、花嫁たちを歓迎した。皆の目に、花嫁は富の女神ラクシュミーをそっくり小さくしたような姿に映った。

ラクシュミーと同じく、花嫁たちも蓮の花で身を飾っている。首にはビーズのネックレスをかけ、足の指には指環をはめ、腕には腕環をつけている。髪の分け目には朱が入れられて、自分たちは既婚者であり夫しか触れられないのだとインドラに知らせている。

門には米の詰まった壺が置かれ、花嫁たちはそれを蹴って中に入れるように言われた。赤い染料の上を歩かされ、上等の綿の織物モスリンに足形がつけられた。手を赤い染料に浸けさせられ、白い雌牛の体に手形

がつけられた。宮殿中を連れ回された。男たちが暮らす外のベランダ、女たちが住む中庭。牛舎、馬屋、象小屋、菜園、そして最後は厨房に連れていかれた。ひしゃくで、かまどで煮ている緑の野菜をかき混ぜさせられた。沸かした牛乳が溢れるところを見せられた。籠に入ったインコを見せられ、それらを逃がして、鳥がつがいとなって空へと飛んでいくところを見守るようにと指示された。

四人の王子は武勇を披露するよう命じられた。矢が空に向かって放たれた。矢は花に変わり、道路に並んで喝采する群衆の上に落ちた。剣は高く掲げられ、槍は素早く優雅に振られた。こうした技の披露はあらゆる人々を魅了した。

そして最後に、真珠やダイヤモンドの輪が鼻孔に刺し通された。花嫁は左の小鼻に、花婿は右の小鼻に。

アヨーディヤーの人々は皆、将来は安泰で実り多いものになると確信した。

ヴァシシュタは青年たちに言った。「妻を得る前、そなたたちは財産を要求する権利を持たない学徒だった。妻が人生から去ったあとは、そなたたちは財産を要求する権利を持たない隠者とならねばならない。妻がそばにいる間だけ、富を求める権利がある。妻がいなければ、祭式は執り行えない。できるのは苦行だけだ」

ヴァシシュタの妻アルンダティーが花嫁たちに会いに来て、物語を話した。「かつて私たちは、夫婦七組で森に住んでいました。夫たちは祭式と苦行を深く理解する聖仙で、私たちはその忠実な妻でした。ある日、沐浴のあと、火の礼拝のためヤジュニャ・シャーラーへ行きました。他の妻たちは、家事を早く終えてしまおうと急いでいたため、結婚のシンボルを身に着けるのを忘れてしまいました

——ビーズのネックレスも、腕環も、髪の分け目の朱も、足の指環も。火の神アグニは彼女たちを未婚だと思い込み、愛の営みを持ちました。でも、私は手をつけられませんでした。六人の聖仙はそれぞれの妻を捨てました。彼女たちは今、マートリカーとして知られています。どの男性とも結ばれていない森の乙女、という意味です。ヴァシシュタの忠実な妻である私だけはヤジュニャ・シャーラーで夫に奉仕しますが、ほかの六人の男性は苦行者となり、女性を見るのも拒んでいます。天空の、七聖仙から名付けられたサプタリシという星座のそばには、私の名を持つ星がありま す。そして、かつて私の姉妹だった六人の女性は、別の星座を構成しています。クリッティカー星団です。クリッティカーたちは皆に拒絶されましたが、シヴァとシャクティだけは彼女たちを受け入れ、彼らの息子である軍神スカンダの乳母にしました。スカンダは、彼女たちにちなんでカールッティケーヤという名をつけられました」

スミトラーは義理の娘たちに、夜になったら夫にアルンダティーという星を見せてと頼みなさいと言った。そのとき初めて、夫婦は相手の体に触れることになる。手と手を取り合い、星を指差す。

その星は、ヴェーダの英知溢れる国アーリヤーヴァルタでの、結婚における貞節のシンボルとなっているのだ。

「でも、それはまだ少し先のことですよ」カイケーイーは言った。娘たちはまだ若いからだ。彼女たちには自分専用の寝所が与えられず、義理の母たちの寝所で眠る。そして今や一人前の男となった青年たちは、母親の寝所を離れ、父である王の寝所で眠ることになる。

やがて蓮の花が咲いたら、愛の神カーマが呼び出され、若者たちの心を覚醒させる。そして花婿たちは蜂のように、花で飾られた花嫁たちの寝所に招かれるのである。

Column

❖インドの家において、敷居は重要な役割を果たす。それは家庭的な内部と野蛮な外部とを隔てている。そのため、娘が家を出るときや義理の娘が家に入るときは、大きな不安があった。どちらの出来事についても、良い気を引き入れて悪い気を締め出すことを目的とした儀式が行われる。

❖今日でも、多くのコミュニティでは結婚式のとき花婿は剣を掲げることになっている。花嫁と持参金が賊に略取される危険にさらされていた時代の名残である。

❖プリーのジャガンナート寺院に飾られた像では、クリシュナは右側に鼻環をつけている。古代には、多くのコミュニティで男たちは鼻環をつけていた。この慣習は時代とともに廃れていった。

❖星座サプタリシは、英語では〝the Great Bear〟(おおぐま座)として知られている。アルンダティーはアルコル（おおぐま座の恒星の一つ）、クリッティカーはプレアデス星団で、〝六人の姉妹〟とも呼ばれる［プレアデスの名はギリシア神話のプレアデス七姉妹に由来しており、〝七人の姉妹〟と呼ぶのが一般的。また、この星団は日本では昴と呼ばれている］。おおぐま座の二重星アルコルとミザールは、インドではアルンダティー星とヴァシシュタ星として知られており、アルンダティーのほうがヴァシシュタよりも暗い。

❖六人（七人のこともある）の処女神であるクリッティカーは、子どもを産めない女性や子どもが高熱や発疹で苦しむ女性に敬われ、また恐れられる、猛々しい森の乙女である。インド中の村落で、クリッティカーを祀る屋外聖堂が見られる。『マハーバーラタ』では、クリッティカーは集団としてシヴァの子種を受け入れ、六つの頭を持つ息子カールッティケーヤを産む。カールッティケーヤはデーヴァの軍団を率いて戦いに赴く。後世の物語では、彼女たちは優しい乳母となる。彼女たちは、社会の規則（この場合では結婚）によって馴化されていない自然本来の力を体現している。

❖ヴァールミーキの『ラーマーヤナ』に登場するラーマとシーターはかなり若いが、後世の伝承ではもっと年上になっている。結婚に適した年齢は社会によって異なるということだろう。

❖児童婚が行われても、すぐに床入りがなされるわけではない。インドの多くの地域では、結婚は二段階に分けて行われる。第一段階では、花嫁と花婿は非常に若く、形式的な夫婦となるだけである。第二段階では、花嫁が肉体的・精神的に成熟して初めて床入りが実行される。それまでは、花嫁は実の母か義理の母と生活する。こうした段階を踏む目的は、花嫁を早いうちから夫の家に慣れさせることである。花嫁が初潮を迎えると、それを祝う儀式が行われ、花婿は招かれて妻を連れていく。この儀式はビハール州では〝ガヴァン〟と呼ばれる。女性が子どもの頃結婚して夫が迎えに来るのを実家で待つ、といった内容の民謡は多くある。形式的な儀式と実質的な結婚の違いが理解されなかったために問題が起こったケースは数多くある。

王の戦車の御者、カイケーイー

シーターはカウサリヤーのもとで、マーンダヴィーはカイケーイーのもとで、ウールミラーとシュルタキールティはスミトラーのもとで暮らした。彼女たちは昼も夜も、息子を熱愛する母親たちが語る彼らの話を聞いて過ごした。

カウサリヤーは言った。「ラーマが眠ろうとしないときがあったわね。お月様に、一緒に寝てほしかったから。とうとう私たちは、あの子をなだめるために、水を入れた壺をベッドに置いたの。水面に月が映った。それであの子は月と一緒に眠ったわ。その日から、私たちはあの子をラーマチャンドラ、つまり〝月のラーマ〟と呼ぶようになったのよ。うちの家族は太陽を崇拝しているのだけれど」

スミトラーは義理の娘たちに、花婿たちの兄弟への愛情について警告した。「花婿が兄弟よりもあなたのほうを好きになってくれるよう、努力しないといけないわよ」

「少なくとも夜はね」カイケーイーがくすくす笑って言うと、女たちは顔を赤らめた。

三人の妃の中では、カイケーイーが最も王から求められていた。彼女は一番美しく、大胆なのが魅力的だった。

中庭の壁には、ダシャラタがデーヴァ神族の王インドラに呼ばれてアスラ魔族と戦うことになったとき、カイケーイーが王の戦車の御者を務めたことを示す壁画が描かれていた。彼女は戦場で馬を操りながら、矢から王を守り、言葉で王を励ました。あるとき、戦車の車軸が折れた。彼女は一瞬の躊躇もなく屈み込んで車輪に手を突っ込み、前腕を折れた車軸の代わりとした。

カイケーイーの話、とりわけ馬についての話は楽しかった。彼女は北西にある馬の国ケーカヤの出身だからだ。カイケーイーが幼い頃に乳母を務め、その息子バラタの乳母も務めた女官マンタラーは、優秀な料理人だった。それで花嫁たちは厨房で何時間もマンタラーとともに過ごし、ケーカヤ、コーサラ、ヴィデーハでそれぞれ異なる料理の方法を学んだ。

カウサリヤーは花嫁たちのために人形を作った。スミトラーは彼女たちの髪を結い、宝石で飾った。だが最も多くの関心を集めたのは、カイケーイーの物語とマンタラーの料理だった。

「カイケーイーはどうしたら皆に気に入られるかを知っているわ」スミトラーは言った。

「カイケーイーは妃たちの中で王に一番愛されているわね」カウサリヤーは言った。「だけど、王の一番のお気に入りの息子はラーマよ」

　マンタラーはこの会話に気を取られ、うっかり沸騰している牛乳にライムを絞り入れて固まらせてしまった。

Column

❖ラーマは月が大好きだったという話は、インド中でよく子どもたちに語られている。ラーマがラーマチャンドラと呼ばれるもう一つの理由は、のちにシュールパナカーとシーターに関して下した決断によって、彼の太陽のように輝かしい栄光に傷がついたからである。

❖カイケーイーが戦場でダシャラタの命を救ったというエピソードは後世の物語に登場する。

❖ヴァールミーキの『ラーマーヤナ』がカイケーイーをダシャラタの一番のお気に入りとしている理由は、彼女が立派な息子を産むとの予言がなされており、ダシャラタはぜひ息子が欲しかったからだと考えられる。

❖ケーカヤはインドの北西部、パキスタンやアフガニスタンの近くに位置している。『マハーバーラタ』のガーンダーリーやマードリーといった、叙事詩に登場する王女の多くが、この国の人間である。ケーカヤは馬と関係が深く、そのためカイケーイーの父親は〝馬の支配者〟を意味するアシュヴァパティと呼ばれている。

三人の王妃

シーターは、人々が自分をジャーナキー、マイティリー、ヴァイデーヒーと呼んでいるのを知っていた。それぞれ、ジャナカの娘、ミティラーの住人、ヴィデーハ国の出身、という意味である。けれど、彼女にはシーターという本当の名前がある。カウサリヤーの本名は何だろう、とシーターは考えた。カウサリヤーにはコーサラの王女という意味しかないからだ。

ダシャラタはサケートを首都とする北コーサラ国の王だった。カウサリヤーはカーシを首都とする南コーサラ国の王の妹だ。両国の間では何度も激しい戦いが行われた。南コーサラ国の王女が北コーサラ国の王と結婚すると言い張り、和平が実現した。カウサリヤーがダシャラタの妃になったとき両国は合併し、サケートはアヨーディヤー（戦いの行われない地）と呼ばれるようになったのである。

シーターはまた、カイケーイーの〝ケーカヤの王女〟という名前以外の本名は何だろうとも考えた。彼女の父親アシュヴァパティは、所有する馬でよく知られている。カイケーイーの兄ユダージットは立派な戦士だ。カイケーイーはよく、兄の偉業について語った。カイケーイーはまだ幼い頃に母親を失ったため、兄妹はとても親しかったそうだ。

スミトラーは一度ウールミラーとシュルタキールティに、カイケーイーの母親について聞いた話をした。アシュヴァパティ王は鳥の言葉を解する能力を与えられていたが、鳥から聞いた内容を誰かに話したら即座に死ぬと警告を受けていた。ある日、湖畔でカイケーイーの母親と並んで座っていたとき、アシュヴァパティに白鳥の話が聞こえた。その会話が面白かったので、彼は笑った。王妃は何が聞こえたのか知りたがった。王は、聞いたことを人に教えたら死ぬので話せないと言った。王妃は言った。「心の底から私を愛しているなら、聞いたことを教えてください」王は、妃は夫の健康に無頓着すぎるか、あるいは愚かすぎると考えた。いずれにせよ、もう彼女にはそばにいてほしくない。彼は妃を実家に送り返した。母を失ったカイケーイーとユダージットは乳母のマンタラーに託され、マンタラーが二人を育てたという。

そしてスミトラーは？　彼女が王女でないのは明らかだった。マンタラーはある日、小麦を挽きながらマーンダヴィーに小声で話しかけた。「あの方は王家の血筋ではありません。バラモンの娘でもありません。たぶん商人か牛飼いか御者の娘でしょう。召使いの娘かもしれませんね。低い社会階層の女と結婚すると息子の生まれる可能性が高くなる、と言われています。だけど、それでも息子が生まれなかったので祭式が執り行われたのです。だからこそ、あの方のご子息たちはひどく卑屈なのですよ」

ある日、王妃たち共通の中庭で四人の王女が花婿たちとともに座っているとき、シーターはおずおずとラーマに尋ねた。「あなたのお父様にはお妃が三人いらっしゃいます。尊敬するお妃、愛するお妃、ご自分に奉仕するお妃。私はどのお妃になるのでしょう?」

ラーマはためらいなく答えた。「父には妃が三人いるかもしれないが、私は一人しか妃を持たない。その妻が与えてくれるもので私は満足するし、私が与えるもので妻が満足してくれることを願っている」

シーターはラーマの堅苦しい口調に気がついた。「私が尋ねたのはお妃のことですよ、妻ではなく」笑顔でそっと言う。

「私は今、一人の妻を持つ夫だ。私が王になった暁には、妻も王妃となる。だが、その二つは同じことではないのだ、シーター。我が妻は私の心の中にいる。私は妻を満足させるために存在する。王妃は玉座に座り、王国を満足させるために存在する」ラーマの口調はまだ堅苦しかった。

「その夫は自分の妻のことを知っているのですか?」シーターは尋ねた。

「その妻はなぜ、そんなことを訊く必要があるのだ?　疑っているのか?」

「その妻は、本当の意味で夫と話をしたことがないのです」

「なるほど」ラーマは突然、考え込んだ表情になった。それまで二人を結び付けていたのは、会話でなく、儀礼、儀式、それに規則だった。手をつないだのは、結婚式でそれが求められたからだ。隣同士に座ったのは、儀礼上必要だったからだ。互いに相手に食べさせたのは、それが伝統だったからだ。シーターがラーマの横で歩いたのは、そう決まっていたからだ。だがラーマは本当の意味でシーターを知っているのか？　シーターはラーマを知っているのか？　自分たちはお互いを見ているか？　相手の何を見ているのだろう――体、それとも心？　自分たちはいまだに王子と王女であり、夫と妻ではない。

ラーマは興味を持って、強いまなざしでシーターを見つめた。そのとき、彼の目は驚嘆で輝いた。シーターは急に恥ずかしくなってすぐさま横を向き、今度は自分が堅苦しい態度になり、彼の温和なまなざしの強さを感じて身を震わせた。

Column

❖ジャイナ教と仏教の文献では、ダシャラタはカーシを統治しており、のちにアヨーディヤーに移ったとされている。

❖サケートはアヨーディヤーの古い名前だが、別の都市だとも言われている。

❖南部に伝わるヴァールミーキの『ラーマーヤナ』の原典では、ダシャラタの戦車の御者で相談役のスマントラが、カイケーイーの父親は母親を捨てたと話している。その物語はオリッサ州やアーンドラ・プラデーシュ州の民間伝承で詳しく語られている。本筋の背景となるこうした物語は、人々の行動を説明するのによく用いられる。インドでは、あらゆる行動は過去の出来事の結果だと考えられているからだ。何一つとして、理由なく起こることはないのである。

❖ジャイナ教の『パウマ・チャリヤ』によると、スミトラーはカマラサンクラプラの王スバーンドゥー・ティラクの娘とされる。さまざまな地方版の物語でも、スミトラーを王女としているものがある。だが王家の血を引く者としての彼女の過去についての言及はあまり多くない。出身の王国コーサラやケーカヤから名付けられたカウサリヤーやカイケーイーと違って、スミトラーの名は王国の名と関係がない。その事実が、彼女は王家の人間でないということを示唆している*。

❖スミトラーの名前はスマントラと非常によく似ており、ゆえに彼の娘だという説もある。

❖ガンジス川流域の平野部の民謡では、シーターは幸運でたいそう愛された花嫁だったので、義理の父親、夫、義理の兄弟たちによって、彼女のために屋敷の中に井戸が作られたとされている。そのためシーターは、水を汲むのに村の井戸や川まで行く必要がない。

❖古代インドでは、男性、特に王が多くの妻を持つのは普通だと考えられていた。『マハーバーラタ』に登場するドラウパディーには五人の夫がいたが、それは標準的なことでなく、むしろ例外だった。インドのヒマラヤ山脈地方や南部には、一人の女性が多くの兄弟と結婚するという種族が存在するものの、これは決して一般的な慣行ではなかった。

狩りの獲物となったシュラヴァナ

＊スミトラーという名は「良い」を意味する「ス」と「友人」を意味する「ミトラ」から成り、語末の長母音は女性であることを示す。「良き友人である女」という意味になる。

ダシャラタは幸せだった。三人の妃、勇敢な四人の息子、賢い四人の義理の娘。コーサラ国の将来は安泰だ。これ以上何を望むことがある？

彼は心躍らせて狩りに出かけた。頭上を飛ぶ鳥や地上を走る兎を射止めた。虎のあとをつけ、首尾よく待ち伏せて襲った。鹿を追った。そして、自らの腕前を試すため、目隠しをし、音だけで獲物の居場所を突き止めて射ることにした。鹿が池の水を飲む音らしきものが聞こえたので、その方向へ矢を射た。直後に人間の悲鳴がした。

目隠しを剝ぎ取ったダシャラタは、ぞっとする音のほうへと走った。恐れていた通り、彼が射たのは人間だった。少年だ。矢は少年の胸を射貫いていた。生きていられるのも、あとわずかだろう。「両親を」少年は息を喘がせた。「お願いです、親切な見知らぬお方、僕の両親を見つけて、安全なところへ連れていってください。僕を射た狩人は、両親も狩ろうとするかもしれません」

ダシャラタは、水甕が池に浮いているのに気がついた。さっき聞こえたのは、この甕が水に浸けられた音だった。鹿ではなかったのだ。

ダシャラタは自責の念に駆られて少年を抱き上げ、両親を捜した。「お前なのかい、シュラヴァナ？」弱々しい男の声がする。「すごく重そうな足音だ。何を運んでいるのだね？」

ダシャラタは少年の両親を見た。年老いており、目はほとんど見えていない。二人はそれぞれ、長い棒の両端にくくりつけられた籠の中で座っていた。おそらく少年は棒を肩に担いで両親を運んでいたのだろう。「私はダシャラタ、コーサラ国の王である。そなたたちは森で何をしているのだ？」

「息子が」母親が答えた。「私たちを連れて巡礼しています。あの子は水を汲むため、巡礼道から離れました。私たちはとても喉が渇いていたのです。息子のシュラヴァナは虎と鹿が一緒に歩いているのを見ました。二匹とも水のあるところへ向かっていたのでしょう。だから息子は甕を持って二匹を追いました。そろそろ戻ってくるはずです」

「許してくれ」ダシャラタは老夫婦の足元に身を投げ出した。そして何があったかを説明した。

両親は息子の遺体をダシャラタの腕から引き取った。そして脈拍と呼吸を確認した。確かに死んでいる。母親は泣き叫んだ。父親は呪いの言葉を吐いた。「我が妻が嘆いているのと同じように、お前も息子から無理やり引き離されて嘆くであろう。我が心が悲しみに引き裂かれたのと同じように、お前も未来の喜びを奪われて心を引き裂かれるであろう」

「お願いだ、あなたたちを助けさせてくれ。どうかわかってくれ」

「断る。我々から離れろ。息子の遺体を抱いたまま我々を死なせろ。生きたまま虎の餌にしろ。我々が死んだら鷹に食べさせろ。お前が我々にもたらした苦しみに比べたら、そんな苦しみのほうがよほど耐えられる」

ダシャラタは老夫婦から逃げ、罪悪感と恐怖にまみれて宮殿に戻った。「息子たち……息子たちをここへ呼べ」彼は命じた。象小屋にいたラーマとラクシュマナが急いで父のもとへと駆け付けた。「バ

ラタとシャトルグナはどこだ？　二人はどうした？」ダシャラタは尋ねた。

「お忘れですか、父上？」ラーマは言った。「狩りにお出かけになる前、父上は二人に別れの挨拶をなさったでしょう。ユダージット伯父上が二人を連れていくためにケーカヤから馬車を寄越されたのです。お年を召したアシュヴァパティ王がご病気になり、亡くなる前に義理の孫娘にお会いになりたかったからです」

「もしも私が今日死んだらどうする？」ダシャラタが言った。召使いが彼の額から汗をぬぐい、水を持ってきて足を浸す。誰もが互いに顔を見合わせた。王は一体どうしたのだろう？　なぜそんなに怯えている？　「そろそろ次の王を指名すべきときだ。アヨーディヤーには若い王が必要だ。年老いた王は引退させてくれ。そう、私を玉座から離れさせてくれ、誰かが息子たちを私から引き離す前に」

王が一体何の話をしているのか、誰にもわからなかった。だがヴァシシュタが来ると、ダシャラタは明言した。「明日の朝、我が長男ラーマの戴冠を行う。息子にはもう妻がいる。息子は敵を殺し、許した。ラグ族を率いる準備はできている。そして私は引退して、ラーマが統治するのを陰から見守り、カウシカ（ヴィシュヴァーミトラ）が息子たちを教育したようにラーマが自分の息子たちを教育するのを見ていよう」

それはいい考えだ、とヴァシシュタは思った。王はヴェーダ社会のアーシュラマ制度を尊重している。ヴェーダによれば、あらゆる男性は人生の最初の四分の一を禁欲的な学徒として、次の四分の一を実り多い家庭人として、その次の四分の一を引退して息子を助け、孫を教育して、最後の四分の一を家や妻を捨ててサンニヤーサ（遊行期）として過ごさねばならない。これは、特定の世代だけが社会を支配するのを防ぐ制度だ。すべての世代は、次世代のために地位を譲らねばならない。とはいえ、王がこれほどまでに焦っている理由は、ヴァシシュタにもわからなかった。

Column

❖ダシャラタがシュラヴァナを殺す話はヴァールミーキの『ラーマーヤナ』にあるが、そこでは少年の名前はヤジュニャダッタである。少年の母親のジャーティ*はシュードラで、父親はヴァイシャだった。このカーストへの言及は重要である。なぜなら、少年がバラモンだとしたら、彼を殺したのは最大の罪とされたはずだからだ。

❖祝福と呪詛はカルマを説明するために物語の中でよく用いられる。あらゆる行動には結果が伴うのである。

❖ヴァールミーキの『ラーマーヤナ』によれば、ラーマが結婚したあと、彼を戴冠させるとの決定が下されるまでに、一二年の歳月が経過する。後世の物語では、この決定は結婚のほぼ直後に行われる。

❖ダシャラタは何とかして自らの運命を変えようとする。最初は息子を持ちたいと思い、そのために三度も結婚し、聖職者の助けを借りようともする。その後は息子たちの身に何かが起こる

＊いわゆるカースト制度はインドでヴァルナとジャーティと呼ばれ、両者は混同されていて厳密な区分は不可能である。ヴァルナ制度はバラモンを頂点とする四つの身分の区分、ジャーティはインドに二千から三千もあるとされる職業区分である。ここで原著者によってジャーティとされているのは、われわれの言うところのヴァルナ制度を指しているものと思われる。

前に急いで戴冠を行おうとする。だがそうする中で、不可避なことを早める出来事を誘発してしまう。

❖息子が年老いた両親を担いで巡礼に出るというイメージは、崇高さを表すと同時に重荷を示してもいる。年老いた両親の世話をする子どもは、しばしばシュラヴァナと呼ばれる。

❖羽根や壺など吉兆をもたらすといわれるシンボルを両端にぶら下げて肩に担ぐ竹の棒は、カバッディーと呼ばれる。これは若者が家庭に対して負う責任を象徴しており、シヴァを祀る多くの寺の儀式で用いられる。南部では、シヴァの息子ムルガンの信者がこれを担ぐ。北部では、シヴァの信者がガンジス川で汲んだ水をカバッディーで地元の寺院まで運ぶが、道中カバッディーが決して地面に触れないよう注意して進む。

❖ウッタル・プラデーシュ州のウンナオ地区には、シュラヴァナの死を連想させる、サルヴァンという場所がある。そこには石像があり、その臍は決して水で満たすことができない。ダシャラタに殺された従順な息子の、永遠に満たされない渇きを示している。

マンタラーの悪意

知らせは、王宮から都へ、そして国中へと急速に広まった。翌日の夜明けには新王が戴冠し、旧王は引退する。こうしてアヨーディヤーの都とコーサラの国に継続性と安定が保証されるのだ。

ウトサヴと呼ばれる自然発生的な祝祭が起こった。祝祭に参加するため、農民は畑から、牛飼いは牧場から、漁師は海から、早々に帰宅した。家々は掃除されて花で飾られた。道路はきれいに掃かれ、土埃が立たないよう水が撒かれた。ランプが灯された。旗が翌日の夜明けに掲げられるよう用意された。特別な料理が作られた――酸っぱいものはなく、バターやギーをふんだんに使った甘いものばかりだった。戴冠式後に象牙のパラソルの下で王家の戦車に乗って現れた王に挨拶できるよう、男も女も晴れ着で着飾った。都の広場では祝宴が企画された。格闘家、芸人、楽師が祭に参加するため都に駆け付けた。

王妃の住まいでも、この知らせはあらゆる人を興奮させた。カウサリヤーは言った。「でも、バラタとシャトルグナが戻るまで待てないのかしら?」

「そうですね」マンタラーは言った。「どうしてこんなにお急ぎになるのでしょう。それとも、これはあらかじめ計画されていたのでしょうか?」マンタラーは思いをめぐらせた。深く考えるにしたがって、マンタラーの思いは穏やかなそよ風から嵐へと変わっていった。突然、他の誰にも見えなかった構図が見え、マンタラーはうろたえた。彼女がカイケーイーのところまで駆けていくと、カイケーイーはお気に入りの宝石を選ぶのに忙しくしていた。

マンタラーは扉と窓を閉め、カイケーイーの前に座って、床を見つめながら自分の胸をかきむしった。何度も何度も、どんどん激しくしていく。やがてカイケーイーは気がついた。「どうしたの、ばあや?」

「お妃様は美しく、勇敢で、頭がよく、王母となるよう運命づけられた方です。偉大な王の第一王妃となられるはずでした。なのにお父上様は、すでに妻のいる卑劣漢にお妃様をお与えになりました。

その男はお父上様に、お妃様のご子息を世継ぎにすると約束しました。その後、息子ができないことでお妃様を責めました。王を自称していながら、自分の生殖不能の責任すら取ろうとしません。あの召使いの娘の子宮も、男の弱い子種から子をなすことはできませんでした。だからあいつは聖職者を呼んで祭式を執り行い、神に祈願して、父親になるための霊薬を手に入れました。そして、なんとおぞましい父親になったことでしょう、一番目の妻の息子を他の息子よりも贔屓するとは！　最初はその息子を宮殿に留め、お妃様のご子息をあの卑劣なヴィシュヴァーミトラとともに森へ行かせたのです。そしてお妃様のご子息には、最も年長の花嫁の妹という劣った妻、王妃となる資格のない女をあてがいました。そして今、お妃様のご子息が留守の間に、お気に入りのラーマを王位に就かせようとしています。それによってカウサリヤーは王母になりますが、お妃様はどうなるのです？　ご子息は王の家臣となり、お妃様、我が美しく勇敢で賢く実り多きカイケーイー様は、カウサリヤーの女官になるのです。そして私は女官に仕える女官です。私が第二王妃の女官となるのを不承不承に受け入れたのは、いつの日かお妃様が王母となられるとの希望があったからです。でも今、その希望は打ち砕かれました。お妃様の魅力が王に通じなかったために。カウサリヤーの魅力が勝ったのです」

その瞬間まですっかり満足し、マンタラーのような見方をしていなかったカイケーイーは、突如不安に襲われた。自分は王にとって大事な存在ではないのか？　息子は大事ではないのか？　彼女はもはや、寵愛を受ける妃ではない。王母に仕える召使いになる。そしてバラタは？　あの子はラーマの召使いになるのか？　だが、その後カイケーイーは思った。ラーマは長男であり優秀な息子、勇敢で屈強で賢い男だ。アヨーディヤーを治めるのにふさわしいのは間違いない。立派な王とその崇高な母に仕えることの、何が悪いのか？

「犠牲は良いことですよね」マンタラーは自嘲するように続けた。「貧者は常に富者のために犠牲になります。弱き者は強き者のために、召使いは主人のために。私たちも自分の立場を受け入れましょう。カウサリヤーの足元という地位に。王妃であるお母上様でなく私がお妃様をお育てしたせいで、お妃様は、ちょうど私みたいに召使いの性質を示すようになっているんでしょう」

尾を踏まれた蛇のように、カイケーイーはパッと頭を持ち上げた。

「まさか。誰の召使いにもなるものですか。私は常にお妃よ。夫のところへ行って、止めてと言うわ。彼は私の言うことを聞いてくれる。いつでもそうだもの」

「ええ、そうですね。でも今は違いますよ、ヴァシシュタとカウサリヤーが横に座っている今は。国王陛下には、お一人でここに来てもらってください。それと、お願いしてはなりませんよ。約束を守るよう要求するのです」

「約束？」

マンタラーはカイケーイーに、昔ダシャラタが彼女に二つの願いを叶えると言ったことを思い出させた。戦場でカイケーイーが王の命を救ったときに。カイケーイーはまだその二つの願いを言っていなかったのだ。「ああ、そうだったわ」カイケーイーは狡猾な笑みを浮かべた。

Column

❖欲望からはありとあらゆる問題が生じる。そしてすべての欲望は不安から生じる。マンタラーは自分自身の幸せについて不安を感じ、カイケーイーも同じ不安を感じる。二人ともダシャラタを信頼していない。どちらもラーマの戴冠がもたらす結果を想像し、そこに現れた構図に不満を持つ。

❖古代には、コープ・バヴァンという特別な部屋があった。王妃が怒りを吐き出すための、怒りの部屋である。そういうとき、王は王妃をなだめてコープ・バヴァンから連れ出すことになっていた。カイケーイーが行ったのはその部屋だった。彼女は晴れ着を脱いで床に身を投げ出し、大仰に悲しんでみせた。

❖文学ではよく、物語の主要な登場人物のある一面を別の人物に投影させる手法が用いられる。マンタラーはそういう存在である。彼女はカイケーイーの心の奥底にある不安を体現し、それを言葉にしている。

❖マンタラーとカイケーイーがこうした行動に出たのは、ラーマが森に入って悪魔たちを殺すという状況を生むために必要だった、とする物語は多い。たとえば『アディヤートマ・ラーマーヤナ』では、知恵の女神サラスヴァティーがこの二人の女を感化する。こうした物語は、悪人に人間らしさを与え、より大きな構図の中で悪人を非常に重要な駒にしようと試みている。

❖この物語は宮殿に渦巻く野望を露わにしている。どんな組織にも、権力を決定する階層構造がある。上昇するために、才能を利用する者も、忠誠心を利用する者も、人脈を利用する者もいる。最年長者が王位を継承するのは人間のやり方である。自然においては、最も強い個体が群れを率いる。ラーマは物語の中で兄弟のうち最年長であるだけでなく最も賢く最も強い者として描かれており、それによって彼には王位を継ぐ確かな権利があるとみなされる。

❖バヴァブーティの『マハーヴィーラ・チャリタ』は、ラーヴァナの伯父である大臣のマーリヤヴァーンがラーマを倒す陰謀を企てるところを描いている。最初はパラシュラーマを煽ってラーマと戦わせようとする。次はシュールパナカーにマンタラーの体を乗っ取らせてカイケーイーに悪影響を及ぼし、ラーマを森へと追いやる。森ではラーヴァナの盟友である猿の王ヴァーリにラーマを打ち破らせ、シュールパナカーと無理やり結婚させ、ラーヴァナがその隙にシーターを奪う、という計画を立てる。ムラーリによるサンスクリット劇『アナルガ・ラーガヴァ』にも、似たような場面がある。

カイケーイーの二つの願い

複数の妻がいる場合、王はそれぞれに対して同じだけの時間を割くことになっている。だがダシャラタはカイケーイーと最も多くの夜を過ごすことを好み、そのため宮廷内部には常に緊張が生じていた。けれどカウサリヤーは非常に心優しく、スミトラーは非常に謙虚だったので、抗議はしなかった。

その夜、ほとんどの夜と同じく、王はカイケーイーの寝所にやって来た。彼は香水の芳香とマンタラーの料理のにおいで歓迎されることを期待していた。特に今夜は、都全体にいいにおいが漂い、誰もが翌日の催しの準備で忙しくしていたのだから。なのに、彼を出迎えたのは暗闇と静寂だった。マンタラーは隅にうずくまって両手で自分の胸をかきむしり、壁に頭を叩きつけていた。そしてカイケーイーは床に横たわっていた。髪をほどき、服を乱し、宝石類を床に投げ捨てて、しくしく泣いている。一体どうしたのだろう？

「あなたが約束を守らなかったらラグ王家は屈辱にまみれるだろうと思って、嘆いているのです」カイケーイーは言った。

「そんなことは起こらない！　起こるはずがない。なぜそんなことを言う？」

「私には欲しいものがあります。ずっと前にあなたが約束してくださったものです。でも、あなたはもうそれを与えたくないと思っていらっしゃるのでしょう」カイケーイーは徐々に王を罠に誘い込んでいった。

「ラグ王家の後裔として、私は常に約束を守る。民が我々一族の清廉さを疑わないように。そなたもわかっているはずだ」ダシャラタは優しく言った。彼は、王としての務めをラーマに譲ったあと、カイケーイーとずっと一緒にいられることを楽しみにしていたのだ。

「それでは、デーヴァ神族とアスラ魔族との戦いの場で私があなたの命を救ったとき、あなたが約束してくださった二つの願いを叶えてください。ラーマを森に追いやって一四年間隠者として暮らさせてください。バラタをアヨーディヤーの王にしてください」

ダシャラタは蠍に刺されたかのように身を縮めた。カイケーイーをじっと見る。これは冗談ではない。彼女は本気だ。ラグ王家の後裔として、ダシャラタは約束を守らねばならない。シュラヴァナの父親の呪いが実現しようとしている。脚から力が抜け、ダシャラタは座り込んだ。「ラーマに頼まねばならん」彼はぶつぶつと言った。

「マンタラーにラーマを連れてきてもらいます。彼が本当にラグ王家の後裔かどうか確かめましょう」カイケーイーは王の苦しみを見てほくそ笑んだ。「それでよろしいですね？」王は不承不承にうなずいた。

マンタラーはカウサリヤーの寝所まで走っていき、ラーマを見つけた。母親に食事を与えられている彼は、輝いて見える。マンタラーは低くお辞儀をして言った。「国王陛下が殿下にお会いしたいとの仰せです。少々お急ぎのようです」

「食事を最後まで食べさせてあげて」王妃となるシーターに食べさせていたスミトラーは言った。しかし、ラーマはすでに立ち上がっていた。カウサリヤーは気を悪くしなかった。息子のことも、王家の規則も、よく知っているからだ。

Column

❖なぜカイケーイーはラーマを、[illegible]てなく一四年間だけ追放させたのか？　これは容易に解決できない謎である。カイケーイーはラーマに戻ってきてほしかったのかもしれない。さまざま

な『ラーマーヤナ』でさまざまに異なる説明がなされている。ある伝承では、デーヴァ神族にとっての一四日間は人間にとっての一四年間に相当し、カイケーイーはそれを求めていた、とされる。それが、ラーヴァナを殺すのにラーマが必要とする期間なのだ。アッサム州に伝わる別の伝承では、一四年間アヨーディヤーの玉座に座る者は死ぬという予言がなされていたため、カイケーイーはそれが自らの息子バラタの死を招くとわかっていながらラーマを守りたかった、とされる。いずれにせよ、カイケーイーを非難するよりは彼女を理解して許したいという語り手の熱意が感じられる。インドの物語によく見られる傾向である。

❖バーサが書いた『プラティマー・ナータカ』でカイケーイーは、ラーマを一四日間だけ追放したかったのに間違って一四年と言ってしまった、とバラタに語っている。この劇はカイケーイーの汚名をすすごうとしている。

❖仏教版『ラーマーヤナ』では、野心的な継母から息子を守るため父親がラーマを追放したことになっている。ダシャラタはラーマに、自分が死んだら戻ってきて力ずくで王位を奪えと告げる。

❖ジャイナ教版の『パウマチャリヤ』では、バラタが自分のあとを追って僧になることを恐れたダシャラタが、森に入るようラーマに頼んでいる。

❖ヴァールミーキの『ラーマーヤナ』は、呼ばれたときのラーマの様子を描写している。都の長老に囲まれて座っているラーマは明るい月のごとく輝き、シーターはあたかも星座のようだったという。

ラグ王家の評判を守る

ラーマがカイケーイーの寝所に入ると、父は悲嘆に暮れて、とりとめのないことをぶつぶつ言っていた。そんな彼に代わって、カイケーイーが言った。「あなたのお父様、アヨーディヤーの君主、ラグ王家の後裔は、かつて一つでなく二つの願いを叶えると私に約束してくださったの。今夜、私は望みをお話したわ。あなたには一四年間、隠者として森で暮らしてもらいます。その間はバラタが王を務めるのよ。何か言うことはある？あなたのお父様は、そのことで苦しんでおられるわ」

ラーマはさっきと変わらず冷静な表情で答えた。「約束は守らねばなりません。私は直ちに森へ向かい、喜んで弟を王位に就かせましょう。ラグ王家の者が約束を守らないなどとは、誰にも言わせません。民には、アヨーディヤーの君主の実直さを疑わせません」

ダシャラタは崩れ落ちた。ラーマが抵抗したなら、説明を求

めたなら、怒りのかけらでも見せたなら、少しは救いを感じられただろうに。

カイケーイーは含み笑いをした。「この子があなたのお気に入りなのも当然ね。あなたに無条件に従うのですもの」

「お前は何もわかっていない性悪な女だ。息子が父親に従っているのではない。ラグ王朝の王子が王家の評判を守っているのだ」

それを聞いてもカイケーイーは何とも思わなかった。そしてマンタラーは喜びで高笑いをしながらカウサリヤーの寝所まで走っていき、皆に知らせを伝えた。

Column

❖社会においては、人は何を持っているかに基づいて評価される。だがラーマは自らをそのように評価していない。彼はアヨーディヤーを自分の財産や持ち物とは考えていない。だから簡単に手放すことができる。それは彼の賢さを示している。苦行によって、人は自分をどのように評価するかを決められるようになる。それが、社会において彼が祭式をどう行うかを決める。しかし、物語の最初でラーマがアヨーディヤーを捨てたとき、その執着のなさは崇高だと思われるのに対して、物語の最後にラーマがシーターを捨てたとき、その執着のなさは恐ろしく感じられる。この叙事詩は、執着のなさには暗い面もあることを示している。それは必ずしも、一般に思われているほど崇高とは限らないのだ。

❖ラーマはマルヤーダー・プルショッタム、つまり規則に従う者として褒め称えられる。したがって、彼は感情でなく、王子に求められる模範的な社会的行動に基づいて決断を下した。この違いは非常に重要である。ラーマが自分の感情より規則に重きを置いていることは、この叙事詩の後段で妻への対処に鮮明に表れる。規則に従う者たるラーマは王家の約束を守り、王家の評判を守る。一つの決定は父の心を張り裂き、もう一つの決定は妻の心を張り裂くが、ラーマにとってそんなことはどうでもいい。規則に従う者は従順な息子でも愛する夫でもない。単に規則に従う人間だ。ある意味、この物語は、規則や制度が人間よりも重んじられる社会制度に対する古代からの告発だと感じられる。

❖ヴァールミーキの『ラーマーヤナ』は、ダシャラタは彼女の息子を世継ぎにするという条件でカイケーイーを妻にした、と明確に述べている。ラーマはそれを知っていたので、決してカイケーイーを責めなかったのだ。

❖ヴァールミーキの『ラーマーヤナ』では、ラーマは自らの神性を悟りながらもそれを明らかにしなかった、と示唆されている。それでも五世紀までは、ラーマは偉大な人間の英雄として称賛されていた。だが五世紀以降、ラーマはヴィシュヌの地上における化身、どんなものよりも約束を重んじる模範的な王と見られるようになっていった。一〇世紀には、ラーマの神性に疑いの余地はなくなっていた。カンバンがタミル語で書いた『イラームアヴァタ―ラム』(『ラーマと呼ばれる化身』)では、ラーマは自分が神であるということに苦しみ、徐々に沈黙に陥っていく。彼の行動は、伝統的に神に期待されてきたものと矛盾するように思えることが多いからだ。一二世紀には、ヴェーダーンタ哲学者ラーマーヌジャの作品によってラーマは神と同格の存在とされ、ラーマ・バクティという信仰が生まれた。その信仰においては、ラーマは神だと考えられており、自分が神であることを証明する必要もない。『ラーマーヤナ』の登場人物は誰もがラーマが神であることを知っており、神として彼に接している。

ラーマの旅の連れ

カウサリヤーとスミトラーはカイケーイーの寝所に駆け付け、ラクシュマナ、シーター、ウールミラーもあとに続いた。寝所にはランプが灯されていたが、まだ暗かった。弱い光の中で、カイケーイーのベッドにいる王と、彼女の足元にいるラーマが見える。王は打ちひしがれ、カイケーイーは勝ち誇り、ラーマは冷静な様子で宝石を身体から外して床に落としていた。

カウサリヤーは気が遠くなったが、スミトラーにしっかりと支えられた。では、話は本当だったのだ。ラクシュマナが高らかに言った。「私もお供します。宮殿では、私は兄上にぴったり寄り添っていました。森でも寄り添います」ラーマは何も言わなかった。

「私も行きます」シーターは言った。

「だめだ」ラーマは驚いて叫んだ。その後、語気の鋭さを和らげて説明した。「森は王女が行くような場所ではない。宮殿で私を待っていなさい」

「あなたの許可はいりません。私はあなたの妻であり、あなたに付き添うことになっているのです。

玉座でも、戦争でも、森でも。あなたが食べるものは、私が味見します。あなたが眠る場所で、私は身を休めます。あなたは、私たちの結婚という弓の弓幹です。弓を完成させるためには、弦が必要です。私のいるべき場所はあなたの横、それ以外にはありません。心配しないでください。あなたの重荷にはなりません。自分の面倒は自分で見られます。私があなたの横、あなたの後ろにいる限り、あなたは何不自由なく暮らしていけるのです」

この若き娘の言葉は、宮殿中の人々を仰天させた。彼女は本当にジャナカの娘だ。大地から生まれ、賢者の中で育ち、他のあらゆる人を押し潰すシヴァの弓を高く掲げられる者なのだ。

「私も夫についていきます」ウールミラーは言った。

ラクシュマナは妻を脇に連れ出して言った。「私を助けたいなら、ここに留まっておくれ。私が森へ行くのは、兄と兄嫁に仕えるためだ。お前が一緒に来たら気が散ってしまう」

「誰があなたにお仕えするのですか？」ウールミラーは尋ねた。

「ここに留まることで、お前が私に仕えるのだ。お前を心の中で連れていかせてくれ」

スミトラーは皆が言いたかったことを口にした。「森で一四年間も

過ごすなんて！　それがどういうことか、わかっているのですか？　蠅払いもなく一四回の夏を過ごし、キルトもなく一四回の冬を過ごし、傘もなく一四回の雨季を過ごすのですよ」

シーターは言った。「お母様、ご子息のことは心配しないでください。夏には、体を休められるよう私が日陰のできる木を見つけます。冬には、暖かくしていられるよう私が火を燃やします。雨季には、濡れずにいられるよう私が洞窟を見つけます。私と一緒にいれば、ご子息たちは安全です」

愛情でカウサリヤーの心はなごんだ。でもこの娘は、前途に何が待ち受けているかわかっていないのだろう。カウサリヤーは、彼女の幸せを妬んだ誰かが面白がって彼女の心をずたずたに引き裂いているように感じた。涙が顔を伝い落ち、彼女は腕から魔除けのお守りを外してシーターの腕に結び付けた。

ウールミラーはシーターを抱き締め、身も世もなく泣いた。彼女は急に孤独に襲われた。

Column

❖ヴァールミーキの『ラーマーヤナ』では、ラーマの追放は非常に詳しく劇的に描かれている。最初にダシャラタはラーマに命じてカイケーイーの寝所に来させる。次にラーマがカウサリヤーの宮殿へ、その後シーターの宮殿へ行って知らせを伝える。最後にラーマは出発の準備をしてダシャラタの宮殿へ向かう。

❖シーターがラーマについていくのは、それが務めだからか、それともラーマを愛し、気遣っているからか？　その決定は社会規範に基づくのか、それとも感情に基づくのか？　叙事詩の中で、それは明らかにされていない。だが、ラーマが規則を重んじているのに対して、シーターは感情を重んじることでバランスを取っている。ラーマは従い、シーターは理解するのである。

❖シーターを慎み深く従順な妻とする伝統的な物語と違って、ヴァールミーキが『ラーマーヤナ』で描くシーターは自分の意志を持つ人間である。実際彼女は、妻を連れていくことを怖がるのは男らしくない、とラーマを非難する。

❖『アディヤートマ・ラーマーヤナ』でシーターが森へ同行することをラーマが最終的に許すのは、これまで書かれたすべての『ラーマーヤナ』においてシーターは常に彼とともに森へ行っていた、とシーターが論じたからである。これは、『ラーマーヤナ』には数多くの再話があることや、彼が前世にもラーマだったことを示唆している。それによって、『ラーマーヤナ』は無限に繰り返される物語であるという考えが示される。『ラーマーヤナ』は、同時に、あるいは連続して、異なる時代に、異なる詩人によって何度も何度も繰り返されていて、我々は無数の繰り返しの中の一つの話しか知ることはできないのだ。

❖ヴィシュヌ信仰の文献によれば、ヴィシュヌは地上に降臨するとき、ヴィシュヌが寄りかかっている多くの頭を持つ蛇アーディ・シェーシャと、人間の形をした武器を伴っている。ラーマとして降臨するとき、アーディ・シェーシャはラクシュマナになり、武器の円盤と棍棒はラーマの弟バラタとシャトルグナになる。

樹皮の服

すべてはあっという間に起こった。夕方、宮殿は祝いの場だった。夜中には、そこは絶望の場となっていた。召使いたちは宮殿中を回って、楽師に演奏を止めさせ、料理人に食事の用意を止めさせ、女中に花輪を編むのを止めさせ、従者にランプを灯すのを止めさせ、聖職者に讃歌を唱えるのを止めさせた。興奮して翌日の準備をする芸人たちのおしゃべりは、不安に満ちたささやきに変わった。

ほどなく、知らせは蛸の脚のごとく宮殿から都中に広がった。想像もしなかったことが起こったのだ。夜明けに戴冠するはずだったラーマが宮殿から追放され、一四年間隠者として暮らすよう命じられたという。翌日の準備で夜通し起きていたアヨーディヤーの人々は用事を放置して、噂は真実なのか、それとも悪意ある者による無慈悲な悪ふざけなのかと考えながら、宮殿に向かった。

一方マンタラーは、ラーマとラクシュマナとシーターのために樹皮でできた服を用意した。ラーマは文句一つ言うことなく、王室の者が着る贅沢なローブをそれらと取り替えた。ヴァシシュタの庵で彼の弟子となっていたとき、そういう服を着たことがあったからだ。シーターはウパニシャッドに出席した多くの苦行者が着ていたのを見たことがあったけれど、自分自身は着たことがなく、不安な表情になった。

「手伝おう」ラーマは言った。

「やめて」カウサリヤーはシーターのほうを見た。「隠者として暮らせと命じられたのはラーマよ。あなたじゃないわ、我が義理の娘。あなたはラグ王家の繁栄を体現しているのよ。宝石や彩を失って困窮したり貧乏したりしているところは、決して人に見られてはいけないわ。それはデーヴァたちを怒らせ、あなたの夫の家に不幸をもたらすでしょう。この人に言ってあげて、カイケーイー。それともあなたは、王である自分の息子が女神の怒りを買ってもいいの？」

予想外で素晴らしい事態の展開に有頂天になっていたカイケーイーは、寛大さを示すことにした。「その通りだわ。ラーマは隠者にならなくてはならない。シーター、あなたは花嫁でい続けなさい。森にいても、あなたはラグ王家の名声を体現するのよ。この人をしっかり守ってあげなさいね、ラーマ。武器を持っていくのを忘れないで。決してバラタにあなたの忠誠心を疑わせてはなりませんよ」

マンタラーはくすくす笑った。「あらあら、この娘は森で大人の女になるのですよ。そうしたら、隠者は隠者のままでいられるでしょうかね？」

「お前の舌を切り取ってやるぞ、下品な鬼婆め」ラクシュマナが言った。

「そろそろ行くぞ」ラーマは素っ気なくラクシュマナに言った。「ついてきたいのなら、今ついてくるがいい。残って舌を切り取っていたいなら、そうするがいい」

ラーマは樹皮の服をまとってカイケーイーの寝所から歩き去った。持っているのは武器だけだ。剣、槍、斧、弓、矢を一杯に入れた矢筒。シーターは赤い服を着て、王となる夫とともに玉座に座る王妃のための宝石をつけたまま、ラーマについていった。ラクシュマナは怒りを隠そうともせず、シーターに続いた。王子のためのパラソルや蠅払いを持った従者たちは、どうしていいかわからず茫然としたまま、道の脇にたたずんだ。

彼らが戦争に行くのであれば、誰も泣かなかっただろう。だがこれは耐えがたいこと、受け入れがたいことですらある。両親が宮殿で暮らし続けるというのに、子どもたちは追い出されて森で暮らすのだ。彼らが宮殿の敷居をまたいだとき、ダシャラタは感情を抑えられなかった。王の冷静さは、父親の慟哭に取って代わられた。王を慰めようとしていたカウサリヤーとスミトラーも泣き出した。彼らが泣くのを見て、女中も召使いも泣き出し、戦士も泣き出し、聖職者も泣き出し、長老たちも泣き出した。誰かが死んだかのような光景だった。

Column

❖バニヤンやバナナなどの木の繊維質の内樹皮を細長く切って水に浸したものを叩いて薄く延ば

すと、樹皮の布ができる。

❖ラーマはバニヤンの樹液で髪の毛を固めた。

❖細密画では、ラーマは木の葉でできた服を着たり、体に動物の皮をまとったりした姿で描かれることが多い。これらは托鉢僧の服装である。

❖シーターがラーマについていくとき、王家の服を着ていたのか樹皮の服を着ていたのかは、話によって異なる。カンバンの『ラーマーヤナ』では、彼女は樹皮を身に着けている。

出発

宮殿の内部から響く泣き声を聞いたアヨーディヤーの民は、宮殿の門の前に立ち塞がった。ラーマを行かせるつもりはない。宮殿内の政略がどうあれ、これには自分たちの将来もかかっているのだ。黙って見ているわけにはいかない。

門での騒ぎを避けるため、ラーマとラクシュマナとシーターは王家の戦車で連れ出されることになった。そのほうが、群衆の間を抜けていきやすい。王の戦車の御者スマントラは戦士たちに、鞭や棒で人々を押しのけて道を空けさせるよう命じた。

ところが戦車が現れると、群衆は威嚇されてたまるかとばかりに突進してきた。車輪の下に身を投げ出して自殺する、と脅した。「我々はカイケーイーを殺します。バラタを殺します。反旗を翻してください、ラーマ王子、我々はあなたの味方です。このような不正に屈服してはいけません」

ラーマはついに立ち上がり、明瞭で穏やかな声で言った。「このことを知っておくがいい、アヨーディヤーは私が誰かに与えられるものでも、バラタが奪えるものでもない。アヨーディヤーはラグ王家が責任を持って預かっているものであり、我らの財産ではない。ラグ族の王が約束を守らないなら、それこそが不正である。カイケーイー妃の願いが叶えられないなら、それこそが不正である。父はカイケーイー妃の願いを叶えると約束し、ゆえにそれを叶える義務があり、私にもその義務がある。カイケーイー妃は当然の要求をしたのであり、それを責めてはならない。確かに、この出来事は不幸だが、人生における一つの出来事に過ぎない。それを悲劇と呼びたいなら呼ぶがいい。非難は誰の役にも立たない。我々に事態の責任を取らせてくれ。人生においては、自然に起こることは何一つない。すべては過去の行動の結果である。今この瞬間は、こうなるように定められているのだ。私は過去の負債を返している。お前たちも同じだ。自分が生きる環境を選ぶことはできないが、生き方を決めることはできる。私は我が一族に忠実でいると決めた。妻は私の妻としての役割に忠実でいると決めた。弟は自らの感情に忠実でいると決めた。我々のことは我々で決めさせてほしい。我々の決定を受け入れてくれ。お前たちは、王妃やその息子や王に怒っているのではない。人生が予想通りに展開しなかったことに怒っているのだ。お前たちが当然視していた世界は、一瞬で崩壊してしまった。心を広げ、苦痛は自分の思い込みや期待から生まれるということを理解せよ。このような事態を生んだ人間の恐怖やか弱さを受け入れ、憎しみよりも愛を選びなさい。この瞬間は、何らかの呪いの結果かもしれないし、来るべき恩恵かもしれない。誰にわかるだろう？　司法神ヴァルナは一〇〇〇の目を持ち、主神インドラは一〇〇の目を持つ。そして私やお前たちの目は、わずか二つなのだ」

この後は、もう騒ぎは起こらなかった。戦車は抵抗を受けることなく前進し、民は黙って立っていた。戦車が都の門をくぐると、民は心が空っぽになったように感じ、自然と戦車のあとを追い始めた。戦車を止めようとはしなかったが、自分たちの足も止められなかった。やがて都には誰もいなくなり、戦車の後ろには長い行列ができた。戦車は王家の旗をなびかせて、コーサラ国の国境へと向かった。

ダシャラタは妃たちに支えられてカイケーイーの寝所から足取り重く出ていった。宮殿の門から、息子たちを乗せた戦車が走り去るのを見送る。爪先立ちになって首を伸ばし、戦車が地平線の向こうに消えるまで見つめていた。「ラーマは行ってしまった。バラタはここにいない。今私が死んだら、ラクシュマナもシャトルグナもいない。アヨーディヤーはどうなるのだ?」

「どうもなりません」カウサリヤーは悲しげに言った。「太陽は昇ります。鳥はさえずり、都はにぎわいます。世界は私たちを必要としていないのですよ、あなた。私たちが世界を必要としているだけです。さあ、中に入ってバラタの戴冠式の準備をしましょう。幸福や不幸は訪れ、また去っていきますが、それでも人生は続くのですから」

Column

❖愛する者が戦車で去るというモチーフは、『ラーマーヤナ』や『マハーバーラタ』で何度も繰り返し登場する。ラーマは戦車でアヨーディヤーを去り、アヨーディヤーの民は彼を止めようとする。クリシュナは戦車でヴリンダーヴァナを去り、ヴリンダーヴァナの乳搾り女たちは戦車の前に身を投げ出して彼を止めようとする。クリシュナは戻ってくるとの約束を守らなかったが、ラーマは守った。

❖密かに出発した仏陀とは違い、ラーマの出発は公にされていた。愛するラーマが義務に縛られて去るとき、民衆は皆泣いていた。

❖都を去るときラーマが沈着冷静だったことから、ほとんどの人の目に彼は神として映った。彼は普通の人間ならできないことをした。彼は人間の持つ潜在能力の極致を象徴している。

❖カシミール語の『ラーマーヤナ』によれば、ダシャラタは激しく泣きすぎて盲目になったという。

船頭グハ

戦車はガンジス川の岸まで来て止まった。「休憩しよう」ラーマは言った。それで一同は戦車を囲んで地面に座った。

今夜の出来事の疲労が徐々に表れてきた。人々はあくびをし、伸びをし始めた。頭が地面についたと思うと、彼らは眠りに落ちた。ラーマが民を見守るのを、シーターは母親のような愛情のこもった目つきで見つめた。「あなたも少し眠ってはいかがですか?」

「いや、森が待っている」眠りの小さな音があたり一面に広がると、ラーマは戦車から降りてスマントラに言った。「我々は、彼らが寝ている間に出発する。彼らが起きたら、アヨーディヤーの男女に言ってくれ。心から私を愛しているなら家に帰りなさい、と。一四年後に、お前に、そして彼らに会おう。日食や月食も永遠に続くわけではない」

ラーマは上流へと向かった。シーターとラクシュマナは彼に従った。スマントラは三人が茂みの中に消えるのを見送った。三人がある漁村に着いたとき、空は赤らんでいた。もうすぐ太陽が昇るだろう。「グハ」ラーマは小声で呼びかけた。

「誰だ?」どら声がした。ひっくり返った船の下から現れたのは、漁師の王グハだった。彼はすぐさまラーマを認めて破顔した。「こんなに早くから、どうなさったのです?」そのとき彼はラーマの後ろにいるシーターとラクシュマナに気づき、ラーマとラクシュマナの服装に気づいた。「何か王室の遊び、それとも儀式ですか？　森まで旅をされるのでしょうか？」

「そうです」ラーマは答えた。「一四年間」彼はグハに宮殿での出来事を話した。そして頼みごとをした。「川を渡らせてください。その後は、今日は誰も川を渡らせないでください。誰にもついてきてほしくないのです」

「ここにいたらどうですか、我々のところに？　私の小屋は宮殿ではありませんし、森と同じくらいお粗末ですが、快適に過ごせるようにしてあげますよ」

「無理です」ラーマは言った。「森とは、人の住処のランプの光すら見えない場所のことです」

「人間がそんなふうに暮らすものではありません。しかも王子や王女が」グハはシーターに目をやった。彼女は非常に若くて上品だ。こんな娘が、どうして森で生きていけるというのか？　これは狂気の沙汰だ。

「グハ、船を」ラーマのきっぱりした声は命令だった。

「行く前に少し米をお食べください」グハは懇願した。

「私が料理して胡椒で味付けします」

「隠者に調理した食べ物は不要です。食べるのは、木からもいだものや地面から抜いたものだけです」

「私に一緒に行かせてください、お仕えさせてください」

「隠者に召使いはいません」

追放生活の厳しさが徐々にわかってきたけれど、それに耐えて夫とその弟の苦しみを和らげるだけの強さが自分にはある、とシーターは確信していた。自分を連れてきたことを、何があってもラーマには決して後悔させない。実家を出る前にジャナカが与えてくれた祝福、「どこへ行こうとも、お前たちが幸せになれるように」を現実のものとさせるのだ。

グハは船を川まで引っ張りながら、この状況について軽口を言おうとした。「あなたの足が触れたら石が女に変わったと聞きました。あなたがこの船を他のものに変えないことを願いますよ。これがたった一つの飯の種ですから」

ラーマはにっこり笑って、心優しき船頭グハを抱き締めた。グハは三人を対岸まで渡した。ここから先はダンダカの森、ラークシャサが住む国だ。

太陽が昇った。ラーマは夜明けの光を浴びて振り返り、最後に一目コーサラを見た。向こう岸にはアヨーディヤーの民が見える。彼らはラーマがいないのに気づいて、静かにこの漁村までついてきていたが、一言の抗議の言葉もなくラーマを行かせていた。ラーマが彼らの賢明さに感謝してお辞儀をすると、彼らはラーマの高潔さに感謝してお辞儀を返した。

Column

❖ヴァールミーキの『ラーマーヤナ』では、ラーマは民が眠っている間に去り、戦車は向きを変えてアヨーディヤーに戻る。誰もが、ラーマは思い直して故郷に戻ったのだと思い込む。だがラーマは川を渡って森に入る。

❖追放生活に入るため、ラーマはガンジス川とヤムナー川という、一般にアーリヤーヴァルタを連想させる平原に水を供給する二本の川を渡る。川は文化と自然を分けるもの、人間の王国と動物の王国を分けるものである。

❖グハは宗教的な歌や文学での重要な登場人物である。ラーマはグハを召使いでなく友人として扱うが、グハはラーマの足が自分の船を女に変えるのではと心配することで自らの純朴さを露呈している。

眠りの女神

三人は一日中歩き続けた。振り返ることなくコーサラから離れていく。ラーマは何度も後ろを見たが、それはシーターの無事を確かめるために過ぎなかった。一方シーターは、道中見つけた木の実や果物を集めるのに忙しくしていた。言葉は交わされなかったが、一人一人が何らかの義務を負っていた。ラーマは三人が進む道を探し、シーターは食べ物や水を集め、ラクシュマナはけだものに襲われ

Column

ないよう目を光らせる。

ある湖の横に大きな岩があった。「今夜はここで過ごそう」ラーマは言った。昨夜の出来事と一日中歩いてきたこととで、三人ともたいそう疲れていた。ラーマとシーターは目を開けているのもやっとだった。

けれどもラクシュマナは眠るのを拒んだ。「眠らないといけませんよ」眠りの女神ニドラーが現れて言った。「それが自然の法則です」

「私が眠ったら、誰が兄と兄嫁を守るのですか？　だめです。私は起きています」彼はニドラーに、アヨーディヤーにいる妻のウールミラーのところへ行き、彼の代わりに眠るように伝えてくれと頼んだ。「妻が、夜は自分のために、そして昼は私のために眠るようにさせてください」

ニドラーがウールミラーの前に現れてラクシュマナの望みを告げると、ウールミラーは喜んで応じた。「夫がお兄様と兄嫁様に仕える間いつも元気で警戒を怠らずにいられるように、彼の疲労を私のもとへ運んでください」

そうして、今後一四年間、ウールミラーは昼も夜も眠り、一方ラクシュマナは眠らずラーマに仕えることになった。

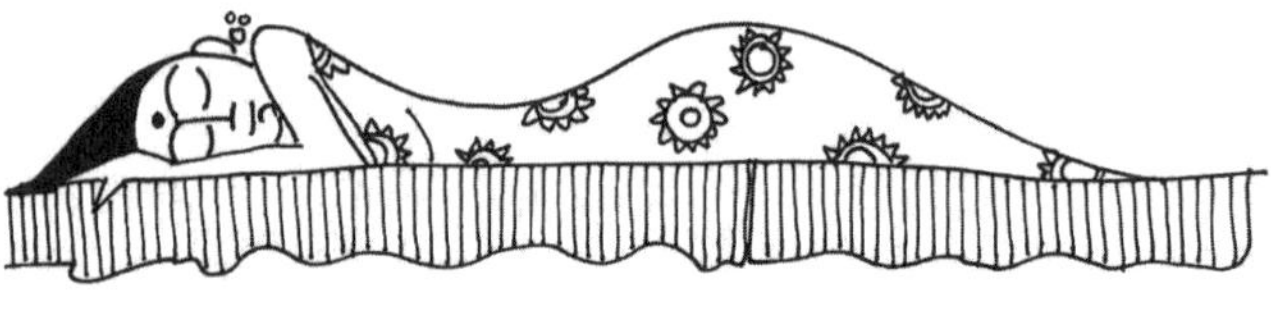

❖一四年間ウールミラーは眠ってラクシュマナは起きているというエピソードは、ブッダ・レッディの書いた『ランガナータ・ラーマーヤナ』に登場する。

❖兄への義務を優先した夫によって捨てられた妻、ウールミラーに関心を抱いた詩人は多い。彼らはウールミラーを通じて、インド女性の地位を表現してきた。女性は、夫婦よりも大きな単位である夫の家族に従属している。インドの社会階層において、個人は社会より下に位置する。個人主義を示すのは隠者だけである。それ以外は、人は家長のやり方に従わねばならない。したがって、家とは束縛であり、人はそこからの解放を渇望する。『ラーマーヤナ』では、この束縛は、他人への思いやりから執り行われる祭式として具象化される。逆に隠者は、他人の飢えに無関心な者とみなされている。

❖思想家ラビンドラナート・タゴールは著書の中で、ウールミラーの貢献を軽視したとしてヴァールミーキを批判し、それに触発された詩人マイティリー・シャラン・グプタは『サケート』と題する自らの『ラーマーヤナ』の中でウールミラーを取り上げている。

バラタとの再会

森は自然の中の別荘地ではないことを、王子たちは悟った。ヴァシシュタやヴィシュヴァーミトラとともに森を抜けて旅をしたり、ダシャラタと一緒に狩りをしたり、召使いを引き連れて探索したりするのとは違う。今は、尖った石やとげのある密生した茂みだらけのでこぼこな地面を歩き、蛇や蠍を避け、自力で食べ物や水を見つけ、地面に横たわって木の下や広々した空の下で眠り、絶えず野獣に警戒していなければならない。彼らがダシャラタの子どもであることなど、森の動物には関係ないのだ。

時々は苦行者に出会った。たとえば、ガンガー川とヤムナー川の合流点プラヤーガでは聖仙バラドゥヴァージャに会った。バラドゥヴァージャは彼らの境遇に同情し、森で実り多い時間を過ごす方法について助言してくれた。

追放生活が二カ月を過ぎた頃のある日、ラーマとシーターはバニヤンの木の下で休憩し、ラクシュマナは一本の枝の上で見張りを務めていた。彼は法螺貝と太鼓の音を耳にした。そして、自分たちがアヨーディヤーから来たときたどった道を、旗がなびきながらこちらに向かってくるのが見えた。旗には見覚えがある。父の旗だ。

「父上だと思います。私たちを連れ戻しに来たのでしょう」ラクシュマナは言った。

「いいや、我々は父上の約束を守らねばならない。王妃の望み通り、一四年間森にいるのだ」

旗は近づいてきたが、ラクシュマナには父の姿はまったく見えなかった。その代わりに戦車に乗っていたのは、バラタとシャトルグナだ。「私たちを殺しに来たんだ」ラクシュマナは叫んだ。

「違う」木に登ってきたラーマは言った。「よく見なさい。彼らは武器など持っていない。それに、見ろ、頭を剃り上げている」

ラクシュマナは顔面蒼白になり、振り返ってラーマを見た。「もしかして……？」

ラーマは肩を落として木から降りた。「父上は亡くなったのだと思う」シーターが慰めようと駆け寄った。これ以上事態が悪くなることはありうるのか？　ありうる、バラタが戦士の軍団を連れてくることを考えると。だからラクシュマナは万が一に備えて弓を取った。「だめだ、ラクシュマナ。バラタを信じろ。彼もダシャラタの息子だぞ」ラーマは言った。

「そしてカイケーイーの息子です」ラクシュマナは剣を握る手に力を込めた。

ラーマを見て、戦車は止まった。バラタが戦車から降り、兄のところまで走ってきた。手に武器はなく、涙が頬を伝い落ちている。「兄上」彼は叫んでラーマを抱き締めた。

Column

❖バラタとラーマが会った場所、ラーマが追放されたあとの初めての主要な野営地は、チトラクータと呼ばれている。

❖インド中のさまざまな都市に、『ラーマーヤナ』で起こる出来事に基づく地区がある。たとえばワーラーナシーには、アヨーディヤーだとされる地区（ラム・ナガル）やランカーとされる地区がある。これらはガンジス川を挟んで対岸に位置している。また、ラーマがバラタと会った場所チトラクータや、シーターがさらわれる場所パンチャヴァティーとされる地区もある。

こうして、この壮大な叙事詩は特別で親近感の持てるものとなる。ケーララ州のワヤナードにも同様の地理上の対応がある。

❖『バハラット・ミラープ』（一九四二年制作、日本未公開）はバラタとラーマの出会いを題材とした、人気を博したインド映画である。

❖仏教版の『ダシャラタ・ジャータカ』では、ワーラーナシーの王ダシャラタは野心的な第二王妃からラーマを守るため森へ追放したとされている。占星術師はダシャラタに、彼はあと一二年生きると告げる。そのためダシャラタはラーマに一二年後に戻るよう命じる。ところがダシャラタは九年後に死に、バラタはラーマを迎えに行く。ラーマは約束を守って一二年間森に留まると言い張る。彼はあらゆるものの無常を語り、それによって彼が菩薩であることが明らかになる。このように誠実さを示したことで、彼は崇高で、畏敬の対象としてふさわしい存在となる。

❖『ダシャラタ・ジャータカ』では、ラーマとシーターは兄妹とされている。近親相姦が広く行われていた証拠だとの推測は、ヒンドゥー教の正統派を苛立たせてきた。このようにマスコミが喜びそうな煽情的な解釈はあるものの、この話はおそらく、夫婦が夫と妻でなく兄弟姉妹同士（双子の場合も）だとする〝黄金時代〟（たとえばジャイナ教の宇宙論におけるスシャマー・スシャマー期あるいはユガーリア時代）がかつては存在したというインドの古い信仰を表しているのだろう。精神が高度に進化していたため肉体は性的快楽を欲しておらず、子どもは思考から生まれたので、性行為は必要ない、という考え方である。時間の経過とともに精神は汚染され、性行為が営まれるようになったため、結婚の決まりや近親相姦のタブーが生まれたのだ。ジャイナ教の聖典アーガマでは祖師リシャバには妻が二人いたとされている。彼と双子のスマンガラーと、事故で双子の片割れが死んだ女スナンダーである。また、児童婚が広く行われていたインドでは、夫と妻は床入りできる年齢になるまでは互いを兄、妹と呼び合っていた。

ダシャラタの供養の儀式

涙が止まると、バラタはラーマに、彼が都を出たあと起こった恐ろしい出来事を語った。

母から緊急の知らせを受け取ったバラタは、ケーカヤを出て故郷に戻った。都から一切の喜びは消えていた。音楽もなく、笑顔もなく、芳香もなく、色彩もない。どちらを向いても陰鬱な顔ばかり。宮殿の門でバラタを出迎えたのは、マンタラーただ一人だった。バラタが母の寝所へ行くと、母は剃髪して、未亡人の着る黄土色のローブをまとっていた。彼女は、王がどのように死んだかを告げるのではなく、今やバラタが王になるのだと興奮して話した。父のことを知りたいとバラタが言い張ると、母は、ラーマが森へ出発してほどなく王が宮殿の敷居で倒れたことを明らかにした。そばに息子たちもおらず、周りに家臣もいないまま、一人で死んだのだ。王の遺体は、息子の一人が供

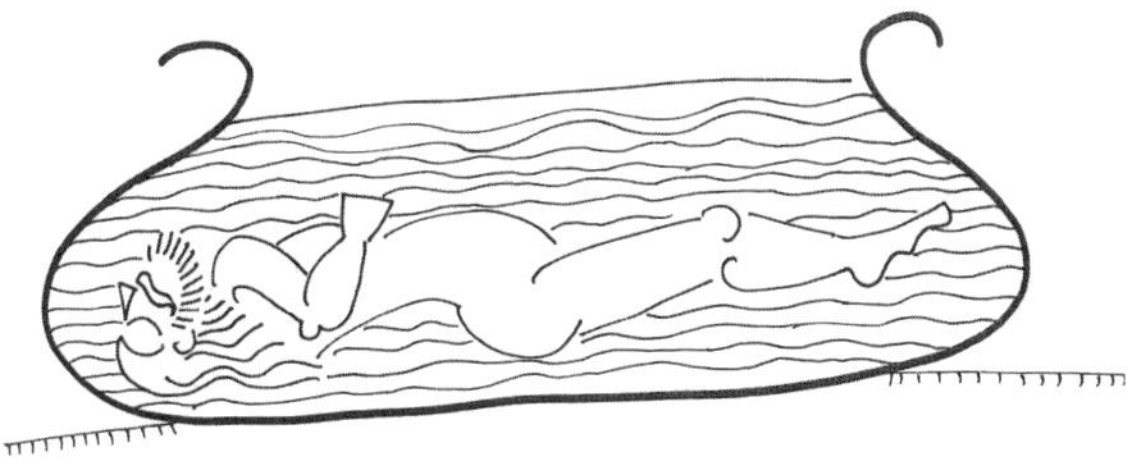

養の儀式を執り行うまで、腐敗を防ぐため油を満たした大桶で保管されていた。

「でも、私は供養の儀式を執り行いませんでした」バラタは言った。「スマントラが、王の最期の望みをはっきり教えてくれました。父上はカイケーイーの息子が火葬用の薪に火をつけるのを望みませんでした。最年少のシャトルグナが、本来なら最年長の息子が行うはずのことを行わねばならなかったのです」

続いてシャトルグナが言った。「はい、そうして儀式は完了しました。でも父上の魂はヴァイタラニー川を渡ることを拒んでいます。死の神ヤマの鳥は葬儀の捧げものを食べようとしません。私は夢に苦しめられています。父上は、四人の息子が協力して狩った一角犀の肉を求めておられます。だから私たちは兄上に会いに来たのです」

子どもたちが団結するのをどれほど父が見たがっていたかは、ラーマにも理解できた。「では狩りに行こう。力を合わせて一つとなり、父上が求めておられる食べ物を捧げよう」

兄弟四人は王室の随行員たちを待たせて、一角犀を探して森の奥深くへと分け入った。彼らはすぐに一角犀の死骸を持って戻り、必要な儀式を執り行った。烏が捧げものを受け取ったため、ダシャラタがついに生者の世界を離れる準備ができたことがわかった。

「早く息子を作れ」去る直前、ダシャラタの霊は息子たちの耳にささやきかけた。だが彼は、ラーマが一四年後に帰還するまでは四人とも修行者のように暮らすつもりであることを悟った。それまでは辛抱せねばならない。彼の激しい怒りが起こした風は、森の数本の木を根こそぎ倒した。その後ダシャラタはヴァイタラニー川を渡り、死者の国から転生するのを待った。

Column

❖伝統的に、父親の供養の儀式を執り行うのは最年長の息子である。ヴァールミーキの『ラーマーヤナ』では、ラーマが長男であるにもかかわらず父の最後の儀式を執り行えなかったという悲劇が、重要な場面として描かれている。

❖バラタが葬儀を執り行う権利を与えられなかったことは、カンバンの『ラーマーヤナ』に詳しく述べられている。

❖犀を狩るというエピソードは、オリッサ州の田園地方で演じられる『ラーマーヤナ』の劇に由来している。

❖ヒンドゥー教徒は、ヴァイタラニー川が生者の世界と死者の世界の境界だと信じている。生者の世界にはプトラ（息子）が住んでいる。死者の世界にはピトリ（祖霊）が住んでいる。ピトリはプトラを通じて転生する。プトラを作れなかった者は、プトという地獄から永遠に出られない運命にある。プトラやピトリが性別を問わない用語なのか、あるいは息子と父霊のみを指すのかに関して、学者の意見は割れている。

❖バーサによる劇『プラティマー・ナータカ』では、ラーヴァナはどうしても父の供養の儀式を執り行いたいというラーマの願いにつけ込む。供養の儀式に通じたバラモンのふりをして、死んだ父親の魂を喜ばせるためヒマラヤ山脈で見つかる黄金の鹿を奉納するようラーマに助言するのだ。ラーヴァナはこうしてラーマに庵を離れさせ、その隙にシーターを拉致する。

❖ビハール州の都市ガヤーは、ヒンドゥー教徒が先祖に葬儀の捧げものをする地として好まれている。ファルグ川の上流と下流には水があるが、ガヤーでは地下を流れているため地上に水はなく、川床を掘ると水が現れる。ラーマはダシャラタのシュラーッダの儀式を執り行うため、弟たちとともにこの場所に来た*。彼が沐浴している間にダシャラタの魂がシーターの前に現れて、すぐに食べ物を捧げろと要求したという。シーターは米も黒胡麻も持っていなかったため、川岸の砂でできたピンダボール［死者に捧げる、おにぎりのように米を球状に丸めたもの］を与えた。ダシャラタはこれに喜んだ。シーターは戻ったラーマにその出来事を話したが、ラーマは信じなかった。シーターは目撃者を指し示した――バニヤンの木、川、牛、カミメボウキの草、聖職者。残念ながら、声をあげたのはバニヤンの木だけだった。怒ったシーターは、今後ガヤーでは水を失うという呪いを川に、今後は前からでなく後ろから崇められるという呪いを牛に、ガヤーでは崇められないという呪いをカミメボウキに、常に空腹でいるという呪いを聖職者にかけた。バニヤンの木には、死んだ両親のためだけでなく、死んだ友人、敵、他人、そして子のない者の場合には自分自身のためにも作られた捧げものを受ける力を与えて祝福した。

＊シュラーッダとは祖霊祭のことをいう。新月の日や、葬儀の一年後、誕生儀礼や結婚儀礼の際に行われるものなど、いくつもの種類がある。聖地ガヤーで行うことが推奨されている。

ラーマの履物

死の儀式はすべて南を向いて行われる。喪に服する期間が終わると、ダシャラタの息子たちは東を向き、今度は生の儀式を行った。バラタは言った。「さあ、故郷に戻りましょう。こんな無意味なことは止めるのです。兄上が王になってください。本来そうあるべきなのですから。そして私は兄上に仕えます」

父の思い出が胸に込み上げ、ラーマはバラタ、ラクシュマナ、シャトルグナを抱き締めて泣いた。自分たちは父のない子になってしまったのだ。やがてラーマは言った。「父上は約束を守って亡くなった。我々は父上の約束を守って生きていこう。私は一四年間森に留まらねばならない」

「私についてきた、これら大勢の人々を見てください。彼らの目に浮かぶ期待を見てください。彼らは皆、この悪い夢が終わることを望んでいます。事態をもとに戻しましょう」

「だめだ、バラタ」ラーマは穏やかに言った。

「では、私もお供します」バラタは言った。「シーターとラクシュマナのように」

「そうしたら、誰がアヨーディヤーの面倒を見るのだ？」ラーマは尋ねた。「我らは王なのだぞ、バラタ。感傷を優先して責任を犠牲にしてはいけない。父上は母上の願いを聞き入れる義務はなかったにもかかわらず、聞き入れた。それも、一つでなく二つの願いを。命を救ってくれた妻への感謝を表すとき、父上はご自分が王であること、ご自分の与える恩寵が非常に大きな影響を与えうることを忘れていた。今、我々はその過ちの結果を受け止めねばならない。ラグ族は便宜のために規則を曲げる、と思われてはならない。我々は信頼できる王にならねばならない」

「しかし、臣民の面倒を見るために、私が王になる必要はありません。私は母の奸計により与えられた権利を放棄します。兄上の摂政としてアヨーディヤーを治めながら、兄上のお帰りを待つことにします」

バラタが決意を固めているのはラーマにもわかった。止めることはできない。バラタが王になるのを強いることはできない。王子たちが互いに玉座を譲り合うのは前代未聞の事態だ。だからこそラグ族は本当に立派で、太陽の王朝から枝分かれした一族としてふさわしいのだ、ということを彼らは理解した。

するとバラタはラーマに、アヨーディヤーの代々の王が履いていた王家の黄金の履物に足を入れるよう頼んだ。「これを履くことで、兄上のものとしてください。私はこれを、兄上がお帰りになるまで玉座に置いておきます。これは兄上の象徴です。それまでは、私も隠者のような暮らしをします。主人に与えられない快楽を召使いが享受するわけにはいきませんから」

Column

❖年長者、聖者、王、師の履物を崇めるのは、インドでは一般的な慣行である。

❖インド南部にあるヴィシュヌを祀る寺院では、信者は神体の足に触れることは許されない。聖職者は祝福を与えるとき、神体の履物を上に据えた王冠を信者の頭に置く。こうして、信者が神体の足に触れることはできないものの、神体の履物は信者の頭に間接的に触れるのである。

❖ラーマがバラタに与える履物はクシャ草で作って森で履いていたものだとする伝承もある。ラーマはバラタが持ってきた王家の靴に足を入れるとする伝承もある。

❖インド中の『ラーマーヤナ』に関係する場所では、巡礼者はラームチャラン・チューナー*を見せられる。これは〝ラーマの足跡〟を意味しており、非常に敬われている。

❖バラタはアヨーディヤーに足を踏み入れない。彼は都の外、森に面するナンディグラーマという村から統治する。

ジャーバーリ

王室の随行団が出発の準備をしていると、森までバラタに同行してきた聖仙ジャーバーリが声をあ

* ラーマの足に手を触れて挨拶すること、最敬礼。

げた。「あなた方はお父上様の言葉と家名の価値を重く見過ぎておられます。そのためにあなた方は重荷を負い、人生を楽しめなくなっています。価値とは人工的なものです――人間のために、人間によって作られたのです。それによって幸せな社会ができるのなら、価値にしがみつきなさい。不幸な社会ができるのなら、価値など捨ててしまいなさい。自然では、動物や植物の唯一の目的は栄養を取って生き延びることです。そのために他者が犠牲になることも多くあります。ですから、快楽をつかんで人生を楽しむのは、何ら悪いことではありません。適切な振舞いという、人間の作ったばかげた概念に、あなた方の人生を支配させてはなりません。そんな厄介な約束など忘れて都に戻り、王家に生まれたという偶然によって幸いにも受け取ったものを楽しんでください」

ラーマはジャーバーリにお辞儀をして言った。「あなたは私が王らしい暮らしを拒まれているのだと思い、その生活を私が得ることを求めておられます。私を、自分のものであるはずの素晴らしい生活を奪われた被害者だと見てお

られます。父の意志に従い、あなたの見方で人生を見ない私を、愚かだと考えておられます。私が重んじるものはすべて誤りで、あなたが重んじるものはすべて正しいと思っておられます。しかし、あなたが重んじるものも、私が重んじるものも、どちらも想像上のものに過ぎません。違いは、あなたは私の考え方を変えようとし、あなたの考え方に従わせたがっているのに対して、私はなぜ他人が自分と同じ考え方をしないかを理解しようとしている、ということです。私は自らを被害者だと思いません。王らしい暮らしは望んでいません。王としての快適さや権威を失って森で暮らすことを、悲劇だとは考えません。これを好機だと思っていますし、なぜ他人が私のように考えないのか不思議なくらいです。王国の何がそんなに素晴らしくてカイケーイーがそれを渇望するのか、森の何がそんなに恐ろしくてカウサリヤーがそれを恐れているのか、理解したいのです。社会から離れ、義務から解き放たれた今、ようやく苦行を実践する機会が得られます。そうしたら、戻った暁にはもっとうまく祭式を執り行えるでしょう」

その言葉に畏敬の念に打たれ、ジャーバーリは言った。「ほとんどの人は人生を楽しもうとします。ほとんどの人は他人や財産を支配したがります。ほとんどの人は楽しみや支配権のない人生を劣った人生だと考えます。だが、あなたは違う。人生を理解しようとするあなたは賢者です。あなたこそ、ジャナカにふさわしい義理の息子です。私はあなたにひれ伏します」

ジャーバーリはラーマの足に触れた。帰国するようラーマを説得するためバラタに付き従ってきたアヨーディヤーの人々すべても、同じようにした。この方は子どもではない。英雄でもない。この方こそ神であり、人は神になれるのだ。

Column

マンタラーの前世と来世

❖ジャーバーリは、チャールヴァーカーと呼ばれる物質主義・快楽主義的哲学を体現している。それは、魂や神という概念、人生には目的があるという概念を否定している。儀礼の重視や内省をことごとく嘲っている。

❖世界とは我々が感知しているものだけではなく、人生には意味がある、という考え方は、世界中のほとんどの哲学や思想の中核を成している。だがどんな思想とも同じく、これにも、世界には大きな計画や意味があるという概念を拒絶する哲学による反論がある。『ラーマーヤナ』がインド亜大陸中で人気を博したのは、この物語を通じて、存在というものの本質に関して人々が考えさせられたからだ。ラーマは、人生とは快楽を求めたり金品を貯め込んだりするだけのものではないとの原理に基づいて行動したため、敬愛されるようになった。人生とは意味や目的を見つけるものなのだ。

❖『ラーマーヤナ』は、思いやりや共感の原理に基づいた家族や社会を構築しようとしている。この叙事詩はまた、社会的規則のもたらす重い代償や文明の暗い面を露わにしている。

バラタとアヨーディヤーのすべての民がコーサラ国に向かうとき、一人の女だけがあとに残った。マンタラーだ。勝利の輝きは、その顔から消えていた。背中は以前よりさらに曲がり、顔には戦いで大敗したような表情を浮かべている。「私が悪いのです。召使いである私が、偉大なるラグ族を滅ぼしてしまいました。お許しください」彼女はラーマの足の前で、地面に頭を打ちつけた。「違うぞ、マンタラー、お前が悪いのではない。お前はカイケーイーの心に潜んでいた不安を煽り、カイケーイーは我が父の無責任さを暴露したのだ。父はカイケーイーに、無条件に望みを許すとしないことも可能だった。カイケーイーは望みを言わないことも可能だった。誰もが自らの行動に責任がある。私はお前を責めないし、お前に責任があるとも考えていない。心安らかに家に帰るがいい」

だが、年老いて背中が曲がってやつれたマンタラーは、泣き続け、頭を打ちつけ続けた。マンタラーを慰めようとしたシーターは、彼女がいかに孤独かに気がついた。醜いマンタラーはきっと、両親に疎まれ、愛する人には慈しまれなかったのだろう。彼女はカイケーイーに仕え、犬が縄張りを守るように獰猛にカイケーイーを守り、カイケーイーのために戦い、カイケーイーに認められることを求め、カイケーイーが不満を表したときは悔し涙を流し、そうすることによって自らの存在意義を見出して

いたのだ。忠誠心ゆえに有害になったからといって、マンタラーを見捨てていいのだろうか?

やがてラーマは言った。「よく聞きなさい、マンタラー。お前はブラフマーの意志を行動で示したのだ。前世のお前はガンダルヴィー(ガンダルヴァの女)だった。そして我々と共通の父から、マンタラーとして生まれ変わり、ラグ王家の長男が森に追放されてラークシャサの生き方に終止符を打ち、彼らの心を広げて動物的な本能を克服できるようにしろ、と命じられたのだ。来世でも、お前はまたもや背中の曲がった醜い女に生まれ変わるだろう。お前はクブジャーまたはトリヴァクラーと呼ばれるだろう。そして、また私に会うだろう。そのときの私はクリシュナだ。私は情熱を込めてお前を抱き締めて背中を真っ直ぐに伸ばしてやり、お前が再び自分を美しいと感じられるようにしてやる。約束しよう」

これを聞いて、シーターとラクシュマナは茫然とした。

ラーマは続けた。「私はヴィシュヌのとき、インドラのスヴァルガを守るため、アスラ魔族を保護していた聖仙ブリグの妻と聖仙

シュクラ*の母親の首をはねた。その罪のせいで、私はラーマとして地上に生まれ、宮殿で王子のように暮らす資格がありながら多大な困難の人生を送り、森で隠者として生きる、との呪いをかけられた。私がブリグから妻を奪ったように、私は絶えず喜びを奪われるという呪いをかけられた。だから、シーターは私の妻であるが、私は苦行者として生きるとの約束を守るため常に彼女と一定の距離を置くことになる。シーターとともに過ごす喜びすらラークシャサの群れによって奪われ、最終的にはアヨーディヤーもそうした喜びを奪われるのではないか、との危惧を抱いている。だが、我々の不運について誰を責めることもできない。すべての災難は我々の過去の行いの結果だからだ。自分の身に起こる良いこと悪いことすべての責任は、自分で取らねばならない。自らが原因であり、その結果に向き合わねばならない。これがカルマの法なのだ」

Column

❖マンタラーの前世がガンダルヴィーだったという話は、『マハーバーラタ』の中で語られたラーマの物語、「ラーマ・ウパーキヤーナム」に由来する。

❖『ラーマーヤナ』がもっと壮大な物語の一部であることは、こうした、ヴィシュヌがブリグの妻を斬首したというようなプラーナにある話から明らかになる。

❖ヒンドゥー哲学はカルマの概念を基礎としている。あらゆる出来事はすべて過去の出来事に対

* カーヴィヤ・ウシャナス・シュクラはアスラ魔族の師であり、蘇生の術を唯一扱うことのできる強力な魔術師である。

する反応である。だからラーマの追放は最初から運命づけられていた。マンタラーとカイケーイーはカルマの道具に過ぎない。誰かを責めたり批判したりするのは愚かである。批判するのは、多くの力が作用して一つの出来事を起こさせるということを知らないからだ。

❖ラーマは追放生活に入るとき、穏やかに分別を示した。それにより、彼は普通の英雄から神へと変わった。彼は自らを被害者だと考えない。だが、シーターがのちに再び森へ追い払われるとき、叙事詩の作者たちが彼女に同じような穏やかで分別ある態度を取らせないことは意義深い。彼らはシーターを賢者でなく被害者として描くほうを好んだのだ。こうした性差別的な見方は、現代の作品においても継続している。

❖サンスクリット劇では、ラーマは高潔な英雄として登場する。地方版の物語では、ラーマは神の化身として現れる。だがヴァールミーキが彼をどのように描いているかに関して、学者の意見は分かれている。ヴァールミーキによる『ラーマーヤナ』のラーマは神ではない、と考える者もいる。ラーマは自らの神性を自覚していない、とする学者もいる。ラーマは神性を自覚している、とする学者もいる。これは、生まれたときから神性を十分自覚しているクリシュナとは対照的である。だからこそ、ヴィシュヌの化身としてはラーマよりもクリシュナのほうが人気があり、プールナーヴァターラ、つまり完全な生まれ変わりと呼ばれるのだ。

❖ヴァールミーキの『ラーマーヤナ』の描写に基づく占星術的計算によれば、ラーマは紀元前五〇八九年に追放生活に入った。これは、追放されたとき彼が二五歳だったことを意味する。

第四巻

誘拐

「シーターの体を捕らえることはできても、
心は決して捕らえられない」

ダンダカの森へ

シーターはダシャラタの息子たちとともに、チトラクータの森を出ていくつもの川や山を越え、ダンダカの森に入っていった。

ここはかつて、ダンダという王が治めるジャナスターナという国だった。ダンダはある日、狩りに出てアラーという美しい女に出会い、彼女を力ずくで犯した。彼女は泣きながら、父親である聖仙シュクラのところへ走っていった。「境界線が尊重されない国はジャングルと何ら変わらない」激怒したシュクラはそう言い、砂嵐と雷雨がダンダの王国ジャナスターナを跡形もなく吹き飛ばしてジャングルにするという呪いをかけた。そうしてこの土地は、あえて通ろうとする者はほとんどいない、最も恐ろしい森となった。

森には国境も規則もない。足を踏み入れたとき、ラーマは先祖のことを思い出して言った。「ラーマはアヨーディヤーを捨てるかもしれないが、アヨーディヤーは決してラーマを捨てない」そしてシー

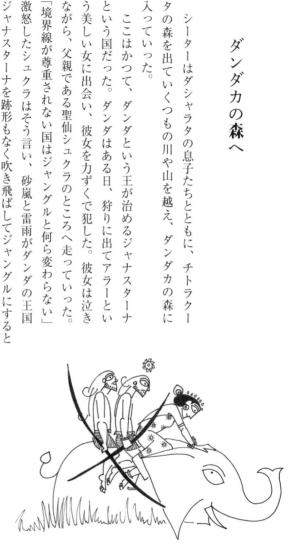

ターのほうを一瞥して付け加えた。「ヴィデーハが決してシーターを捨てなかったように」

Column

❖ダンダカは、ガンジス川流域の平野部で繁栄した国アーリヤーヴァルタの南に位置する大きな森である。

❖娘が犯されたためシュクラが王国を荒野に変えたというエピソードは、境界線が侵さざるべき神聖なものであることを物語っている。人間は境界線を作るが、境界線を侵しもする。境界線の尊重は人間の特徴、ダルマの表れ。境界線を軽視するのは野蛮、アダルマの道をたどること。境界線想像力を持たない動物には、境界線を作ったり侵したりする知力もない。だからこそ動物に罪はないのである。

❖叙事詩『ラーマーヤナ』はインド北部とインド南部をつなぐ南部街道、ダクシナ・パタに沿って展開する。一方『マハーバーラタ』は、インド西部とインド東部をつなぐ北部街道、ウッタラ・パタに沿って展開する。かくして、この二大叙事詩はインドを縦横断している。

❖ヴァールミーキによるサンスクリット語の『ラーマーヤナ』をもとに考えて、多くの学者は『ラーマーヤナ』で起こった出来事はインド中央部に留まっていると推測する。だが信者は、巡礼者の話をもとに考えて、『ラーマーヤナ』にちなんだ場所は亜大陸全体、さらにはスリランカにまで及ぶと思っている。スリランカには、ラーマの足跡（〝ラームチャラン・チューナー〟）や、ラーマがシヴァを祀って建立したとされる寺院などがある。

シャーンターとの出会い

三人は恐ろしい森の端で一晩を過ごすことにした。ラーマは眠れなかった。風が吹きすさぶ中、星を眺めていると、シーターが自分に向ける視線を感じた。「これにもいずれ終わりが訪れます」シーターは言った。ラーマもそれはわかっているものの、知っていれば不安が消えるというわけでもない。彼の心は、さながら休むことを知らない彗星だった。「今持っているものを楽しみましょう、あなた、以前持っていたもの、持てたかもしれないものについて思い悩むのではなく。星を見て楽しみましょう」それで、ラクシュマナが火の番をしている間、ラーマとシーターは睡魔に襲われるまで空を眺めていた。だがラーマは目を閉じる直前、万が一に備えて弓を自分と妻の間に置いた。

夜明けにシーターが目覚めると、ラーマとラクシュマナは美しい女性の足元にいた。大きな目、優しそうな笑み、魅力的な体。誰だろう？　すると女性はシーターに気づいて呼びかけた。「こちらに来なさい、かわいい人。私はあなたの夫の姉、シャーンターです」

シャーンターは自分の膝にシーターを座らせて言った。「夫に付き従って森まで来るというあなたの決意は、本当に崇高です。でも、花嫁の服装で、二人の美男子に挟まれていながら、一人は隠者で、もう一人はあなたが兄嫁だからという理由で、二人から目を向けられないで旅をするのは、簡単ではないでしょう。どこへ行っても、周りでは交尾期の鳥の鳴き声が聞こえ、蛇や蛙や鹿や虎が親密に抱き合っているのが見え、蜂や蝶を誘う花の香りがするでしょう。あなたの体も叫ぶでしょう。どうやって官能の叫びに抵抗するつもりですか、シーター？　それに、ラークシャサたちがいます。彼らは禁欲や貞節の意味を知りません。あなたや、私の弟二人に、欲望を満たせと強要するでしょう。それが最も自然なことだからです。そうなったら、あなたはどうしますか、シーター？　どうやって、あなたの欲望、周りの男たちの欲望から、身を守るのです？　森に境界線はありません。境界線がないということは、侵害という概念もないのですよ」

なぜシャーンターはそんな話をするのだろう、とシーターは考えた。シャーンターの話している感情については、吟遊詩人のロマンティックな物語や愛の歌で聞いたことがあるけれど、自分自身が感じたことは一度もない。そう、結婚式や、その後何度か女たちの寝所で会ったとき、ラーマがこちらを見る目つきは好ましかった。でも、今ラーマは決してシーターを見ようとしない。少なくとも、あの頃のようには。シャーンターが言っているのは、そういうことなのか、それとも何か別の話なのか？

シーターの考えを察知して、シャーンターは説明した。「あなたはまだ若いけれど、体は変化しつつあるのですよ、シーター。私にはわかります。あなたもいずれそれを感じるでしょう。森に入る

ことで、それが開花したかのようです。あなたは本当に、大地の娘なのですね」

Column

❖シーターとシャーンターの会話を歌う歌は、インド南部の民話によく見られる。

❖追放の前、そして追放生活の間、ラーマとシーターの間に肉体関係があった、との暗黙の想定がなされることは多い。実際、サンスクリット劇の一部には、あからさまにそれを示しているものもある。だが、そのように想定される結び付きから子どもは一人も生まれていない。二人が若い盛りであることを考えると、それは非常に考えにくい。したがって、彼らは禁欲生活を送っていたと考えていいだろう。ラーマは隠者になると誓ったため、シーターは禁欲主義の隠者の貞淑な妻であるために。ラクシュマナはそのような義務に縛られていないものの、ラーマとシーターへの連帯感から自らも禁欲生活を選んだ。こうした禁欲が、物語に緊張感を生んでいる。

❖タミル地方の寺院に伝わる民話や、ヴィシュヌ信仰の言い伝えに登場するラーマの物語では、ラーマは自分とシーターの間に弓を置いて眠る。それは禁欲生活を送りたいという彼の願望を表している。

アナスーヤーとアトリ

シャーンターはシーターを、アナスーヤーとアトリの庵まで連れていった。アナスーヤーはアルンダティーと同じく、貞節でよく知られている。レーヌカーと違って、彼女は心の中でも夫を裏切ったことがなかった。そしてアヒリヤーと違って、行動でも裏切ったことがなかった。

一度、アナスーヤーの夫が留守のとき、美男子の苦行者三人がやって来た。「私たちは一二年間断食をしています。断食を終えるためには、聖仙の妻の乳房を吸わねばなりません。協力していただけますか？」アナスーヤーは同意した。彼女は三人の若者を、自分がついに持てなかった子どものように思い、胸をはだけた。うさんくさい意図を持つ若者たちは、三人の幼児に変身した。

すると若者たちの妻が現れてアナスーヤーに許しを請うたので、アナスーヤーは彼らの真の意図を知って驚愕した。彼らはアナスーヤーを誘惑し、地上で最も貞節な女性という評判を傷つけたかったのだ。アナスーヤーは無条件に三人の苦行者を許した。彼女から見れば、若者たちは苦行を実践してはいても、まだ子どもで、人を騙して楽しんでいたからだ。彼女は三人を元の若者の姿に戻し、彼ら

の断食を解くため厨房から食べ物を持ってきて与えた。

三人の若者は感謝して、アナスーヤーが偉大な息子ダッタの母親になるという祝福を与えた。ダッタに教師は必要ない。彼は自分が目にしたものすべてから学ぶだろう。空、大地、火、水、風、岩、川、植物、動物、鳥、虫、男、女。彼はアーディナータ、すなわち最高の教師となるだろう。

アナスーヤーはジャナカの娘を歓迎して、花の咲く木の下へ連れていった。そこで、ついに開花を始めたシーターの体の秘密を彼女に教えた。アナスーヤーはシーターに服、花冠、そしてクリームの壺を与えた。その服は決して汚れず、花冠は決してしおれず、クリームはいつもシーターの肌を軟らかくしてくれるだろう。

「宮殿にいたのなら、大々的な儀式が行われたでしょう。あなたのお父様は贈り物を送ってくださり、お母様も送ってくださったでしょう。義理のお母様たちはターメリック水であなたを沐浴させ、花で飾ってくださったでしょう。あなたは自分だけの寝所を与えられ、準備ができたならキンマの葉で包んだビンロウジュをご主人に送って、アルンダティーの星を見ようと誘うでしょう。でも悲しいかな、あなたはそれができるまで一四年も待たねばなりません。その代償として、私はあなたに何を差し上げればいいのですか？」

「心と体に忠実でいながら、森で一四年間を生き延びるための強さを。義理の姉は、それは簡単では

ないと言っています」シーターは答えた。

「貞節を義務だと考えるなら、確かに困難でしょうね」アナスーヤーは言った。「自分の体の欲望を抑えつけるのではなく、その存在を認めた上で、人生で本当に大切なのは何かを熟慮するなら、困難ではありませんよ」

アトリは、妻がシーターを着飾らせるのを見ていた。そしてラーマとラクシュマナに尋ねた。「今は春で、花は咲きました。蜂は蜜の誘惑に耐えられますか？」

最初にラクシュマナが口を開いた。「私の花はアヨーディヤーで眠っています。彼女は一四年後に開花します」

次にラーマが言った。「私は蜂ではありません。蝶でもありません。私は人間、ラグ王家の後裔、一四年間森で隠者として生きねばならない者です。何ものも私の心を揺り動かすことはありません」

これは人を感心させるための大言壮語か、それとも若き王子の純粋な英知なのかと考えながら、アトリは言った。「心が揺れても、自分を責めてはなりません。人間は批判しますが、自然は批判しないのです」

Column

❖民間伝承では、アナスーヤーを誘惑しようとした三人の修行者とは、ブラフマー、ヴィシュヌ、シヴァである。

❖アトリの息子ダッタ、またはダッタートレーヤは、最高の教師アーディナータとして敬われ、ブラフマー、ヴィシュヌ、シヴァの化身と考えられている。『バーガヴァタ・プラーナ』中の『アヴァドゥータ・ギーター』によれば、彼がアーディナータと呼ばれるのは、師を持たず、周りの世界を観察することで知恵を得たからである。

❖アナスーヤーからシーターへの布と化粧品の贈り物は、ヴェーダ期のシュリンガーラ（体を美しくすること）に置かれた価値を強調している。

シャラバンガの天国

アナスーヤーとアトリに別れを告げたあと、シーターとダシャラタの息子たちは老賢者シャラバンガの庵に行き着いた。そこで彼らは素晴らしい光景に出会った。インドラが、六本の牙と七本の鼻を持つ白い象に乗って庵を出ていくところだったのだ。

事情を尋ねられた賢者は答えた。「インドラに、デーヴァ神族の都、星の世界にある都アマラーヴァティーの庭園ナンダナ・ヴァナに招待されたのです。そこには、その下にいるとあらゆる願いが叶うというカルパタルの木が立っています。といっても、私には何の願いもないのですがね」

ラクシュマナは賢者に尋ねた。「インドラが所有するものすべてを手に入れるのが、祭式や苦行の目的ではないのですか？」

「それは違います、息子よ」賢者は言った。「インドラはすべてを持っていますが、すべてを失うことを恐れて生きています。スヴァルガは楽園かもしれませんけれど、天国ではありません」

「では、天国とは何ですか？」

「天国とは、飢えのないところです」

「そんな場所が実在するのですか？」

「シヴァは北極星の下、雪に覆われた岩山で座っています。そこでは一本の草も生えませんが、彼の雄牛ナンディンは不満を言いません。ナンディンはシャクティの虎に食べられることを恐れてもいません。シヴァの首に巻き付いた蛇は、カールッティケーヤの孔雀に食べられることを恐れず、ガネーシャの鼠を食べようとしません。明らかに、そこは飢えのない場所です。スヴァルガに繁栄はありますが、平和はありません。私は平和を求めています。カイラーサ山を求めています。そここそ天国に違いありません」

「この一四年間で我々が飢えを乗り越える力を見出せますように」ラーマは言った。

「ブラフマーは人間の飢えを満たすため祭式を生み出しました。ダクシャは人間に互いの飢えを満たさせるため社会の規則を作り出しました。どちらもシヴァによって斬首されました。飢えを乗り越え

る人間の潜在的な可能性を、彼らが理解することを願って」

シーターは言った。「誰もがシヴァになれるわけではありません。私たちには、食べ物を与えてくれる人、慰めてくれる人、意味を与えてくれる人が必要です。他人を思いやる人が必要です」

「あなたが言っているのはヴィシュヌのことですね。ヴィシュヌはシヴァと同じく飢えを知りませんが、他人の飢えを気遣います。ヴィシュヌは規則に動かされていません。彼は愛情を持って行動します」

「けれど、あらゆる人がヴィシュヌになれない限り、社会には規則が必要でしょう。そうでなければ、誰もがインドラのままでいることになります」

「確かにそうです」賢者は若き王子とその妻に感銘を受けた。

「ブラフマー、インドラ、ヴィシュヌ、シヴァ。どこで彼らを見つけられるのですか?」ラクシュマナが訊いた。

「あなたの心の中にですよ、ラクシュマナ。私たちは皆ブラフマーです。皆インドラです。皆ダクシャです。シヴァにもなれます。ヴィシュヌにもなれるのです」賢者は小さく笑い、目を閉じて穏やかに微笑んだ。

Column

❖インドラはデーヴァ神族であり、ヨーロッパの学者はそれを、ギリシア神話で言う神に相当すると解釈した。だがヒンドゥー神話において、デーヴァ神族とは、崇められるが寺院で祀られはしない特別な階級を意味している。より深く読めば、インドラは快楽と権力のある人生を切望する人間の心の状態であることがわかる。

❖ヴェーダ讃歌において、インドラは偉大な戦士として非常に崇められている。だがプラーナ文献では、インドラは苦行を実践する苦行者や祭式を執り行う王を恐れる、自信のない神とみなされている。ヨーロッパの学者は、メソポタミア神話に見られる傾向に即して、インドラはシヴァやヴィシュヌといった新しい神に取って代わられた古い神であると結論付けた*。だがヒンドゥー教徒は別の見方をしている。インドラは物質的な快楽を称賛する神であり、神の階層においては低い地位ではあるものの不可欠な要素なのだ。

❖ジャイナ教、仏教、ヒンドゥー教の聖典に見られる特徴は、天国は複数存在し、どのようなカルマを積んだかによってどの天国に住むかが異なる、という概念である。どの天国にも、永遠に留まることはできない。それぞれの天国は、程度の異なる快楽と苦痛を提供する。最も崇高な天国には苦痛も快楽もなく、知恵だけがある。これはキリスト教やイスラームで一般的な天国や地獄の概念とは著しく違っている。キリスト教やイスラームでの天国や地獄は、倫理的・道徳的行動に、そしてより重要なことには、教義への信仰に基づく概念である。つまり、信仰ある者は天国に昇り、信仰のない者は地獄へ落ちるのだ。

*メソポタミアの古い天空神アヌが、より新しい嵐の神エンリルに最高神の地位を取って代わられたことを指しているものと思われる。

スティークシュナの頼み

シーターとラーマとラクシュマナは、歩を進めてスティークシュナの庵に行った。スティークシュナは彼らを歓迎し、南方へ冒険した多くの賢者の苦境について語った。彼が話したのは大移動の物語である。

シャクティに請われた物静かなシヴァは目を、そして口を開け、ヴェーダの本質の説明を始めた。彼の話を聞こうと地上のすべての聖仙が北へ移動したため、地平は傾いた。北部と南部を分けるヴィンディヤ山脈はシヴァの話をどうしても聞きたくて大きくなり続け、ついに太陽の通り道を塞いでしまった。

バランスを戻すため、シヴァは息子である偉大な軍神カールッティケーヤに、南へ移動するよう頼んだ。多くの賢者が彼に付き添ったが、その中にはヴィシュラヴァスやアガスティヤもいた。

ヴィンディヤはアガスティヤの前でお辞儀をして祝福を求め、アガスティヤは太陽が邪魔されずに通れるようそのまま身を屈めておくように言った。アガスティヤがガンジス川の水を甕に汲み、それを流すと南部の大河カーヴェーリー川となった。

カールッティケーヤが槍でヴィンディヤを縦に割ると、彼の通れる谷ができた。カールッティケーヤが山の故郷と離れて寂しがらないよう、シャクティはアスラ魔族のヒディンバに頼んで、ヒマラヤ山脈の頂を南へ運んでもらった。これらはパラニ丘陵となった。

「南部で、聖仙たちはラークシャサやヤクシャを見つけました。ヴィシュラヴァスは一人のヤクシニー（ヤクシャの女）と一人のラークシャシー（ラークシャサの女）と結婚し、両方の妻に息子を産ませました。彼は息子二人にヴェーダを教えました。ヤクシャの息子クベーラは黄金の大都市を建設しました。ラークシャサの息子ラーヴァナはクベーラを妬み、その都市を襲って力ずくで自分のものにしました。ラーヴァナはシヴァの熱心な信者ですが、力こそ正義だと思い込んでいます。彼はその地で最強であるため、彼のやり方が正しいやり方になっています。聖仙たちは長い間、ラーヴァナにヴェーダの本質を教えようとしてきましたが、ラーヴァナは彼らを軽蔑して退けました。祭式や苦行を行う人間はシッダの探究者であり、それゆえに自分のライバルだと考えています。彼はすべてのラークシャサを、聖仙たちに歯向かわせました。タータカーを覚えておられますか？　誰がタータカーをヴィシュヴァーミトラの庵、シッダ・アーシュラマに送り込んだのかを？　ラーヴァナです！　南へ向かってください、ラーマ様。この追放生活という悲劇を、森に暮らす者の役に立てるのです。ラークシャサどもがダルマに従えるようにして、彼らをラーヴァナの呪縛から解き放ってください。彼らが心を広げられるようにしてください」スティークシュナは哀願した。

「ラークシャサは殺されるべき悪魔ではないのですか？」ラクシュマナは尋ねた。

「覚えておきなさい、ヴィシュヴァーミトラの弟子たちよ、悪魔とは、我々が理解したり許したりすることを拒む人間に過ぎません。彼らが我々を拒絶するように我々も彼らを拒絶するのは、アダルマです」賢者は言った。

Column

❖多くのラーマ・カター（ラーマ物語）は、ヴィシュヌはラーヴァナの横暴から世界を救うためラーマとして転生したと述べている。ラーマが聖仙たちを訪ね歩きながら南へと向かったことを文字通りに解釈して、これを植民地主義的行動、火を崇拝するヴェーダ期のアーリヤ人が徐々に広がっていったことだと考えるのはたやすい。だが象徴的な解釈をするなら、森は飼い慣らされていない心、野生、戦いを表している。賢者たちやそれに続くラーマの登場は、人間の潜在的可能性が徐々に覚醒したことを意味している。

❖ラーヴァナを、聖仙文化に抵抗するラークシャサ文化を支える者だと考える人もいる。だが、相手を歓迎せず交易もしない文化とは何なのか？　なぜ二つの文化は衝突するのか？　文化は互いに独立した存在であるべきか、それとも影響を与え合ってお互いを変えていくべきか？　ヴァールミーキはこの疑問について深く考え、ラーヴァナの父親を聖仙、母親をラークシャサとしたのである。

❖ラークシャサの描写はさまざまである。獰猛で武器を持ち、牙とカギ爪と大きな目をして、血糊に覆われているとされることもある。美しく魅力的で、心優しいとされることもある。変身能力があるとされることもある。

❖ラークシャサが恐ろしくて悪魔的だとされたのは、彼らを非人間的な存在とすることによって、その殺戮を正当化するためである。文明国は、戦争を正当化するため同じことをしている。人は本来、安全な場所を得るためその地を支配して敵を撃退しようとする動物的な性質を持っているが、人間的な心はそれに不快感を覚えるため、こうして正当化を図るのである。排除したり飼い慣らしたり閉じ込めたりしなかったら、ラークシャサは我々を圧倒することになるだろう。だからこそ交戦は避けられない、というわけだ。

アガスティヤとローパームドラー

南へと旅を続けるシーターとラーマとラクシュマナは、丘に囲まれた広大な平原に出た。一人の賢者の話によると、かつて山々は翼を持ち、鳥のように空を飛んでいたが、その動きがあまりにうるさかったため聖仙たちはデーヴァ神族を訪ねて、山々の翼を切り取ってくれと頼んだという。だから山々は地面に落ち、その後は二度と動かなかった。

三人は人間の居留地を避ける必要があるため、川に沿って歩くことはしなかった。シーターは乾燥させたカボチャの皮に水を入れて運んだが、池を見つける前に水がなくなったときには、ラーマからラクシュマナが地面に矢を射て地下の泉から水を噴出させ、シーターを大いに喜ばせた。

森では、シーターはジャナカの娘でも、ダシャラタの義理の娘でもなかった。ラーマは隠者なので、シーターに夫としての権利を行使することはできなかった。シーターは単に、好きなように行動できる一人の女だった。ラーマは決して彼女に何かを要求することはなかった。そのため彼は、自分に仕えるシーターを見て、何が彼女を行動に駆り立てているのかと不思議に思った。単なる義務感？　ただの慣習？　憐れみ？　シーターを観察すればするほど、それは詩人が愛と呼ぶものでしかありえないことが、ラーマにもわかってきた。

一方シーターは、ラーマについて多くのことを知った。シーターに話しかけるとき、彼はいつも顔をそむける。シーターの視線に誘惑されないためだ。それでも、シーターの行く道にあるとげを払いのける、シーターが好きなのを知っている花のあるほうに向かう、岩に登るときそれがシーターにとって大きすぎたり滑りやすかったりしないのを確かめる、といったちょっとした行動に、彼の愛が表われている。そして、シーターはラーマが食事を終えるまで食べずに待っているけれど、ラーマはいつもシーターのほうがたくさん食べられるように自分は少ししか食べないことも、シーターは知っている。

やがて、シーターとダシャラタの息子たちはアガスティヤの庵に着いた。そこでは、虎が山羊や羊と遊んでいた。まるで、聖仙シャラバンガが描写したカイラーサ山のようだった。飢えはなく、それ

ゆえに捕食動物も餌食もいない。「捕食動物は食べ物を求めます。餌食は保護を求めます。シヴァの息子、ふくよかで象の頭を持つガネーシャは、飢えた捕食動物に食べ物を与えます。シヴァのもう一人の息子、たくましいカールッティケーヤは、怯えた餌食を守ります。シヴァは、皆が飢えや恐怖を乗り越えられるようにしているのです」アガスティヤはそう説明した。

アガスティヤは三人を自分の家に連れていった。そこは御殿だった！　隠者にはふさわしくない、とシーターは思った。するとアガスティヤは自分のことを語った。

あるときアガスティヤが苦行を実践していると、ある幻想のせいで中断された。先祖たちが蝙蝠のようにさかさまにぶら下がって、死者の国から自分たちを解放させてくれと懇願するのが見えたのだ。彼らはアガスティヤに、子どもを作ってくれと頼んだ。「我々はお前に命を与えた。今度はお前が私たちに命を与えるのだ。我々を再生させることで恩を返せ」

アガスティヤはヴィダルバの王のところへ行き、娘たちのうち一人を妻にくれと頼んだ。王は彼に、最も美しい娘ローパームドラーを与えた。ローパームドラーはアガスティヤに言った。「何かを受け取るには、まずは与えねばなりません。私にあなたの子どもを産んでほしいなら、私に快楽と満足を与えてください」

それでアガスティヤは沐浴をし、髪のもつれをほどき、ざらざらの肌をなめらかにし、体に塗りつけていた灰を取り除いて代わりに白檀のペーストを塗り、明るく香り豊かな花輪を首に巻いて、愛人が愛する相手に接するように、ローパームドラーに接した。彼が炉に火を熾《おこ》すと、彼女はそれを厨房に変えた。彼が家を建てると、彼女はそれを家庭に変えた。彼は子種を与えた。彼女はそれを子宮で育てて子どもを産んだ。それは詩人だった。

「一人のとき、私は苦行者でした。しかしローパームドラーと一緒になった私はヤジャマーナとなり、祭式を始めました。家庭という祭式です」アガスティヤは言った。「けれどもいつの日か、子どもは成長して自分自身の家族を持ち、両親を必要としなくなります。私はもはや妻を必要とせず、ローパームドラーはもはや夫を必要としなくなるでしょう。その日、私は再び苦行者となって、中庭や厨房を備えて雌牛のいる家を捨てるでしょう。我々が持っているのはかりそめのものです。しかし我々は永劫変わることのないものになるのです」

ラーマとラクシュマナとシーターはアガスティヤとローパームドラーの家に滞在した。アガスティヤが弟子にタミル語と、未来を予言する星の秘密と、体を癒して元気を回復させる薬草の秘密を教え

るのを、三人は見守った。アガスティヤはラーマとラクシュマナに多くの武器を与えた。ロ一パームドラーとシーターは何時間も菜園で過ごし、消化を助けて傷を癒す香辛料について話し合った。

Column

❖インド各地に、ラーマやラクシュマナやシーターと関連付けられる洞窟がある。多くの場所で、ラーマの洞窟はシーターやラクシュマナの洞窟と離れており、三人がともに行動しながらも隠者として別々に寝泊まりしたことを示している。

❖アガスティヤはインド南部の偉大な賢者、シッダの最高の師である。言語、哲学、占星術、土占い、医学の始祖でもある。彼が北部から南部に移動したことについての物語は多くあり、ヴェーダ思想の広がりと、その思想が南部に住む人々と接して変化したことを、明確に表している。

❖ローパームドラーの讃歌は、最古のヴェーダ讃歌の文献である『リグ・ヴェーダ・サンヒター』に見出せる*。そこで彼女は夫に、自分だけの楽しみにふけるのではなく、務めとして彼女に満足を与えるよう要求する。

❖インドの思想は、遊牧民から定住した農民まで、森に住む部族から村や町を作った定住者まで、さまざまな源からの多くの思想の集まりである。だからこそ、インドの思想は火の儀式から物語から寺院の儀式へと変化し続けているのだ。不変なのは、無常を信じる基本的なヴェーダの

＊ヴェーダ文献はサンヒター、ブラーフマナ、アーラニヤカ、ウパニシャッドから成り、サンヒターはそれらの中心的な位置にあり、成立も古い。『リグ・ヴェーダ・サンヒター』は神々への讃歌を集めたものである。

考え方と、不死の追求と変化の容認との葛藤である。この基本的な考え方から、カルマ（行動／反応）、カーマ（欲望）、マーヤー（心像／幻）、ダルマ（状況にふさわしい人間としての振舞い）といった概念が生まれた。

森の中での会話

年月が過ぎ、シーターとダシャラタの息子たちはジャンブードゥヴィーパと呼ばれる地を縦横に移動していった。そのように呼ばれるのは、ジャンブー［ムラサキフトモモ、アマゾンオリーブとも呼ばれる、熱帯性の常緑樹］の木の実に似た形状の土地だからだ。三人は、木の下、洞窟の中、あるいは川のそばで寝た。枝や木の葉で家を作ることもあったが、長期間滞在はしなかった。隠者として、一カ所に長く留まることなく動き続けることが大事だった。例外は、川の水が溢れて地表を覆い、旅をするのが危険な雨季だけだった。

シーターは蜂や蝶などの虫を観察して長い時間を過ごした。蜂を驚かせずに蜜を集め、子に乳をやり終えた雌虎から乳を集める方法を見出した。象の群れのあとを追って、最も年老いた女長老しか知らない遠くの山の上にある秘密の泉に行き着いた。渡り鳥や回遊魚の移動経路を知った。熊や狼や鷹と意思疎通できるようになった。動物たちは、どこへ行けば一番おいしい果物や木の実が見つかるか、どこで最高のジャガイモを引き抜けばいいかを教えてくれた。シーターは、食べられる木の葉や栄養のある樹皮を見つけた。夜、焚き火の周りで野営するとき、自分が見たもの、学んだものすべてをラーマとラクシュマナに話した。最も興奮したのは、何度か夜に鹿と虎が並んで水を飲んでいるのを見たことだった。虎はすでに食事を終えていたため捕食動物ではなく、鹿は餌食ではなかったのだ。

彼女はダシャラタの息子たちに言った。「花は自分からいいにおいをさせて、蜜を提供します。なぜ？　蜂に栄養を与えるため、それとも授粉してもらうため？　あるいは両方でしょうか？　自然では、何かを手に入れるためには、何かを与えねばなりません。そこに慈悲はありません。搾取も、利己主義も利他主義もありません。他者が成長するのに協力することで、自分も成長するのです。それこそ完璧な社会ではありませんか？」

ラーマは言った。「私は物事について違う考え方をしている。植物は光や水で育ち、動物は植物を食べて育ち、植物を食べる動物を他の動物は食べて育つ。食べる者がいて、食べられる者もいる。食べる者は、十分に手に入らないことを恐れている。食べられる者は、餌になることを恐れている。あらゆるところに恐怖が見える。完璧な世界に恐怖があってはならない。恐怖のない世界を作ることがダルマなのだ」

一日中、シーターはラーマの後ろ、ラクシュマナの前を歩いた。二人のうちどちらの顔も見なかった。歳月を経て、シーターはラーマの広い背中を見て楽しむようになった。その背中は森での日々の間、一度も曲がることがなく、厳しい日光に焼けて黒くなっていた。髪はもつれて色褪せ、宮殿にいた頃の油を塗って香りをつけた巻き毛とはまったく違っていた。ラクシュマナはシーターの足だけを見、彼女の足跡すら踏むのを避けた。その足跡は常にラーマの左、彼の心臓の近くを通っていることに、ラクシュマナは気づいていた。三人とも、夜になって焚き火を囲んで座り、互いの顔を見、炎に目を照らされて、その日の経験について話し合うのを、楽しみにしていた。

ある日、シーターはバナナの木の横に立つベリーの木を見た。風が強く吹き、ベリーの木の鋭いとげがバナナの木のなめらかな葉を引き裂いた。「ここでは誰が被害者ですか？　誰が悪者ですか？」彼女はラーマに尋ねた。

「どちらでもない」ラーマは答えた。「ものに価値を与え、自然の出来事を戦いや解決のある波乱万丈の冒険に変えるのは、人間の見方だ。それはマーヤー、価値を測る物差しから生まれた幻想なのだよ」

「虎が子を孕んでいる鹿を殺したなら、虎は悪者でしょう」ラクシュマナは反論した。

「虎が飢え死にしたほうがいいのか？　そうしたら、誰が虎の子に餌をやるのだ？　お前か？　これが自然本来のあり方だ。食べる者がいて、食べられる者がいる。虎は、鹿に邪魔をされたからと鹿を恨みはしない。鹿は、虎が子鹿を捕まえたからと虎を恨みはしない。彼らは本能に従っている

だけだ。植物や動物はただ生きる。人間は相手を裁く必要がある。なぜなら、自分が正しいと思っていい気分になりたいからだ。だから我々は物語を作るのだ。英雄や悪者、被害者や殉教者に溢れた物語を」

「私たちの先祖ディリーパは、ライオンから牛を救うため自らを犠牲になさいました。ディリーパは英雄でしょう？」ラクシュマナは指摘した。

ラーマは明瞭に答えた。「雌牛は人間に乳を与えてくれるのだ、ラクシュマナ。我々は牛を守らねばならない。ディリーパが人間にとっての英雄であるのは、人類の食べ物を守ったからだ。飢えたライオンにとって、あるいはライオンが牛の代わりに食べるであろう鹿にとって、彼は英雄ではない」

こうした会話は、シーターに、子どもの頃耳にした賢者たちの会話を思い出させた。今、焚き火を囲むのは自分たち三人だけのこともある。だが賢者たちが加わり、物語を話してくれることもある。英雄や悪者や被害者や殉教者に溢れた物語だ。シーターはそういう話を楽しみながらも、それぞれの物語に、ある者を英雄として別の者を被害者とする物差しが含まれていることを悟った。すべての物差しは、人間がいい気分になるために人間が生んだ幻だ。自然には被害者も悪者もいない。いるのは捕食動物と餌食、食べ物を探すものと食べ物になるものだけなのだ。

アヨーディヤーの宮殿で、カウサリヤーはハッと目覚めた。「そろそろラーマが戻る頃ではないの?」

「いいえ、あと一年です」スミトラーは答えた。

ウールミラーはマーンダヴィーとシュルタキールティに見守られて、まだ眠っている。宮殿に男性は一人もいない。バラタは都の門の外にある村に留まっている。女の子たちは今や成人女性だ。男の子たちは今や成人男性だ。本来なら、彼らはすでに母親と父親になっているはずだった。宮殿は王家の孫たちでにぎやかなはずだった。けれど、今宮殿に漂うのは静寂のみ。誰も話さず、誰も歌わず、誰もけんかをしない。静寂を最もつらく感じているのはカイケーイーだった。彼女はシーターとラーマが戻る日を待ち望んでいる。そうしたら、話すべきことがたくさんあるだろう。

Column

❖多くの物語で、ラーマとラクシュマナとシーターはアヨーディヤーを去ったとき一〇代だったとされている。彼らは森の中で文字通り成長する。この年月は、精神が子ども時代の確信に疑問を投げかけ、社会構造の人為的な本質に気づけるようになる、成長期である。森では、王族だからといって、動物や植物が彼らへの態度を変えることはない。彼らは捕食動物もしくは餌食とみなされる。こうして、物語は、グラーマまたはクシェートラと、ヴァナまたはアーラニヤ（森）を明確に区別する。
❖ミーマーンサーとは内省に至る探求を意味する。これは儀式によっても会話によっても行うことができる。前者の方法はプールヴァ・ミーマーンサー、後者はウッタラ・ミーマーンサーと呼ばれる。ウッタラ・ミーマーンサーはヴェーダーンタという呼び方のほうがよく知られている。森での追放生活は、王家の三人がミーマーンサーを行うための時間だった。それによって彼らは賢者となるのである。

ラクシュマナの貞節

雨季の間、シーターは洞窟に留まるほうを好んだ。彼らはいつも、三つの部分に分かれている洞窟を選んだ。中央はシーター、その両側がラーマとラクシュマナ。夏には池のそばで寝た。中央の池はシーター、その左右の池がラーマとラクシュマナ。時々は草や木の葉、藁や小枝で小屋を建てたが、そこで寝るのはシーターだけだった。兄弟は屋外で暮らし、木陰で眠り、午後の木漏れ日を楽しむことに慣れていった。

ある日、ラーマが狩りに出ているとき、シーターはラクシュマナに見張りを任せて昼寝をすることにした。鹿の皮を広げ、木陰で横たわった。風は穏やかで優しく、彼女はすぐ眠りに落ちた。その後、

シーターがまだ深く眠っているとき、風が激しくなって、彼女の服をそこら中に飛ばした。シーターは自分の体がむき出しになっていることに気づきもせず、ぐっすり眠っていた。

ラーマが戻ると、シーターは体を覆わないまま何も知らない様子で横になっていた。ラーマは言った。「おお、木の下でこれほど無頓着に休んでいる人の美しさに、誰が抵抗できるだろう？」

ラーマがシーターのことを言っていると悟ったラクシュマナは答えた。「ダシャラタとスミトラーの息子、ラーマの弟、ウールミラーの夫なら、木の下で無頓着に休んでいるとラーマの言う美しい人に、間違いなく抵抗できます」

ラーマはにっこり笑った。弟の高潔さには疑問の余地もない。

しかしインドラは、それほど感銘を受けなかった。彼はラクシュマナを試すため、インドラカーミニーというアプサラスを送り込んでラクシュマナを誘惑させようとした。ラクシュマナはインドラカーミニーを追い払ったが、彼女はラクシュマナに悪戯を仕掛けることにした。彼女が何本かの髪の毛を落とすと、それはラクシュマナの樹皮の服に貼りついた。

「それは何？」その夜、焚き火を囲んでいるとき、シーターは髪の毛を見て尋ねた。「女の人の髪の毛ね。それも上流の女の人だわ。香油のにおいがするもの。あなたは奥さんを見つけたようね。ウールミラーがいないことに耐えられなかったんでしょう」

この軽い発言は、重く受け止められた。不貞な夫だとほのめかされて憤るあまり、ラクシュマナは三人が囲んでいた焚き火に飛び込んだ。ラーマは唖然とし、シーターは悲鳴をあげた。「見てください、炎は私を燃やしていません。私が妻に誠実であることを示すのに、これ以上の証拠が必要でしょうか？」ラクシュマナは言った。

その夜は、誰も何も言わなかった。ラグ族の男の誠実さを軽視することは軽く受け止められないことを、シーターは知った。

Column

❖マハーラーシュトラ州のナーシクやタミル・ナードゥ州のラーメーシュワラムといった多くの巡礼地や、ビハール州のハザーリバグやオリッサ州のシミリパールなどの森林保護区には、ラーマ、ラクシュマナ、シーターを祀る池があり、それぞれラーマ・クンド、ラクシュマナ・クンド、シーター・クンドと名付けられている。彼らが同じ池で沐浴しなかったことは、隠者の生活を送るという彼らの誓いを裏付けている。

❖シーターの服が散らばったというエピソードやラーマとラクシュマナが交わした会話については、エークナートが書いたマラーティー語の『ラーマーヤナ』である『バヴァールト・ラーマーヤナ』（『情緒的ラーマーヤナ』）で述べられている。

❖ラクシュマナが火の試練を受けるというエピソードは、バイガ語*の『ラーマーヤナ』に登場する。それによると、インドラカーミニーというアプサラスはラクシュマナの美しさに惹かれ、拒絶されると彼の中傷を試みたという。この珍しいエピソードは、民話において男性の貞節に価値が置かれていることを示している。バイガ族はインド中央部に住む種族である。

❖インド中央部の種族には、ラーマもラクシュマナもシーターも現地の男女の魅力には無関心だったと述べる話がほかにも存在する。これは、彼らが平凡な人間ではないことを示唆している。三人にとっては、快楽よりも節操のほうが大切だったのだ。

❖一般的には、男性にはあらゆる自由が許されているとする父権主義の概念が存在する。ただし、禁欲していると言いながら自らの官能を制御できなかった男性は尊敬されない。アプサラスの魅力に屈することは失敗とみなされる。だが、社会秩序をおびやかす不貞な女性とは違って、禁欲を保てない聖職者が社会秩序をおびやかすことはない。聖職者は社会の一員ではないからだ。聖職者自身の目には失敗と映るが、それ以外ではせいぜい、聖職者が属する宗派の中で失敗と見られる程度である。

＊ヒンディー語の一方言とされるが、バイガ語として独自の言語とみる説もある。

ヴェーダヴァティー

　ある日、放浪の三人はヴェーダヴァティーと名乗る女に出会った。彼女はヴィシュヌの妻になりたかったため、彼女を妻にしたいと両親に申し込んできた求婚者をことごとく退けていた。求婚者の一人が彼女の両親を殺したので、ヴェーダヴァティーは森へ行って、ヴィシュヌに会うまで隠者として暮らすことにした。どこへ行っても多くの男たちに求められて困ったけれど、それでもヴィシュヌとしか結婚しないと心に決めていた。ラーマに会ったとき、ヴェーダヴァティーは言った。「あなたは地上に降臨したヴィシュヌです。結婚してください。長年の間、あなたを待っていたのです」

　ラーマは言った。「私にはシーターがいる。誰も彼女に取って代わることはない」

「では、私をシーターの召使いにしてください」ヴェーダヴァティーは言った。

「だめだ。そなたは私に期待を持ち続けるだろう。だが、私がその期待を叶えることは絶対にない。もう少し待つのだ。いつの日かヴィシュヌは別の姿で戻ってくる。そのとき、そなたを妻にしよう」

その後、ラーヴァナもヴェーダヴァティーに言い寄ろうとした。待つのに疲れ、苦しめられるのに飽き飽きしたヴェーダヴァティーは、ヴィシュヌの妻となる者に生まれ変わることを願って火の中に身を投じた。

Column

❖『スカンダ・プラーナ』は、ヴェーダヴァティーはパドマーヴァティー*に生まれ変わり、ヴェンカテーシュヴァラ・バーラージーという神としてティルマライに降臨したヴィシュヌと結婚すると述べている。

❖ジャンムー州では、ヴェーダヴァティーは、自分を無理やり妻にしようとしたバイラヴァ**の首をはねたヴァイシュナヴ・デーヴィーという女と同一視されている。切断されたバイラヴァの首は謝罪し、転生のサイクルから解放されるための儀式に女性が必要だったのだと告白する。「では私を崇めてください。そうしたらあなたを解放してあげましょう」彼女はそう言って女神に変身した。女神を祀る聖堂で生贄を捧げるのは一般的だが、ヴァイシュナヴ・デーヴィーが独特なのは、彼女は菜食主義者で、そのためヴィシュヌ信仰と深く結び付いている点である。

❖後世の『ラーマーヤナ』には、ヴェーダヴァティーは自分に言い寄ろうとしたラーヴァナを死に至らしめると誓う伝承がある。火の神は彼女の体を焼かず、かくまって、シーターが拉致さ

* ヴィシュヌ神妃シュリー・ラクシュミーの別称。
** シヴァ神の畏怖相。シヴァの恐るべき側面が特化して現れたもの。

れる前にシーターの身代わりにする。ラーヴァナがランカーへ連れていったのは、この偽者のシーターだった。本物のシーターは、シーター（実はヴェーダヴァティー）が火をくぐる儀式を終えたあと、ラーマのもとに帰る。

❖ヴェーダヴァティーの物語は、シュールパナカーとの対比で考える必要がある。どちらもラーマとの結婚を望んだ。だがヴェーダヴァティーは、一人の妻に忠実でありたいというラーマの願いを尊重する。シュールパナカーはラーマの願いなど意に介さない。大事なのは彼女自身の願いだけなのだ。

娯楽のための武器と生き延びるための武器

ラーマとラクシュマナは狩りを楽しんだ。一人が獲物を追っている間、もう一人は食べ物を探して森を歩き回るシーターを見守った。彼らが主に狩るのは虎と鹿で、毛皮や角を戦利品として集めた。毛皮の一部は自分たちのために使い、座るための敷物や体を覆う肩掛けにした。だがほとんどは、出会った賢者たちに贈った。角は武器、たいていは矢じりを作るのに利用した。肉は鷹が食べられるよう地面に残した。ラーマは、戦士たちが喜んで食べる肉を避けた。苦行者に肉はふさわしくないと思ったからだ。だからラクシュマナも肉は食べなかった。

「どうしても、気の毒なけだものたちを狩らねばならないのですか？」あるとき、シーターは尋ねた。

「動物たちが牧草や獲物に向かったり捕食動物から逃げたりするために森の中を駆けるのを、見て楽しむだけではだめなのでしょうか？」

「我々は王、戦士、そして狩人だ。狩りは我らの務めだ」ラーマは答えた。「こうして、腕が鈍らないようにしている。忘れるな、シーターよ、ここはジャングルであって庭園ではない。あらゆる場所に危険が潜んでいる。炉の火、小屋の周りの塀、矢筒の矢が、我々を守ってくれるのだ」

ある日、花を集めてラーマのために花輪を編んでいるとき、シーターは後ろから一人のラークシャサに抱き締められた。ラクシュマナが弓を持ち上げて止める前に、ラークシャサはシーターを肩に担いで逃げていった。ラクシュマナはラークシャサを追いながら、ラーマに呼びかけた。ラーマはラークシャサの行く手を遮り、下劣な敵に矢を放った。その矢はラークシャサの両足を切断した。ラークシャサは倒れたものの、シーターを放そうとはしなかった。するとラーマの矢は、今度は両腕を切断した。これでシーターは逃げられる。四肢から血が噴き出したが、ラークシャサは死ぬことを拒んだ。

「私はヴィラーダという者です」ラークシャサは言った。「あなたの武器で私を殺すことはできません。地中深くに私を埋めてください。どんなけだものも掘り返せないほど深く。私が安らかに死ねるように。無力な私を地上に放置してハイエナや鷹に引き裂かせることは、しないでください」

それでラクシュマナは穴を掘り、ラーマは厚かましくもシーターに触れたラークシャサを穴に押し込んだ。二人が泥で穴を埋めると、その塚から美しい人間が現れた。「私はトゥンブル、狩人によって野獣のように狩られるまでラークシャサのままでいる、という呪いをかけられた者です。私を解放してくださってありがとうございました」

「わかっただろう、シーター」ラーマは言った。「武器や狩りの腕前が役に立つこともあるのだよ」

また別の日、ラクシュマナは野生の猪を追って鬱蒼とした竹林に入り、標的を狙って剣を振った。剣は猪を殺し損ない、代わりにそこで瞑想していた苦行者の首を切り落とした。ラクシュマナは狩りに夢中になるあまり、静かにじっとしている賢者を見落としていたのだ。罪のない者に死をもたらしたことで、ラクシュマナは悲嘆に暮れた。シーターの言うことを聞いて、狩りにこれほど夢中にならなければよかった、と悔やんだ。

ところが彼らの前にインドラが現れて、ラクシュマナを褒め称えた。「この苦行者はラークシャサだった。ラーヴァナの甥である。この者の修行がうまくいったなら、私を倒せるほどの力を得ていただろう。私は、お前がこの者に向かって矢を放つようにと、猪を送り込んだ。お前は自分が悪いことをしたと考えているが、私からすれば、お前は良いことをしたのだぞ」

その夜、シーターとダシャラタの息子たちはカルマについて話し合った。ラクシュマナは言った。「人生のすべての出来事は過去の行動に対する反応です。今日私は、うっかり人を殺しました。それは悪いことだと思いました。インドラは良いことだと言いました。このことは、未来にどんな影響を与えるのですか？　それがもたらすのは、幸運でしょうか、それとも不運でしょうか？」

ラーマは言った。「出来事は出来事に過ぎない。それに良いとか悪いとかの価値を付加するのは人間だ」

シーターは黙っていられなかった。「森で過ごす日々を、きっとあなたたちは悪いと考えているでしょう。でも私は、良いと考えています。森には大いなる自由があります。私たちを故郷に縛りつける規則や儀式や祭礼はありません」

ラーマは言った。「すべてのことは、あとになってから初めて、良かったか悪かったかがわかるのだろう」

❖ラーマ、シーター、ラクシュマナは、森で過ごす間肉を食べたのか？　この疑問は解決せずにおくのが最善だろう。古代には肉の摂取が許されていたとほのめかされただけで、激しく反応する人も多いからだ。ラーマとラクシュマナが狩りをして動物の毛皮をまとっている細密画は多く見られる。少数ながら、彼らが肉を焼いている場面を描いたものもある。これについては、戦士階級であるクシャトリヤは肉の摂取が許されていた、との説明で正当化されている。サンスクリット語で〝肉〟を食べるとは〝果肉〟を食べるという意味だ、と解釈される場合も多い。菜食主義はまず仏教とジャイナ教で、その後ヴィシュヌ派にも広がった。合理的な議論はさておき、今でもインドでは、菜食主義の食べ物を摂取するのはしきたりに即して清浄さを保っていることの表れである。カーストの階層構造において、これを守る者がより高い位置に置かれることになる。

❖シーターが娯楽としての狩りを不愉快に感じるとのエピソードは、ヴァールミーキの『ラーマーヤナ』に登場する。

❖ヴィラーダが死後地中に埋めてほしいと望んだことには重要な意味がある。これは火葬というヴェーダ期の一般的な慣習に反しているからだ。伝統的なヒンドゥー教社会において、土葬は生と死のサイクルから解放された賢者にのみ許されている。

❖ヴィラーダがラークシャサになる前はガンダルヴァであり、死後再びガンダルヴァに戻ることは、カルマの道具としての呪いの役割を浮き彫りにしている。

❖悪魔が偶然ラクシュマナによって殺されるという話は、『ラーマーヤナ』を下敷きにしたオリヤー語、テルグ語、タミル語、マラヤーラム語の民間伝承から来ている。

シュールパナカーの夫と息子

ラクシュマナが殺したラークシャサはシャンブクマーラといい、ランカーの王ラーヴァナの妹シュールパナカーの息子だった。

ラーヴァナの妻マンドーダリーは、かつてシュールパナカーに肉を供するのを拒んだことがあり、そのため家庭内で大げんかが起きた。女たちのそれぞれの夫は妻をなだめようとしたが、ついにはシュールパナカーに煽られた夫のヴィドゥユッジフヴァが巨大な舌を伸ばしてラーヴァナを呑み込んでしまった。これは一瞬の激情の中で行われたことだったが、皆はすぐさま、家庭内の争いが招いた恐ろしい結果を悟った。ラーヴァナは食べられてしまい、彼を救うには呑み込んだ男の腹を裂くしかない。そうしたらラーヴァナは生き返るが、ヴィドゥユッジフヴァは死ぬことになる。

「やれ」ラーヴァナは腹の中から妹に言った。「そうしたら、お前の息子を私の跡継ぎにして、お前には誰でも好きな男を夫にしてやる」それでシュールパナカーはカギ爪のような爪で夫の腹を裂き、

兄を解放した。彼女は未亡人になったが、森から誰でも好きな男を夫として選べる自由を得た。そして、ラーヴァナが約束を守って彼女の息子を跡継ぎだと宣言するのを待った。ところがラーヴァナは約束を守らなかった。成長したシュールパナカーの息子は苛立ち、苦行を実践して、ラーヴァナを殺せる武器を手に入れることにした。ラクシュマナはその苦行の最中にシャンブクマーラを殺したので、意図せずしてラーヴァナの命を救ったことになった。

夫に続いて息子をも失ったシュールパナカーは激怒した。夫が死ぬ原因を作った者を罰することはできない。それは自分の兄だからだ。だから彼女は、息子を殺した狩人を罰しようと決意した。

それでラクシュマナの足跡を追って、パンチャヴァティーの近くのゴーダーヴァリー川のほとりまで来た。そこにはラーマとラクシュマナが座っていた。二人は美しかった。復讐の思いは彼女の頭からすっかり消え失せ、代わって欲望が芽生えた。

Column

❖ヴァールミーキの『ラーマーヤナ』は〝雷の舌〟を意味するヴィドゥユッジフヴァ*という名のラークシャサの妖術師に言及しているが、シュールパナカーの夫や息子にはまったく触れていない。

❖シュールパナカーとは、箕《み》［穀物をふるう農具］のように長い爪を持つ者、という意味である。

* ヴィドゥユットで「雷光」、ジフヴァで「舌」の意。

❖シュールパナカーの夫と息子の物語はタミル語の民間伝承に由来する。ほとんどの話で、ラーヴァナは世界征服の途中で誤ってヴィドゥユッジフヴァを殺したとされている。タイ版では、ラーヴァナはシュールパナカーの夫の長い舌を要塞の塔か城の壁だと勘違いして、それを射貫いたことになっている。このように家族のエピソードを加えることにより、物語は躍動し、生き生きしたものになるのである。

❖南部に口承で伝わってしばしば影絵芝居で演じられる多くの『ラーマーヤナ』の中で、シュールパナカーの息子はシャンブクマール、ダーラースィンハ、ジャウスラ、ジャンブクマール、シャンブクマーラなど種々の名前で登場する。

❖一部の伝承では、ラクシュマナは空中に浮かぶ剣を見つけたとされる。それが現れたのは、笹の茂みの後ろで瞑想するシュールパナカーの息子をラクシュマナが殺せるようにするためだ。ラクシュマナはそれを知らないまま剣を取って振り、偶然この悪魔の苦行者を殺すことになって、インドラを大いに喜ばせた。

❖カンバンがタミル語で書いた『ラーマーヤナ』は、ラークシャサを感情の起伏が激しい種族として描いている。ここで紹介した話はその流れを汲んでいる。ここでのシュールパナカーは、ヴァールミーキの詩に登場するような欲情に駆られた女ではなく、夫と息子を失ってハンサムな男に快楽を求めたあげくひどく落胆させられた孤独な女なのだ。

❖この話はまた、人々の人生が偶然もつれ合うことに焦点を当てている。ラクシュマナがうっかり悪魔の苦行者を殺さなかったとしたら、彼はシュールパナカーの、ひいてはラーヴァナの注意を引いただろうか？

❖カンバンの『ラーマーヤナ』では、シュールパナカーはラーヴァナのせいで夫が死んだことに復讐するため、ラーマとラーヴァナを争わせたことになっている。

傷つけられたシュールパナカー

そう、彼らは賢者のように見えた。髪や髭はもつれている。体は灰だらけ。そして樹皮や動物の毛皮の服を着ている。北部から来た人間たちのような武器を携行している。それでも、彼らは美しかった。長身でしなやかな体は、日の光を浴びてブロンズのごとく輝いた。汗のにおいすら魅力的だ。シュールパナカーは目もくらむばかりの欲望に襲われた。

彼女はまず、より背が高くてたくましいラーマに近づいた。「ねえ、私の愛人になって、欲望を満足させてちょうだい」

ラーマは恥ずかしげもなく欲望をあからさまに見せられたことを面白がった。「私は結婚している」

「それがどうしたの？」

「私にはすでに女性が一人おり、別の女性に目を向けるつもりはないということだ。森で一人寂しくしている弟に声をかけてみたらどうかな」

シュールパナカーが歩み寄ってくると、ラクシュマナは言った。「断る、あっちへ行け。私には興味がない。私が仕えるのは兄一人だけだ」

シュールパナカーには理解できなかった。彼らはなぜ自分を退けるのか？　魅力がないのか？　彼らは寂しくないのか？　そのときラーマの隣に座るシーターの姿が見えたので、おそらくあの女がそばにいるため彼らは他の女に満足を求めないのだ、とシュールパナカーは推測した。あいつはライバルだ。排除せねばならない。それでシュールパナカーは、石で殴って頭を打ち割ってやろうと、盛りのついたけだもののごとくシーター目がけて突進した。「女を止めろ」ラーマは叫び、シーターを自分の後ろまで引き寄せた。

ラクシュマナはシュールパナカーの髪をつかんで引っ張った。

シュールパナカーは抵抗し、ラクシュマナを突き飛ばした。彼女は力が強く、何としても自分の思いを通したかったのだ。

「殺さないで」シーターは叫んだ。以前、ラーマとラクシュマナが無慈悲にヴィラーダを殺すのを見ていたからだ。

「では罰を与えよう」ラクシュマナは答えた。「絶対に忘れない教訓を授けてやりましょう」彼は短剣をつかみ、素早い一振りでシュールパナカーの鼻を切り落とした。

シュールパナカーはショックを受け、大きな悲鳴をあげた。どういうことだ？　これほど美しい男に、これほど残酷なことができるのか？　彼女は泣きながら逃げた。悲しみに満ちた泣き声が

あたりに響き渡る。兄弟のカラとドゥーシャナを捜して走り回った。彼らなら、この見かけによらず残酷なやつらを懲らしめてくれるはずだ。

シーターは身を震わせた。「怖がるな、シーター。我々がそなたを守る」ラーマは言った。

するとシーターは言った。「私たち皆のことを心配しているのです。あの女は動物ではありません。人間です。そしてあの人から見れば、あなたは悪者であり、私は被害者ではありません。この行為は、あまり嬉しくない結果をもたらすでしょう」

Column

❖ヴァールミーキの『ラーマーヤナ』に登場するシュールパナカーは、不潔で醜く、悪魔のように恐ろしい。カンバンによる『ラーマーヤナ』でのシュールパナカーは、愛する人を失って悲しむ美女である。彼女の外見については伝承によって異なる。ガンジス川流域の平野部で演じられる『ラーマ・リーラー』の劇では、性的欲望を下品に露わにする女として滑稽に描かれる。この物語は、自然な欲望と社会的価値観との葛藤を明確に表現している。性的に興奮した女性をどう見ればいいのかを私たちに考えさせる。嫌悪するのか、同情するのか、それとも面白がるのか。女性たちは彼女をどう見るのか――同情的に、それともうさんくさく？　男たちは彼女をどう見るのか――怒って、それとも恥ずかしがって？　『ラーマーヤナ』は繰り返し、こういう強い感情や思考を喚起し、それによってこの物語を聞く者から人間性を引き出そうとしている。

❖シュールパナカーの鼻の切断を命じたのはラーマだとする話もあれば、それはラクシュマナ自身の決断だとする話もある。語り部はこの行為が倫理的であるとの確信が持てないため、それをラーマのせいにすることに居心地の悪さを覚えるのだ。

❖この話については、シュールパナカーの鼻が切り落とされたとされる伝承が最も一般的である。だが、鼻の切断に続いて耳もそぎ落とされたとする話も多い。カンバンによるタミル語の『ラーマーヤナ』に見られる最も残酷な伝承では、乳房まで切断されたことになっている。インド南部の民間伝承において、乳房は女性の力の源とされる部位である。

❖タミル語で口伝されている『ラーマーヤナ』では、シュールパナカーの体の部位がこのように切断されるたびにラーヴァナの頭も落ちたとされる。彼はシュールパナカーの痛みを感じ、何があったのかと訝しがる。兄と妹の関係はこのように強調されている。

❖西洋の精神構造に根差した近代的な枠組みが基礎としているのは、厳格な類型化、固定化した力のバランス、善悪の裁定、そして最も重要なのは、物語と聞き手の分離である。そのため、西洋の学問的な枠組みを用いて『ラーマーヤナ』を研究する学者は、この物語を、ある種の感情や民族や階層や性の抑圧という観点でのみとらえる傾向がある。彼らはダルマを、キリスト教の聖書での戒律と同等のものと考える。これは〝彼ら〟対〝我々〟の物語となる。だが、こういった明確な線引きは、〝彼ら〟が〝我々〟になることを許す伝統的な物語とは相容れない。聞き手は、ラーマとシュールパナカーの両者を、認めると同時に拒絶もする。人は常に、ラーマの行動の残酷さとラーマの神性に折り合いをつけることを求められる。神は公正なのか？神は公正でなければならないのか？　人間は公正でいられるのか？　何が公正かは誰が決めるのか？　シーターかシュールパナカーか、ラーマかラクシュマナか？　こうして思考は刺激され、観念は揺り動かされる。

❖鼻が切り落とされる前、シュールパナカーは悪者だった。切断のあと、彼女は被害者になる。罰の残酷さと罪の重さは釣り合いが取れているのか、という疑問が生じる。欲望を表すことは罪なのか？　それとも、罪なのは結婚の規則を軽視することか？

❖ヴィラーダはシーターに触れたために殺される。シュールパナカーはシーターを襲おうとしたことで鼻を切断される。『ラーマーヤナ』の物語を聞いた人間のほとんどはヴィラーダが殺されたことを忘れるが、誰もがシュールパナカーの鼻が切断されたことを覚えている。

カラとドゥーシャナの軍団

翌日、暁の光が空を染めたとき、カラとドゥーシャナに率いられたラークシャサたちの、復讐を求める叫び声が轟いた。ラーマとラクシュマナは弓と矢で武装して、小屋を囲んだ。

午前中、恐ろしい戦いが続いた。ラークシャサは斧や槍や棍棒を持ち、叫びながら、狂った蜂の群れのごとく次から次へとやって来た。

ラーマとラクシュマナは彼らに矢の雨を降らせた。風と水の力を呼び出して、ラークシャサたちを滑って転ばせ、岩や木に衝突させて首の骨を折らせた。象の力と豹の速さを持つ矢を放って、ラー

クシャサたちをばらばらに引き裂いた。太陽が空高くに昇った頃には、カラもドゥーシャナも彼らが率いる軍団も皆死んでいた。森のシーターの小屋の周りには、何十もの死体が散乱していた。

空から鷹が、森から虎が、あたり一面の死体を食べに来た。ラーマはラクシュマナに命じてそれらを追い払わせ、戦死したラークシャサの火葬の準備をした。「兄上はこいつらに尊厳を認めすぎています」ラクシュマナは火葬用の薪に火をつけながら言った。

「こうすることで、我々は自分がまだ人間なのを忘れずにいられるのだ」ラーマは言った。「森やその恐怖に捕らえられてはならない。ダルマの概念に忠実でいよう。最悪の環境にいても、たとえ誰にも見られていなくとも、自分がなれる最善の人間でいよう」

炎が上がると、ラクシュマナは安堵のため息をついた。「ああ、これで終わった」彼の体は血や汗に覆われ、目は勝利の興奮で輝いている。

「いや、終わってはいない」シュールパナカーが遠くの丘の上から炎を見つめているのに気づいていたラーマは言った。「力の行使は失敗した。今度は、やつらは悪知恵を使うだろう。狩りに出た飢えた動物と同じく、やつらは獲物を仕留めるまで諦めない。さあ、ここから移動しよう」

Column

❖タータカーはマーリーチャとスバーフという二人の男と結び付いていた。同様に、シュールパナカーはカラとドゥーシャナという二人の男と結び付いていた。彼らは兄弟とされることもあれば、息子とされることもある。こうした鏡のような関係は単なる偶然なのか、それとも意味があるのかと考えさせられる。女神を祀る寺院の多くは、彼女が二人の男の戦士に挟まれている像を飾っている。彼らは護衛とも兄弟とも息子とも言われる。『ラーマーヤナ』に登場するこうしたラークシャサの女首領は、野性的で荒々しく、楽しみのために鉤釣り［人を鉤で吊り下げる儀式］や火渡りを命じ、捧げものとして肉やアルコールやレモンを好む、森の女神を体現しているのか？ ヴェーダ期の賢者は、南部のジャングルに入ったときにそんな森の女神に遭遇したのか？ 答えは想像するしかない。

❖カラとドゥーシャナは、単なる獰猛なラークシャサではない。復讐と正義を求めて犠牲になった被害者だ。そのとき、正義の施行者たる神は、被害者であると同時に加害者でもある。こうして、神という概念に関してさらなる探求が誘発されるのである。

❖ナーガチャンドラがカンナダ語で書いたジャイナ教版『ラーマチャンドラ・チャリトラ・プラーナ』によると、ラーヴァナはライオンのように吼えろとアヴァローキニヴィディヤに頼む。カラとドゥーシャナとの戦いに没頭していたラクシュマナに、その声は聞こえない。ラーマはそれを聞いてラクシュマナの命が危ないと思い、シーターを一人で置いていく。シーターの保護がおろそかにされた隙を利用して、ラーヴァナは空飛ぶ戦車でやって来て、彼女をさらう。

黄金の鹿による詐術

三人は野営地を、ゴーダーヴァリー川の下流に移した。そこは岩に囲まれており、ラーマとラクシュマナは遠くからでも侵入者を見つけることができる。森からは少し離れていた。シーターのために小屋が建てられた。兄弟は昼も夜も岩の上に座って見張りをした。

数日が数週間になり、数週間が数カ月になった。ヴィラーダもシュールパナカーも、今は遠い記憶だ。花や果物が育つ森は、再び美しく思えるようになった。川たちも山たちも物語を話してくれる。また退屈に襲われ、三人はどうやって日々を過ごそうかと考えた。食べ物は十分あるので、探しに行く必要はない。それに、狩りはシーターを悲しませる。このあたりに語り合える隠者はおらず、夜空の星にも見飽きてしまった。

「動物は退屈するのでしょうか?」ラクシュマナは尋ねた。

「木々は退屈するのだろうか?」ラーマは考えた。

「時間を潰すためのボードゲームを作りましょう。そうしたら退屈のことを考えずにすむわ」そう言ったちょうどそのとき、シーターは黄金のように輝く鹿を見た。頭が二つあり、長い角がついている。鹿が跳ね回ると、蹄はシーターの大好きな草むらを荒らし、角はシーターが特別気に入っている花のついた蔓をちぎった。

「そなたのために鹿を捕まえてやろう、シーター。生きたままなら、立派なペットになるだろう。死んだなら、毛皮でそなたが使えるきれいな敷物を作れる」ラーマは言った。シーターはラーマを止めなかった。その鹿に魅了されてしまい、欲しくなったのだ。そしてラーマはシーターの目を見て、その気持ちを察していた。長年の追放生活で、シーターが何かを欲しがったのは初めてだった。「そなたのために捕まえるぞ」それまで一度たりとも不満の色を見せなかった王女を喜ばせたくて、ラーマは約束した。

「この雄鹿は群れを率いているかもしれませんね」何百頭もの黄金の鹿が見られるかもしれないという期待で、シーターは目を輝かせた。

だがラクシュマナは警告した。「黄金の鹿など存在しません。不自然です」

「単に、未発見だった珍しい種類なのでしょう」シーターは、この生きものが実在していて、捕らえて飼い慣らせば自分のものにできると信じたかった。

ちょっとした望みを叶えることで、普段は崇高なシーターを微笑ませられるかもしれない。そう思ってラーマは嬉しくなり、森へと向かった。「私が鹿を追っている間、妻のそばにいてくれ、ラクシュマナ」そう命じると、黄金の鹿を追って走り出した。

ラーマが野営地を出たのは、太陽が昇ったばかりの頃だった。昼になると、シーターはそわそわし始めた。「普段はこんなに時間がかからないのに。どうしたのかしら?」

「それほど速く走って兄上をかわしているのだとしたら、あれは普通の鹿ではないのでしょう」ラクシュマナは言った。

やがて、午後も半ばになった頃、叫び声が聞こえた。「助けてくれ、ラクシュマナ。助けてくれ、シーター。死にそうだ」ラーマが出かけたあと何も食べず水も飲まずにいたシーターは動揺した。またしても声がした。

「あの人のところへ行ってちょうだい、ラクシュマナ。大変だわ」シーターは言った。

「だめです」ラクシュマナは言った。「義姉《あね》上のそばを離れはしません」

「でも、ラーマは助けを求めているのよ」

「私は兄上に従って、義姉上のそばにいます」

「何を考えているの？　ラーマに死んでほしいの？」

そう言われて、ラクシュマナはたじろいだ。「何かがおかしい。これは罠です。森には、人の声をまねることのできるラークシャサがうようよいます。兄上が困った事態に陥っているとは思いません。きっと風の音です。空腹と渇きのせいで心が曇り、幻聴が聞こえたのでしょう」

シーターは激怒した。「あなたは、どうしてもラーマのところに行きたくないみたいね。ラーマに死んでほしいんじゃない？　そうでしょう？　ジャングルでは、一番強い雄が死んだら、次に強い雄がその相手の雌を手に入れられる。それがあなたの望みなの？」

ラクシュマナは自分の耳が信じられなかった。気高き義理の姉は、狼狽のあまり、下品なことを言ってまでもラクシュマナを従わせようとしている。彼女はそれほど怖がっているのか？　ラーマを信頼していないのか？　事態をこれ以上悪化させたくないので、ラクシュマナはラーマを捜しに行くことにした。

　だが出発する前に、彼はシーターの小屋の周りに線を引いた。「これはラクシュマナの線、ラクシュマナ・レーカーです。私はこの線に、ヴァシシュタとヴィシュヴァーミトラから学んだ讃歌の力を吹き込みます。この線を越えようとする者は必ず即座に炎に包まれます。この線の内側にいてください。中はアヨーディヤーで、義姉上はラーマの妻でいられます。外はジャングルで、義姉上は無防備になるのです」

Column

❖黄金の鹿は幸せの終わりを表している。次にラーマとシーターが会うのは戦いのあとであり、そのとき貞節や社会的な品行の問題が二人の関係に緊張を生む。

❖双頭の鹿は、オリッサ州の細密な布絵によく描かれている。また、グジャラート州に住むビール族の『ラーマーヤナ』にも双頭の鹿が登場する。

❖シーターが鹿を捕らえたり狩ったりするのをラーマに求めたというのは、多くの語り部にとって受け入れがたいことだった。そのためビール族の『ラーマーヤナ』（『ラーマ・シーター・ニー・ヴァルタ』）では、双頭の黄金の鹿はシーターの菜園を踏み荒らして彼女を困らせ、怒ったラーマが鹿を追って捕らえようとした、とされている。

❖鹿の正体は変身能力を持つラークシャサのマーリーチャである。彼はラーマとラーヴァナとの戦いに巻き込まれた罪のない被害者だった。彼は、主人たちの戦いで犠牲になる身分の低い召使いを象徴している。

❖シーターは何とかして、従順なラクシュマナをラーマの命令にそむかせようとする。彼女は必死になるあまり、自分に対して下心を持っているとラクシュマナを非難する。シーターは貞節な女性の鑑という位置付けであるため、彼女がそのような考えを口に出したこと自体、多くの人は受け入れがたく感じている。

❖夫を失った未亡人が義理の弟の妻になるという慣習は、インドの多くの社会、特に北西部やガンジス川流域平野部で一般的に行われている。夫が生きているとき妻は世話役で義理の弟は世話をされる子ども、夫が死んでからは妻は依存者で義理の弟が扶養者となり、二人の関係は状況によって変化する。二人の間の性的緊張は、多くの民謡で示唆されている。この物語の後段で、ヴァーリの死後スグリーヴァはターラーを妻にし、ラーヴァナが殺されたあとヴィビーシャナはマンドーダリーを妻にして、この慣習が実行される。

❖ヴァールミーキの『ラーマーヤナ』は、ラクシュマナ・レーカーにはまったく触れていない。これが最初に登場するのは、ヴァールミーキの『ラーマーヤナ』が作られた一〇〇〇年以上後に書かれたテルグ語とベンガル語の『ラーマーヤナ』である。初期のサンスクリット劇の多くは、シーターの拉致の場面でこの線に言及していなかった。

❖ブッダ・レッディが書いたテルグ語版『ランガナータ・ラーマーヤナ』では、ラクシュマナはシーターの小屋の前の地面に一本でなく七本の線を引く。これらの線は、ラーヴァナが越えようとするたびに火を吐く。

隠者に食べ物を恵む

　ラクシュマナが出発して間もなく、灰を体に塗りつけた聖仙が手に鉢を持ってシーターの小屋を訪れた。「あなたは、高名なラグ王家の不運な後裔ラーマ様の花嫁ですか？」

「そうです」シーターは答えた。

「もてなしの心で知られる、あの崇高なラグ王家ですね？」聖仙は確認した。

「はい」

「では、あなたなら私を助けてくださるに違いない。私は何日も食事をしておらず、この不毛な森では食べられる木の実も根も枝も見つからないのです。どうか、あなたの家の残りものを、一口でいいから分けてもらえませんか」

「どうぞお入りください」

「入れません」聖仙は言った。「あなたのおそばには、一人の男性の姿も見えません。きっと森か川へ行かれたのでしょう。あなたは家の中に一人でおられます。私が入るのは礼儀に反します。誰かがあなたを、レーヌカーやアヒリヤーと同じだと非難するかもしれません。あなたが出てきて食べ物を与えてくださるほうがいいでしょう」聖仙は黒羚羊の毛皮を地面に広げ、小屋から離れたところに座って、食べ物を受け取ろうとした。

小屋の中で果物や木の実を集めて外に出ようとしたとき、シーターは小屋の周りに引かれた線のことを思い出した。突然、彼女はジレンマに陥った。線の内側にいる限り、自分は安全だ。でも外に出れば無力になる。

けれど、もしも食べ物を与えられなかったら、ラグ王家の最年長の義理の娘たるシーターのせいで、聖仙は森の中で王家の悪口を吹聴して回るだろう。「彼らは自分を立派だと言いながら、飢えた賢者に食べ物を与えるために家を出ようともしない。あなたたちも、ラグ王家の者に会ったらシーターのことを思い出し、もてなしの心を期待しないようにしなさい」彼はそう言うだろう。どちらが重要だろう、シーターの身か、それともラグ王家の評判か。無力になる危険を冒しても、外へ出なければならない。

だからシーターは、聖仙に食べ物を与えるため、ラクシュマナが引いた線を越えた。

ラーヴァナは彼女を見てにんまり笑った。「線の内側にいたとき、お前は人妻だった。外では、お前は誰が奪ってもいい女だ」

シーターは悲鳴をあげた。ラーヴァナは腕をつかんで彼女を肩に担ぎ上げ、戦車を呼び寄せた。戦車には空を飛ぶ力があった！

Column

❖ヴァールミーキの『ラーマーヤナ』は、ラーヴァナが物理的にシーターをつかんだと明確に述べている。しかし一〇〇〇年以上後に書かれた多くの地方版では、ラーヴァナはシーターに手で触れていない。カンバンの『ラーマーヤナ』では、ラーヴァナはシーターの下の地面を持ち上げ、小屋ごとランカーに運んでいく。こうした伝承は、手で触れるのは汚染や穢れにつながるとの考えが中世のインド社会に広まっていたことを示している。

❖ラーヴァナがシーターに恋をしたという話は、特にインド南部の物語においては一般的である。ラーマは規則に従い節度を持ち教養のある誠実な恋人であるのに対して、ラーヴァナは拒絶に耐えられない奔放で激しやすい恋人なのだ。

❖シャクティバドラが九世紀に書いたサンスクリット劇『アーシュチャルヤ・チューラーマニ』では、ラーマとシーターは賢者から贈り物を与えられる。ラーマは指環、シーターはヘアピン。これは特別な装飾品だった。二人がこれをつけている限り、どんな悪魔も彼らに触れられず、二人は魔法で変装した悪魔の正体を暴くことができる。劇では、ラーヴァナは隠者の姿でなく、ラクシュマナを御者とする戦車に乗ったラーマの姿でシーターに近づき、アヨーディヤーが敵の軍隊に攻撃されているので急いで戻らねばならないと話す。ラーヴァナはヘアピンを恐れてシーターに触れないが、シーターはラーヴァナに触れ、ラーヴァナは正体を現すことを強いられる。同様に、シュールパナカーはシーターの姿でラーマに会う。彼女はラーマが特別な指環をはめている限り触れられないが、ラーマが彼女に触れたときシュールパナカーは変装を解いて悪魔の姿を露わにする。

❖ 戯曲作家のシャクティバドラは、ラーマの人生をもとにした劇をヴェーダーンタ哲学者シャンカラに捧げた、と言われている。シャンカラは沈黙の誓いを立てていたため、作品を読んでも無言を保った。これを不満の表れだと勘違いしたシャクティバドラは、失望のあまり作品を燃やした。シャンカラがついに沈黙の誓いを破って作品を称賛したとき、シャクティバドラは草稿を燃やしたと告白した。奇跡的にも、シャンカラの恩寵により、シャクティバドラは記憶をたどって劇をすべて暗唱することができた。

❖ ラーヴァナの戦車（元々はクベーラの戦車）は、プシュパカ・ヴィマーナと呼ばれる。ヴィマーナすなわち戦車が空を飛べたことから、古代のインド人は航空術を知っていたとの推測がなされる。実際、この古代の飛行機がどのような燃料を使っていたかに関して、長い論文がいくつも書かれている。これは、古代インドに優れて高度な技術が存在した証拠だと考えられている*。

❖ シンハラ語では、ラーヴァナの戦車はダンドゥ・モーナーラーと呼ばれる。空飛ぶ孔雀という意味である。スリランカでは、マヒヤンガナから約一〇キロのところにあるウェラガントタという場所がラーヴァナの空港とされている。

* 空飛ぶ乗り物は神話的表現と考えられ、世界の他地域の神話にも表われる。太陽を馬車に牽かせる「太陽馬車信仰」などが典型である。必ずしも古代の超技術を反映しているわけではない。

ジャターユスの翼

　この見知らぬ聖仙が誰なのか、シーターにはわからなかった。そもそもこの人は聖仙なのか？

「教えてやろう、かわいい人よ。私はラーヴァナ、ランカーの王、お前の夫が傷つけた女の兄、お前の夫が殺した者どもの首領だ。お前は、やつの罪に対する報いだ。やつが小屋に戻ったとき、お前はおらず、やつが追える足跡もない。やつは何年もの間、恋にやつれた愚か者のように森の中を捜すだろうが、お前は見つからない。やがてやつは、お前は野獣か鳥にさらわれたのだと思い、お前を失った悲しみに折り合いをつけ、別の女に慰めを見出すだろう。おそらくは我が妹に。妹は、あのような扱いを受けたくせに、今もまだあいつにのぼせているらしいからな」

　シーターは誘拐犯のほうを見まいとした。恐怖で泣いたり喚いたりするところを見せて、この男を喜ばせてなるものか。彼女は下を見た――一面に広がる木々を。本当に空を飛んでいるのだ。神々の住むアマラーヴァティーの都に連れていかれるのだろうか。

　ラーヴァナはシーターの心を読んで言った。「お前を地上で最も素晴らしい場所へ連れていってやろう。ランカー、黄金の都、人間の住むどんな地からも遠く離れた、海の真ん中にある都へ」

　シーターの心の中では、恐怖と悲しみがないまぜになっていた。自分のことはどうでもいいけれど、ラーマとラクシュマナのことが心配だった。彼女が消えたことで、二人は心を悩ませ、罪と恥の意識にまみれるだろう。何しろ彼らは戦士、誇り高き男たちであり、務めを果たせなかったと感じるに違いない。狩りから戻った二人に、誰が食べ物を出すのだろう、誰が渇きを癒す水を与えるのだろう、誰が休息するための草の寝床を用意するのだろう。シーターは、自らではなくダシャラタの息子たちがどんな状況に置かれるかを思って悲しくなった。自分は何とか耐えられる。でも二人は？

シーターがどこへ連れていかれたのか、ラーマにわかるだろうか。南へ向かっているのは間違いない。シーターは腕環と足環、ネックレスとイヤリングを外して、一つずつ下へと落としていった。ラーマがあとを追うための目印になればいいのだが。すべての飾りを外したけれど、ヘアピンだけは残した。母の言葉が思い出される。「あなたが既婚婦人で家の女主人である限り、髪は結い上げていなければいけませんよ。髪は、他人の目がないベッドで夫のためにほどくだけです。ベッドから出たら絶対にほどいてはなりません」

突然、一羽の鳥が戦車の前に現れた。よく小屋を見張ってくれている年老いた鷹、ジャターユスだ。ジャターユスは翼を広

げて空飛ぶ戦車の行く手を遮り、ラーヴァナに決闘を申し込んだ。ラーヴァナは三日月形の剣を抜いて戦いに備えた。ジャターユスは翼でラーヴァナを叩き、鋭い嘴で腕に噛み付き、尖ったカギ爪で肉を引き裂いた。だがラーヴァナは敏捷で、ジャターユスは年老いている。ラーヴァナが弧を描くように剣を振ってジャターユスの片方の翼を切り落とすと、ジャターユスは空から地上へと落ちていった。

Column

❖シーターが拉致されたのは、追放生活の最後の年だった。

❖シーターがさらわれた場所はマハーラーシュトラ州のナーシクの近く、ゴーダーヴァリー川の岸にあるパンチャヴァティーとされている。パンチャヴァティーのそばの町ナーシクの名前は、サンスクリット語とプラークリット語で鼻を意味する〝ナーシカー〟に由来し、シュールパナカーの切断された鼻との関連が窺える。

❖ここでのシーターは、無力な女ではなく注意深く機転の利く人間として描かれている。逃げられないと悟った彼女は、夫に自分の居場所を知らせる方法を考え出す。

❖チューダーマニつまりヘアピンは、女性が髪に飾って結い上げておくための宝飾品である。象徴的な意味では、ほどかれた髪は自由や野生を表す。結った髪は文化とともに束縛をも象徴する。『マハーバーラタ』では、ドラウパディーのほどけた髪は文明的な行動の終焉を示していた。

❖ジャターユスはラーマとシーターがパンチャヴァティーに来たとき親しくなり、小屋を見張ると約束していた。『ラーマーヤナ』に登場する動物たちの中で、友好的なのはジャターユスが初めてだった。一部の伝承では、彼が巡礼の旅に出て戻ってきたとき、ちょうどラーヴァナがシーターを拉致するところだったとされる。

❖ジャターユスは鷹だが、鷲とされることも多い。

❖多くの劇で、ジャターユスとラーヴァナは力が拮抗していると描かれる。ついに両者は、互いに自分の力を教え合うことにする。ジャターユスは、自分の力は翼に宿っていることを明かす。ラーヴァナは、力の源が本当は臍であるにもかかわらず、足の指だと嘘をつく。そのため戦いの間ジャターユスはラーヴァナの足の指を嘴でつつこうとするが、効果はなく、ラーヴァナはジャターユスの翼を切り落とす機会を得る。

❖ジャターユスは物語で非常に重要な役割を演じる。シーターがどちらの方角へ連れていかれたかをラーマに教えるからだ。ラーヴァナは空飛ぶ戦車で移動しているため、追うべき足跡はないのである。

❖ラーマがジャターユスを発見する場所は、マハーラーシュトラ州のナーシクだとも、アーンドラ・プラデーシュ州のレパクシ（サンスクリット語で〝鳥〟を意味する〝パクシン〟に由来）とも言われている。

海を渡ってランカーへ！

　ほどなく戦車は海の上に出た。シーターは、魚や海蛇がプシュパカの影を追うのを見た。すると、波間に、ラーヴァナの影が輝く水面に映るのが見えた。彼には一〇個の頭と二〇本の腕がついていた。ラーヴァナは話し続けていたが、シーターは一言も聞いていなかった。何も考えられない。聞こえるのは、ランカーに向かって雲を抜ける空飛ぶ戦車のブーンブーンという音だけだった。

　霧や雲の隙間から見えるランカーは、確かに宝石のように美しかった。黄金の要塞だ。高い塔、緑の山の上で風になびく旗、銀色の砂浜に囲まれ、その周りは広大な青い海。

　喝采をあげる男や女の集団が、勝ち誇った王とその戦利品を歓迎するため集まっていた。ラーヴァナがシーターを肩に担いで宮殿の門に向かうと、民衆は叫び、歌った。門の前には、第一王妃のマンドーダリーが立っていた。

「待って」マンドーダリーは言った。「この家に、嫌がる女の人を連

れ込まないでください。宮殿に滞在する女は皆、他の男と結婚している人でも、自由意志でここにいるのです。ここは喜びの館です。泣いている女の人を入れないでください。その人は悪運をもたらします」

「いずれこの女も諦める」ラーヴァナは門をくぐろうとした。だがマンドーダリーは腕を伸ばして彼が通るのを止めた。

「偉大なるラーヴァナが、その人を魅了し、誘惑し、自分の意志で中に入るようにさせることもできないのですか？　だから、反抗してめそめそ泣く人を引きずり込みたいのですか？」

ラーヴァナは、妻に言い負かされたのを自覚した。「この女が自ら進んで中に入るまでは、宮殿の外にある庭園に置いておこう。自分から入った暁には、この女が今お前の寝ているベッドを手に入れるのだぞ、マンドーダリー。そしてお前は奴隷としてこの女に仕えるのだ」

「挑戦を受けましょう」マンドーダリーは笑顔で言った。

マンドーダリーがしたことを理解したのは、シーターただ一人だった。マンドーダリーは宮殿における自分自身の立場を守るとともに、シーターの自由を確保してくれたのだ。

Column

❖オリッサ州の影絵芝居で語られる『ラーマーヤナ』は『ラーヴァナチャヤ』（『ラーヴァナの影』）と呼ばれる。シーターがランカーに連れていかれるとき海に映ったラーヴァナの影を見た、というエピソードをもとにしているからだ。影絵芝居は、船乗りが帆の後ろにランプを置いて影絵を作って話を語ったのが起源だ、と広く信じられている。そうした物語は、インド沿岸を進んだり、スヴァルナブーミすなわち黄金の国（東南アジアのこと）まで行ったり来たりする長い旅の間、船乗りたちを楽しませた。

❖多くの学者は、ランカーの島をスリランカとする考え方に疑問を呈してきた。理由の一つは、島国であるスリランカは昔からライオン（ライオンは元々この島に棲息していなかったため、おそらくは英雄的な男性を指している）の国を意味するシンハラという名で知られており、ランカーという名前が生まれたのは一二世紀頃とされることだ。もう一つの理由は、ヴァールミーキの『ラーマーヤナ』で詳しく述べられるランカーの描写からは、デカン高原の中の地域を指していると考えられることだ。また、南の島というのはたとえだと考える人もいる。現代の言葉では、〝南へ行く〟は好ましくないことを示しているからだ。だがスリランカの旅行ガイドは、シーターが捕らえられていた宮殿やラーヴァナが空飛ぶ戦車プシュパカを止めていた場所など、『ラーマーヤナ』に関連した場所に観光客を案内している。

❖『ランカーヴァターラ・スートラ』という古文書（四世紀頃）は、ランカーで行われた仏陀とマハーマティ（〝学識ある者〟）との会話に触れている。学者はマハーマティをラーヴァナのことだとする。それは、インドのすべての宗教で『ラーマーヤナ』の登場人物や物語が広く人気を博していたことを示している。この古典は、チベット、中国、日本の大乗仏教の発展に大きな役割を演じており、我々が現実だと想定している精神世界を構築するときの意識の役割について語っている。

アショーカの樹の園

ラーヴァナはシーターを宮殿の横にある庭園に連れていき、一本の木の下で落とした。「この女はここで過ごす」彼は宮殿の女たちに告げた。「世話をしてやれ。嫉妬によって我を忘れてはいけない。お前たちには何の不満もないようにしてやる。私はお前たち皆を満足させ、この女は私を満足させてくれるのだ」それを聞いて女たちは笑った。ラーヴァナは常に約束を守るからだ。

赤い服に身を包み、ヘアピン以外の装飾品をすべて失ったシーターは、木のほうを向いてしがみついた。それがラーマに変身して、戦ってシーターをこの牢獄から解放してくれることを期待するかのように。自由を奪われる以上に悲惨な運命はない。

シーターが置かれた庭園は一面にアショーカの樹が生えていた。マンゴーのような葉、赤みがかったオレンジ色の花が咲く明るい枝のついた低木だ。シーターは実家でもアヨーディヤーでも、この木を見たことがあった。愛の神カーマに捧げられた木だ。冬が終わりに近づくと、女たちはこの木を抱き締めるように言われる。そうすれば木がより早く花を咲かせて春の訪れを告げる、と庭師は信じている。こんな場所に幽閉されるとは、なんと残酷なことだろう。ここはどんな檻よりもひどい。この庭園はラーマを思い出させるからだ。愛のある生活が送れるはずだったのに、まずはカイケーイーの残酷さによって、そして今度はラーヴァナの怒りによって、その可能性が奪われてしまった。

ふと気がつけば、シーターはラーヴァナの家族に取り囲まれていた。彼の妻マンドーダリー、彼の母カイカシー、妹シュールパナカー、彼の弟ヴィビーシャナの妻である義理の妹サラマー、ヴィビーシャナの娘たる姪のトリジャター、そして息子インドラジットの妻である義理の娘スローチャナー。シーターの世話をするよう申し付けられた女たちだ。

彼女たちはシーターに食べ物や水、服や人形を持ってきた。だがシーターは無関心だった。ラーマとラクシュマナのことが気がかりだ。誰が彼らに食事を用意しているのか？　誰が彼らの世話をしているのか？　彼らの苦悩を思うと悲しくなった。きっと二人は必死になって森を捜索しているだろう。翼を切られたジャターユスは見つかっただろうか？　シーターが道中落としてきた装飾品は見つかっただろうか？　彼らはシーターを発見し、助けてくれるだろうか？

シーターを見張るために女たちが配置された。シーターに優しく話しかける者もいる。無礼に話しかける者もいる。ラーヴァナに屈服するよう促す者もいる。ラーヴァナを困らせたら悲惨な目に遭うと警告する者もいる。「あなた、自分が私たちより上等だとでも思っているの？　ラーヴァナ様は自分にふさわしくないとでも？」

そういう嘲りの言葉に、シーターは答えなかった。周りに生えた草の葉を眺め、一枚の葉を自分の左に、もう一枚を右に置いた。「これが私のラーマ」右側の草を見ながら言う。「そしてこちらは、私のラクシュマナ」左側の草に目をやる。彼らが守ってくれることを、シーターは確信していた。

「ラーマは軍隊など持っていないでしょう。一〇〇〇人のラークシャサから成る軍隊を持つラーヴァナ様を、どうやって打ち破るというの？」

シーターは答えなかった。ラーマはたとえ王国を持たなくとも王であることを、彼女は知っている。彼はシーターを救うために必要なら、何もないところからでも軍隊を作り出すだろう。

シーターを見てほくそ笑み、呪いをかけようと、シュールパナカーが庭園にやって来た。マンドーダリーはシュールパナカーに大声で叫んだ。「あなたのお兄様は、この女の夫があなたの腕の中に慰めを見出すよう、この女を殺すことになっていたんじゃないの？　だったら、どうしてこの女はここに連れてこられたの？　この馬鹿娘、あなたが切り刻まれたことへの復讐を口実として、あなたの兄は自分の欲望を満たそうとしたのよ。それをわかっているの？」

「ラーヴァナお兄様は私を愛しているわ」シュールパナカーは言った。

「ラーヴァナが愛するのは自分一人だけよ」マンドーダリーは言った。「そうじゃないふりをするのは止めましょう。私たちは、あの人のペットなのよ」

Column

❖兄が妹の、ひいては家族の名誉を守るという考え方は、多くの文化に見出せる。ヘブライ語の聖書では、あるカナン人の王子がヤコブの娘ディナを誘惑する。その後王子は父親に彼女との関係を正式に認めるよう頼み、花嫁の家の習慣に合わせて割礼されることにも応じる。しかしディナの兄弟は誘惑と結婚を凌辱とみなす。結婚披露宴の最中に、彼らは花婿とその男性親族全員を殺戮する。

❖ヴァールミーキの『ラーマーヤナ』では、シュールパナカーはラーヴァナに助けを求めるとき、シーターの美しさを教える必要を感じる。兄は自らに見返りがない限りシュールパナカーの受けた屈辱に復讐してくれないことを、シュールパナカーは本能的に悟っていたようだ。

❖アショーカは常緑樹で、サンスクリット語の古典において聖なる樹木とされている。葉は富の女神を招くよう玄関扉に結び付けられた（現代では、アショーカの葉に代わってマンゴーの葉が用いられる）。明るい赤みがかったオレンジ色の花をつけるアショーカとは別に、アショーカと呼ばれる緑の花をつける高くて柳のようにしなやかな木もあり、これらはよく混同される。

❖ヴァールミーキの『ラーマーヤナ』は、ランカーにいるシーターを、沈んだ船、折れた枝、泥まみれの蓮にたとえている。

❖ヴァールミーキの『ラーマーヤナ』では、トリジャターという年老いたラークシャサの女、ヴィビーシャナの娘カラー、ラークシャサの女サラマーを、シーターの味方としている。後世の『ラーマーヤナ』では、サラマーはヴィビーシャナの妻とされ、トリジャターは友好的なラークシャサの女の代表で、ヴィビーシャナの娘と呼ばれることもある。

❖一〇世紀にインドネシアで生まれた『ラーマーヤナ・カカウィン』(古ジャワ語でカーヴィヤつまり歌の意味)や、一三世紀にジャヤデーヴァ*が書いたサンスクリット劇『プラサンナ・ラーガヴァ』では、シーターは焼身自殺を考えるがトリジャターに止められて思いとどまる、とされる。

❖『ラーマーヤナ』では家族が重要な役割を演じている。ラーマもシーターも、ラーヴァナすら、家族という枠組みにおける存在として機能している。

ラーヴァナの家と妻

ランカーの女たちはシーターに、ラーヴァナはシヴァの大いなる信奉者であると話した。シヴァは苦行者なので、どうやって家を建てるかを知らなかった。そこで妻である女神パールヴァティーはシヴァに、建築家を雇うよう頼んだ。空間を扱う学問ヴァストゥ・シャーストラに秀でるラーヴァナが呼び寄せられた。ラーヴァナはカイラーサ山の頂上にパールヴァティーのために素晴らしい宮殿を建てたので、パールヴァティーは大いに喜んだ。ラーヴァナが妻を喜ばせたことに満足したシ

* ジャヤデーヴァは熱心なヴィシュヌ神の崇拝者で、代表作にヴィシュヌの化身であるクリシュナと牧女ラーダーのエロティックな愛を描いた『ギータ・ゴーヴィンダ』がある。

ヴァは、何でも望むものを与えると言った。ラーヴァナはその家自体を求めた。あまりに美しくできたので、他人に渡したくなくなったのだ。そのためラーヴァナは自分が建てた宮殿を持ち去り、ランカーの中央にあるトリクータ山の頂上に据えて、パールヴァティーを大いに怒らせた。

かつてラーヴァナは、自分の頭の一つを胴体、腕の一本を柱、腕の神経を弦にして弦楽器を作った。この楽器を気に入ったシヴァは、ラーヴァナに欲しいものなら何でも与えることにした。ラーヴァナは以前、カイラーサ山で美しい女性を見たことがあった。「あの女性を妻にしたいと思います」ラーヴァナがパールヴァティーを求めたことに気づかないまま、シヴァは承知した。パールヴァティーは怒らなかった。シヴァは無知なあまり、女と妻の違いをわかっていなかったのだ。だが、夫の無知につけ込んだラーヴァナに対しては、彼女は怒りを覚えた。だからブラフマーに頼んで、雌蛙を自分の身代わりとして人間の女に変身させてもらった。この女性がマンドーダリーである。マンドーダリーをパールヴァティーだと思い込んだラーヴァナは彼女をランカーへ連れていき、妃にした。

　こういう話を聞いても、シーターは感銘を受けなかった。

「あなたたちは彼をシヴァの信奉者だと言うけれど、彼は恥知らずにも隠者の住処を襲い、ましてやその妻を求めたのですよ。ラーヴァナの欲望は飽くことを知らないようです。明らかに、あらゆる欲望を克服したシヴァから何も学ばなかっ

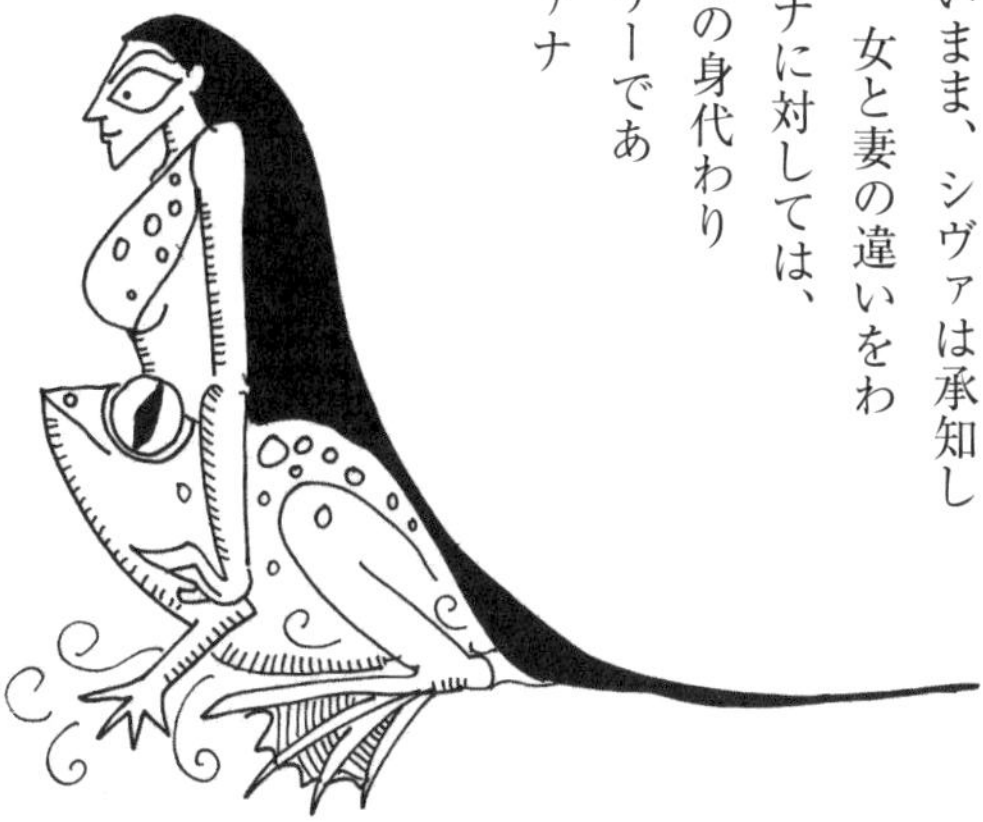

たのです！」

「ラーヴァナは占星術に熟練しています。『ラーヴァナ・サンヒター』を著して、恒星や惑星の動きから未来を予言する方法、宝石の原石を使って未来を変える方法を述べたのですよ」トリジャターは言った。

「未来を予言しようとする人は自信がないのです。未来を操ろうとする人も自信がないのです。あなた方のラーヴァナは、私のラーマとはまったく違っています」

ランカーがクベーラによってヤクシャのために建てられたこと、ラーヴァナがクベーラを追放してランカーをラークシャサの住処に変えたことを知ると、シーターはあきれて苦笑した。彼女は、兄弟たちが相手を王国から追放するのではなく、互いに王国を譲り合おうとする家から来ていたからだ。ラーヴァナの一族は、ラグの一族とまったく違う。ラーヴァナはライバルを追放して縄張りを支配する野獣のように振舞っている。そのような行動は人間にふさわしくない。決してダルマではない。

Column

❖マハーラーシュトラ州の民話には、ラーヴァナがシヴァの家を欲しがったという話がある。

❖蛙（サンスクリット語でマンドゥーカ）が女性（マンドーダリー）に変えられたという話は、一三世紀の宮廷舞踏家ラクマデーヴィーのために、『ヌリティヤ・ラトナーヴァリー』の作者ジャヤパ・ナーヤカが作った舞踏劇、『マンドゥーカー・シャブダ』に登場する。この舞踏劇は一七世紀、アーンドラ地方の偉大な皇帝クリシュナデーヴァラーヤの前で、古典舞踏クチプディのスタイルで演じられた。

❖ラージャスターン州ジョードプルに近いマンドールは、ラーヴァナがマンドーダリーと結婚した場所だとされる。

❖ラーヴァナが卓越した占星術師、医師、音楽家、舞踏家であったのに加えて、ヴェーダ、タントラ、シャーストラ、種々の神秘的な科学の知識を備えた優れた学者だった、ということに関しては、あらゆる『ラーマーヤナ』の物語が意見の一致を見ている。彼は何においても秀でており、物静かなラーマに比べて遥かにカリスマ的で華やかである。それゆえ当然ながら、彼はシーターが自分よりもラーマのほうを好む理由が理解できない。

❖インド哲学では、人が何者かということと、人が何を持っているかということを区別する。我々は思考によって成り立っており、物を所有している。ラーマは自らの思考、自分が何者かということから力を得、一方ラーヴァナは自らの所有物、自分が何を持っているかということから力を得る。ラーヴァナは知識を持っており、学問はあるが、賢くはない。学のあるバラモンの中には、讃歌を一語一句たがわず暗唱するけれど、その意味を理解したりそれに基づいて自らを変えたりできない者がいる。吟唱詩人はラーヴァナを通じて、そんなバラモンの姿を浮き彫りにする。

❖一九世紀に出版された、ヒンドゥー教の占星術、手相占い、人相占いに関するウルドゥー語の『ラール・キターブ』は、ランカーの王ラーヴァナのものとされている。彼はその傲慢さゆえに本を失った。再び見つかったのはアラビアで、それをペルシャの学者がインドに持ってきた。

マンドーダリーの娘

遠い昔、マンドーダリーは息子インドラジットの母親となる前に、一人の娘を産んだと噂されていた。マンドーダリーは水の壺だと思って、うっかり壺の血を飲んでしまったことがあった。それは、女神の欲を満たして恩恵を与えてもらうための貢ぎ物としてラーヴァナが集めた、聖仙たちの血だった。

血を飲んだことが原因で娘が生まれると、占星術師たちはその子がラーヴァナの死をもたらすと予言した。そのため娘は箱に入れられて海に投げ捨てられた。「海の神が私の娘を大地の女神に与え、大地の女神がその子をジャナカに与え、ジャナカがその子をラーマに与えたのではないかしら？」マンドーダリーはシーターを見るたびにそう思った。だから、自分にできることは何でもして、ラーヴァナにシーターを諦めさせようとした。

「一人の女があなたの死をもたらす、と予言されています」マンドーダリーはラーヴァナに言った。

彼女はラーヴァナに、ヴェーダヴァティーのことを思い出させた。ラーヴァナの情熱的な抱擁に屈服するよりは焼身自殺を選んだ女だ。彼女は生まれ変わってラーヴァナを殺すと誓ったのではないか？

マンドーダリーはまた、クベーラの息子ナラクーバラの妻、ニンフのランバーのことを思い出させた。ラーヴァナはランバーを無理やり犯し、ナラクーバラは、ラーヴァナが再び女性を犯したなら頭が爆発して粉々になるという呪いをかけていた。

マンドーダリーと都の女たちは毎晩、ラーヴァナのために歌い、踊り、あらゆる方法で彼を喜ばせた。それでシーターへの執着が消えることを願って。だが、シーターが拒絶すればするほど、ラーヴァナのシーターへの欲望は募るのだった。

「悪いときが来たなら」マンドーダリーは賢者たちが言ったのを覚えていた。「我々は自分が愚かなことをするのを止められないのだ」

Column

❖シーターがマンドーダリーの、したがってラーヴァナの娘であるという話は、九世紀にジャイナ教の僧グナバドラが書いた教典『ウッタル・プラーナ』に由来する。

❖チベットの『ラーマーヤナ』やホータン地方の『ラーマーヤナ』は、農民や賢者が捨てられた女の子を見つけたことを述べている。カシミール地方の『ラーマーヤナ』では、捨てられた女の子はジャナカが見つけて育てたとされる。

❖ジャワ語の『セラット・カンダ』では、マンドーダリーは夫を殺すと運命づけられた子どもを捨てるよう命じられるが、ヴィビーシャナが雲から幼児を作ってその子の身代わりにする。作られた子どもはメーグナードと呼ばれた。雲から生まれたので雲のような音を出す、という意味である。

❖クシェーメーンドラによる『ダシャアヴァターラ・チャリタ』では、ラーヴァナは蓮の中にいる女の赤ん坊を見つけてマンドーダリーに渡す。だが賢者ナーラダはマンドーダリーに、この子が成長したらラーヴァナはこの子と恋に落ちると警告する。そのためマンドーダリーは女の子を箱に入れて捨て、それをジャナカが見つけて自分の娘として養子にした、とされる。

❖サンスクリット語の『アドブタ・ラーマーヤナ』によれば、ラーヴァナが賢者の血を貢ぎ物として集めたのは、賢者がラーヴァナに与えるものをほかに何も持たないからだった。マンドーダリーはうっかりその血を飲んでシーターを身ごもるが、堕胎して、その胎児をクルクシェートラで地中に埋める。やがてジャナカがシーターを見つけて家に連れて帰る。

❖サンスクリット語の『アーナンダ・ラーマーヤナ』にはラクシュミーと呼ばれる王女が登場する。彼女との結婚を望んで拒絶されたため怒った求婚者たちが彼女の父親パドマークシャ王を殺したあと、ラクシュミーは炎の中に入っていく。何年もたって彼女は炎から現れるが、ラーヴァナに姿を見られたため、また炎の中に戻る。ラーヴァナは火を消し、炉の中にあった輝く石を箱に入れて保管する。マンドーダリーがその箱を開けると、中には女の子が入っている。厄介なことになると直感したマンドーダリーは、女の子ごと箱を地中に埋める。それをミティラーでジャナカが発見する。

❖シーターがラーヴァナの娘であるという話は、ラーヴァナがシーターを幽閉している間触れなかったことへの説明として生まれたのだろう。だが、こうした話とは別に、恋に悩む情熱的な恋人ラーヴァナという話も存在する。

誘惑の試み

最も手ごわい戦場とは何であろう？　別の人間を愛している女の心だ。彼女に愛する人を捨てさせて自らの意志でベッドに来させるのは、最大の難問である。だからラーヴァナは持てる力のすべてを使って、シーターに自分を愛させようとした。

彼はシーターのために歌った。ランカーのすべての女がその声にうっとりした。だがシーターは違った。

彼はシーターのために踊った。ランカーのすべての女がその体のリズムに羨望の目を向けた。だがシーターは違った。

彼はシーターに物語を話した。ランカーのすべての女がその筋書きに魅了されて一晩中起きていた。だがシーターは違った。

彼はあえて弱みを見せ、父がいつも自分とクベーラを比べていたこと、ヴァーリとカールタヴィーリヤの前に出たときはいつも自分を未熟だと感じていたことを話した。ランカーのすべての女が彼を慰めたいと思った。だがシーターは違った。

彼はシーターに贈り物を浴びせた——最高の花、最高の宝石、最高の布地、最高の食べ物。ランカーのすべての女がシーターはきわめて幸運だと思った。だがシーターは違った。

「ラーヴァナ様はあなたを大変愛しておられますよ」トリジャターは言った。

「だったら、ラーヴァナはどうして私の幸せをないがしろにして、自分の幸せだけを大切にするのですか?」シーターは訊いた。「どうして私を解放してくれないのですか?」

「女がこれ以上何を望めるというのでしょう? ラーヴァナ様は、あなたが欲しいものなら何でも与えてくださいます。あなたが大切にされ、求められ、望まれ、力があると感じるようにしてくださいます。嫉妬深くあなたをお守りになり、害悪から守ってくださいます」

「それは愛ではありません。彼は私を見ていません。単に私を所有したいだけで、私が服従しないから苛立っているのです。愛とは力ではありません。愛とは力を放棄すること、愛する人の前で無防備

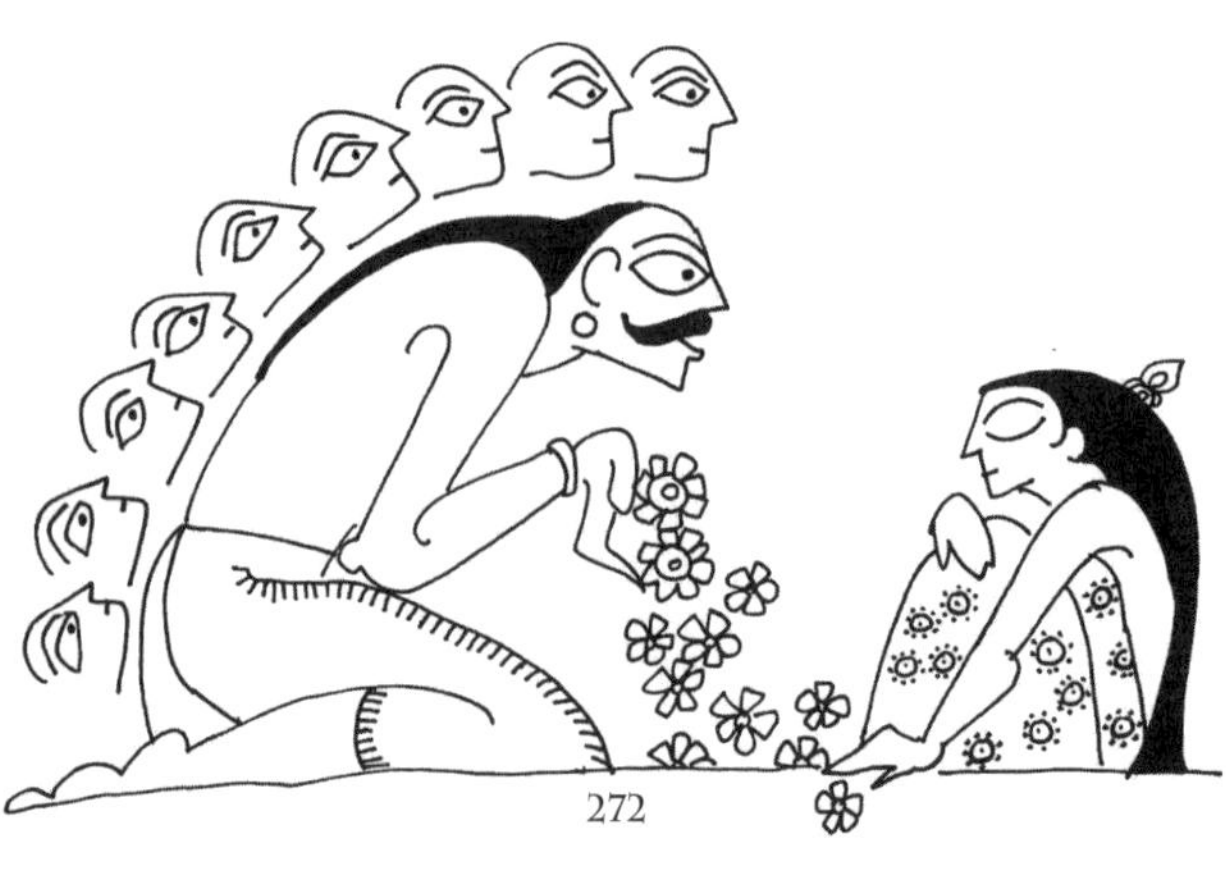

に屈服することです。愛とは相手を見ることです。私はラーマを見、ラーマは私を見ています。私はラーマに見られたいと思い、ラーマも私に見られたいと思っています。私は恐れることなくラーマに自分の弱点を見せ、彼もそうしてくれました。ラーヴァナは誰も愛することができません。彼は誰も見ていないからです。自分自身すら」

「ラーヴァナ様は力ずくであなたをご自分のものになさることもできるのですよ」

「それを私が怖がるとでも？　あなたはこの体に価値を置きすぎています、私が置くよりも遥かに多くの価値を。この体は私自身ではありません。何があろうと、私は決して冒されないのです」

Column

❖ナーガチャンドラがカンナダ語で書いたジャイナ教版『ラーマチャンドラ・チャヤリトラ・プラーナ』では、ラーヴァナはシーターを見て愛と肉欲に心を乱されるまでは偉大な賢者だったとされている。

❖シーターが潔白であるとして聴衆を安心させるため、ラーヴァナがシーターを無理やり犯すことができなかった理由を説明する多くの物語が作られてきた。しきたりに即した穢れや清浄さがヒンドゥー教の階層構造を生み出していることを忘れてはならない。この構造に基づいて、さまざまな階層の人々が泉や寺院から遠ざけられ、人間としての尊厳を剥ぎ取られた。それゆえに、性的暴行を受けたどころか、単に異性に触れられただけでも、穢れたとして名声や地位を失う結果を招くこともあるのだ。

❖シーターはカールタヴィーリヤを求めたレーヌカーでも、インドラに屈したアヒリヤーでもない。彼女のラーマへの愛情は確固としていて揺るがない。彼女の貞節は、ラーマのためでも、結婚の規則を守るためでもない。それがシーターという人間のありようを示しているのだ。これはしばしば、パティヴラター（妻の貞操の誓い）と呼ばれる。だがシーターの場合、貞節を守るのは、妻として期待されているからではなく、個人的な感情に基づいているのだろう。

❖『ラーマーヤナ』は問う。愛とは何か？　相手を好きだと思うことか？　支配しようとすることか？　相手を自由にすることか？　愛には人を変える力があるのか？　愛は占有すべきものか？　それは肉体的なもの、感情的なもの、それとも知的なものか？　愛の表れなのは、ラーマのように穏やかに見守っていることか、あるいはラーヴァナのように欲望をはっきり口に出すことか？

❖『ラーマーヤナ』の悪者ラーヴァナには多くの妻がいる。来世で、ラーマはやはり多くの妻がいるクリシュナに生まれ変わる。それでも、妻たちに対するクリシュナの愛は、ラーヴァナの愛とは非常に異なって描かれている。ラーヴァナの愛は肉欲、征服、支配に溢れている。クリシュナの愛は好意、理解、自由に溢れている。

❖『ラーマーヤナ』の物語を聞いた人の中には、シーターと違って心理学者が〝ストックホルム症候群〟と呼ぶもの（人質がハイジャック犯の側につくようになるのと同じく、自分を監禁している相手と恋に落ちること）に陥る人も多い。ラーヴァナが女性を無理やり自分の家に連れ帰り、力で抑えつけて幽閉しているにもかかわらず、彼の性質を好ましく思い始めるのである。

シーターのボードゲーム

シーターの言葉は不可解だった。トリジャターは聞いたことすべてをランカーの女たちに話した。「あの人は自分を男性より劣っているとは考えていないわ。夫が歩くときは自ら進んで後ろを歩くけれど。それは社会的な規則だ、とあの人は言うの。人工的なもの、社会の要請、務め、義務だと」「私なら、男の人に後ろをついていきてほしいわね」あるスローチャナーは言い、心の中の思いを正直に口にしたことを恥ずかしがった。

「それも一種の上下関係です」シーターは言った。「上下関係があるところに、愛はありません」

女たちは、シーターを見よう、シーターの話を聞こうと集まってきた。遥か北方から来たこの風変わりな女性は、ラーヴァナの心を捕らえながら、それを何とも思っていないのだ。彼女たちは贈り物を持ってきた――花、食べ物、服、香水。「でも、私にはお返しにあげられるものが何もありません」シーターは言った。

「あなたの世界について話してください」女たちは言った。

それでシーターは、自分の身の上について、実家や夫の家の生活様式について話した。どんな服を着、どんな料理をし、どんな暮らしをしているかを話した。毎日行う儀式のこと、崇める神のこと、祈って呼び出す神の力のことを話した。「私たちは家の女主人、家庭の女司祭です。毎朝私たちは家を拝み、

水で床を拭き、絵で壁を飾り、ドアに木の葉や花で作った輪をかけます。毎晩寝所にランプを灯し、夕食を出します」

「どうしてそんなに自信たっぷりでいられるのですか?」女たちは尋ねた。

「信頼と忍耐のおかげです」シーターは答えた。彼女は、大昔に一人の悪魔が海底から現れて地上を支配した話をした。ヴィシュヌは猪に変身して水中に突進し、角で悪魔を突き刺して殺し、大地の女神を鼻の上に乗せて水面まで運んだ。浮上した二人は愛の営みを行った。ヴィシュヌの抱擁によって大地にひだができ、そうして山や谷が誕生した。彼は立派な鼻を大地に突き刺して地面を孕ませ、あらゆる植物を産ませた。満足した女神は聖なる蛇アーディ・シェーシャの鎌首にもたれかかり、雲や星を散りばめた藍色の空を見上げた。その空こそヴィシュヌ、彼女の愛する守護者であった。ヴィシュヌは、女神が困ったときにはいつでも助けてくれるのだ。「私はその大地です。ラーヴァナは私を世界から隠してしまう悪魔です。ヴィシュヌが大地を助けたように、ラーマは私を助けに来ます。私はそれを確信しています。彼は決して失望させないのです」

シーターは、皮膚のかぶれを治し、鼻詰まりを取り除き、腸の動きを良くする薬草を知っていた。そして何よりも楽しかったのは、女たちが遊べるボードゲームを教えたことだ。ほどなく、ランカーのすべての家で、人々はシーターの作ったボードゲームをするようになった。夫は妻と、祖父母は孫と、男たちの集団は女たちの集団と、そのゲームで遊ぶことができた。彼らはそうやって時間を過ごし、ともに過ごすことを楽しんだ。口論せず、争わず、誰が支配者かを証明しようと躍起にならずに。シーターは存在するだけで、ランカーを誰もが楽しく笑う遊び場に変えた。

夜、ランカーのあらゆる家から聞こえる楽しげな声を聞いて、マンドーダリーは言った。「あなたはシーターの心を勝ち取ろうとなさいました。でも結局は、あの人が皆の心を勝ち取ったのです。この素敵な娘さんを解放してあげてください」

「絶対にいやだ」ラーヴァナは言った。自分の国で敗北するつもりはなかったのだ。

Column

❖ヴェーダーンタ哲学者のラーマーヌジャは、シーターは女神ラクシュミー、ラーマは神ヴィシュヌであると繰り返し説いた。ヴィシュヌが降臨する第一の目的はラクシュミーを守ることだ。ヴィシュヌは大地をアスラ魔族のヒラニヤークシャから守るため、猪の姿を取った。シーターをラークシャサのラーヴァナから守るため、ラーマの姿を取って降臨した。ラーマーヌジャの教えに基づくバクティ（絶対的な帰依）の教えであるシュリー・ヴァイシュナヴィズムでは、信者は吉兆や富を体現した存在たるシュリーだとされるシーター、あるいはラクシュミーを通してしか、ヴィシュヌに触れることはできない。

❖〃シーターのゲーム〃を意味するシーターパンティは、ソリティアの一種である。地面に七つの穴を一列に掘る。タマリンドの種一粒を一つ目の穴に、二粒を二つ目の穴に、三粒を三つ目の穴に……というように入れていく。こうして二八粒の種が分配される。次に七つ目の穴の七粒を取り出し、一粒ずつ他の穴に入れていく。六粒だったところは七粒に、五粒は六粒に、四粒は五粒に……となる。最後に一個残った種は七つ目の穴に入れられる。今度は六つ目の穴の種を取って、また一粒ずつ穴に入れる。これを、一つ目の穴に一粒、七つ目の穴に七粒になるまで順に続けていく。これは頭を使いながら同じことを繰り返して時間を潰す遊びで、監禁中のシーターが最初に作ったゲームだと言われている。

❖ヴィマーナム（空飛ぶ戦車）やヴァーグ・バクリー（虎と山羊、あるいは捕食動物と餌食）といったボードゲームは、シーターの置かれた苦境にヒントを得て開発されたと言われている。

❖最古のヴェーダ讃歌集『リグ・ヴェーダ・サンヒター』は骰子《さいころ》遊びに触れている。骰子がボードゲームに用いられていたかどうかは定かではない。通俗的な絵では、しばしば神や女神たちがボードゲームに興じているところが描かれている。シヴァはパールヴァティーと、ヴィシュヌは彼の信者と、ゲームをしている。『マハーバーラタ』では、ドラウパディーは骰子賭博で夫ユディシュティラによって賭けの対象とされる。

❖現在、ボードゲームはラクシュミー・プージャーやディワーリーといった祭の中で行われる神聖な儀式になっている。

❖ヴァールミーキの『ラーマーヤナ』に見られる占星術的データによれば、シーターが拉致されたのは追放生活の一三年目に当たる紀元前五〇七七年とされる。

❖ 〃鼻を切り落とす〃というのは屈辱を意味する比喩である。妹の鼻が切り落とされたとき、ラーヴァナは自分がラグ王家の息子たちによって侮辱され、名誉を奪われたと感じた。だから彼は、ラーマの家族の名誉を象徴する存在たる妻シーターを虐待することで、ラーマの〃鼻を切り落とす〃ことを試みた。このように家の〃名誉〃が家族の女たちの中にあるという考え方によって、インドの女性たちは物扱いされ、自由や選択肢を奪われるようになった。シーターが肉体的に虐待されたか否かにかかわらず、ラーマの〃名誉〃は穢されたのである。現代的な正義の概念は、女性の暴力的な抑圧を正当化するのに用いられてきた、伝統に深く根差したこのような恥の概念を否定している。

（下巻に続く）

◆著者

デーヴァダッタ・パトナーヤク（Devdutt Pattanaik）

1970年生まれ。神話研究者、作家。物語、象徴、儀式が世界中の古代および現代の文化の主観的な真理（神話）をどのように構成しているかを研究。40冊以上の著書がある。主な著作に、『インド神話物語　マハーバーラタ　上下』（原書房）、『ヒンドゥー神話ハンドブック　*Myth = Mithya: A Handbook of Hindu Mythology*』、『オリュンポス　ギリシア神話のインド式再話　*Olympus: An Indian Retelling of the Greek Myths*』などがある。また、神話学の視点を通しての現代インド社会と文化に関する言論活動も活発に行っている。TED India 2009のカンファレンスで行った講演「東と西―煙に巻く神話」*East vs. West — the myths that mystify* は動画配信されている。

http://devdutt.com/

◆監訳者

沖田瑞穂（おきた　みずほ）

1977年生まれ。学習院大学大学院人文科学研究科日本語日本文学専攻博士後期課程修了。博士（日本語日本文学）。現在、日本女子大学、白百合女子大学非常勤講師。専攻はインド神話、比較神話。著書に『マハーバーラタの神話学』（弘文堂）、『怖い女　怪談、ホラー、都市伝説の女の神話学』（原書房）、『マハーバーラタ入門』（勉誠出版）、『世界の神話』（岩波ジュニア新書）、『マハーバーラタ、聖性と戦闘と豊穣』（みずき書林）、『インド神話』（岩波少年文庫）。監訳書に『インド神話物語　マハーバーラタ　上下』（原書房）、共編著に『世界女神大事典』（原書房）などがある。

◆訳者

上京恵（かみぎょう　めぐみ）

英米文学翻訳家。2004年より書籍翻訳に携わり、小説、ノンフィクションなど訳書多数。訳書に『最期の言葉の村へ』（原書房）ほか。

◆カバー画像

Devdutt Pattanaik

インド神話物語《しんわものがたり》
ラーマーヤナ
上《じょう》

●

2020年11月16日　第1刷

著者……………デーヴァダッタ・パトナーヤク
挿画……………デーヴァダッタ・パトナーヤク
監訳者……………沖田瑞穂《おきたみずほ》
訳者……………上京《かみぎょう》 恵《めぐみ》
装幀……………岡 孝治＋森 繭
発行者……………成瀬雅人
発行所……………株式会社原書房
〒160-0022 東京都新宿区新宿 1-25-13
電話・代表　03(3354)0685
http://www.harashobo.co.jp/
振替・00150-6-151594
印刷……………新灯印刷株式会社
製本……………東京美術紙工協業組合

ISBN 978-4-562-05863-1, printed in Japan